Stuart Gibbs
Spion auf Urlaub

Weitere Titel des Autors:

Spion auf Probe

Titel in der Regel auch als E-Book erhältlich

Stuart Gibbs

Spion auf Urlaub

Aus dem amerikanischen Englisch
von Ann Lecker

BAUMHAUS

MIX
Papier aus verantwortungsvollen Quellen
FSC® C083411
FSC
www.fsc.org

Dieser Titel ist auch als E-Book erschienen.

Titel der englischen Originalausgabe:
»Spy Camp«

Für die Originalausgabe:

Published by arrangement with Simon & Schuster Books for Young Readers, an imprint of Simon & Schuster Children's Publishing Division, New York

Für die deutschsprachige Ausgabe:

Umschlagmotiv: Jacket design and principal illustration by Lucy Ruth Cummins
Umschlaggestaltung: Tanja Østlyngen
Lektorat: Nathalie Dörpinghaus
Satz: Greiner & Reichel, Köln
Gesetzt aus der Adobe Caslon Pro
Druck und Einband: CPI books GmbH, Leck – Germany

Printed in Germany
ISBN 978-3-8339-0357-1

5 4 3 2 1

Sie finden uns im Internet unter: www.baumhaus-verlag.de
Bitte beachten Sie auch: www.luebbe.de

Für Jeff Peachin, John Janke, Tracy Soforenko, Jon Mattingly, Miriam Zibbell, David Simon, Kent Davis und Kenly Ames, die das Leben auf der 210 S. 42nd Street zu einem wundervollen Abenteuer gemacht haben

Inhalt

1. Kontaktaufnahme ... 11
2. Zusammenarbeit ... 21
3. Einsatzbefehl ... 34
4. Erscheinung ... 43
5. Orientierung ... 58
6. Schutz ... 78
7. Körperliches Training ... 96
8. Überleben in der Wildnis ... 118
9. Evakuierung ... 129
10. Wassersicherheit ... 138
11. Große, gefährliche Tiere ... 151
12. Verhandlung ... 168
13. Transport ... 178
14. Befragung ... 191
15. Besserung ... 204
16. Konfrontation ... 216
17. Wiedersehen ... 226
18. Simulation ... 237
19. Schlacht ... 255
20. Nachbesprechung ... 270

21. Forensische Geologie 285
22. Auskundschaftung 290
23. Eindringen 304
24. Explosion 315

Von:

[redacted]

Büro für interne Ermittlungen

CIA-Hauptquartier

Langley, Virginia

An:

[redacted]

Büro der Geheimdienstkoordination

Das Weiße Haus

Washington, D.C.

Anliegend Geheimunterlagen

Sicherheitsstufe AA2

Streng vertraulich

Und schon geht es wieder los. Wie Sie vermutlich wissen, haben die Ereignisse vom 10. bis 16. Juni, bei denen [redacted], weitreichende interne Ermittlungen erfordert. Wieder war Mr Benjamin Ripley, alias Fake, beteiligt, ein Schüler im ersten Jahr an der Akademie für Spionage. Die beiliegenden Seiten sind das Ergebnis von 54 Stunden Befragung.

Obwohl dieser Vorfall zu dem Zeitpunkt, als er sich ereignete, keine von der CIA autorisierte Operation war, wird er gegenwärtig unter dem Namen Operation Wütender Schakal in den Akten geführt. Die beschriebenen Ereignisse bezeugen einen beunruhigenden Trend hin zu [redacted] und [redacted]. Wenn man Mr Ripley und den anderen Beteiligten Glauben schenken darf, sind wir [redacted] gefährlich nahe gekommen.

Nach Lektüre müssen diese Unterlagen umgehend vernichtet werden, entsprechend den Weisungen der CIA-Sicherheitsbestimmungen 163-12A. Eine Diskussion dieser Seiten wird nicht geduldet, außer bei der Besprechung, die an einem sicheren Ort in [redacted] stattfinden wird. Bitte beachten Sie, dass bei dem genannten Treffen keine Waffen zugelassen sind.

In Erwartung Ihrer Stellungnahme

[redacted]

Direktor für interne Ermittlungen

Zur Information an:

[redacted]

Kontaktaufnahme

```
Akademie für Spionage der CIA
Washington, D.C.
Armistead-Wohnheim
10. Juni
15:00 Uhr
```

Am allerletzten Schultag der Spionageakademie vor den Sommerferien machte die Ankunft zweier Nachrichten meinem Plan, einen normalen, ruhigen Sommer zu verbringen, einen gewaltigen Strich durch die Rechnung.

Die erste Nachricht wartete in meinem Zimmer, als ich von meiner Abschlussprüfung in Selbsterhaltung zurückkam. Ich hatte schon alle meine Sachen gepackt, in der Hoffnung, mich schnell vom Schulgelände verdrücken zu können. Der Zettel lag oben auf dem Kofferstapel.

Benjamin - Komm sofort in mein Büro - Der Direktor

Bis zu diesem Moment war mein Tag gut gelaufen.

Vor allem war ich mit dem Ergebnis meiner Prüfungen zufrieden. Ich hatte mich an der Akademie richtig ins Zeug gelegt und war in den vergangenen Monaten seit meiner Ankunft in allen Fächern besser geworden. Ich hatte die Spionagegeschichte-Abschlussprüfung mit links geschafft, eine Eins in Geheimcodes bekommen und Schusswaffen und Waffentechnik für Anfänger knapp bestanden. (Ich hatte zwar kein einziges Mal ins Schwarze getroffen, aber im Gegensatz zu einigen meiner Mitschüler hatte ich zumindest die Zielscheibe erwischt und mich nicht aus Versehen selbst verletzt.) Die größten Sorgen hatte ich mir wegen Einführung in die Selbsterhaltung gemacht, weil es von Anfang an mein schwächstes Fach gewesen war. Aber an diesem Nachmittag hatte ich es geschafft, mich auf dem Trainingsgelände über eine Stunde lang gegen ein Dutzend mit Paintballgewehren bewaffnete »feindliche Agenten« zu behaupten, während ein Großteil meiner Klassenkameraden schon nach weniger als fünf Minuten von oben bis unten blau verschmiert gewesen war. Meiner Meinung nach musste das mindestens für eine Eins minus reichen.

Jetzt war ich einfach nur erleichtert, dass der Unterricht vorbei war und die Sommerferien anfingen. Auch wenn ich meine Freunde von der Spionageschule vermissen würde, konnte ich es nicht erwarten, nach Hause zu fahren, meine Eltern zu sehen und zum ersten Mal seit fünf Monaten eine anständige, hausgemachte Mahlzeit zu genießen. Außerdem wurde ich in einer Woche dreizehn. Ich hatte vorgehabt, meinen Geburtstag mit ein paar alten Freunden zu feiern, ohne dass irgendjemand versuchte, mich umzubringen oder mir ernsthaft Schaden zuzufügen.

Doch die Nachricht deutete darauf hin, dass Ärger bevorstand.

Ich nahm sie behutsam in die Hand, als könnte sie jeden Augenblick explodieren. Ehrlich gesagt, hätte ich lieber eine Bombe in meinem Zimmer vorgefunden. Denn mit Bomben konnte ich umgehen. Der Direktor hingegen war viel unberechenbarer.

Ich warf den Zettel in meinen Reißwolf und verbrannte dann die Schnipsel. Das schien ein bisschen übertrieben, aber so musste man laut Vorschrift mit jeder Art von geschriebener Korrespondenz, sogar Haftnotizen, an der Akademie für Spionage verfahren. Dann machte ich mich auf den Weg zum Büro des Direktors.

Draußen schien die Sonne und kündigte einen herrlichen Sommer an. Die Akademie, die im Winter so düster und trostlos gewirkt hatte, war jetzt viel einladender. Die majestätischen gotischen Gebäude umgaben wunderschöne grüne, von Blumen gesäumte Rasenflächen. Jetzt, da der Unterricht vorbei war, genossen meine Spionage-Mitschüler das warme Wetter. Ich sah mehrere Freunde, die auf dem Hauptrasen Ultimate Frisbee spielten, und konnte aus der Ferne das typische Knallen halbautomatischer Waffen auf dem Schießstand hören.

»Hey, Fake!«, rief eine schrille Stimme. Es war Zoe Zibbell, eine Klassenkameradin und meine beste Freundin, die bei einer Gruppe Schüler stand. Zoe hatte mich »Fake« getauft, da sie fälschlicherweise glaubte, ich wäre ein wahnsinnig talentierter Spion – allerdings einer, der häufig Unfähigkeit vortäuschte, damit alle anderen ihn unterschätzten. Jedes Mal, wenn ich meine tatsächliche Unfähigkeit zur Schau stellte, ging Zoe unweigerlich davon aus, dass es bloß eine List war. »Wir wollen beim Hammond-Gebäude Fußball spielen! Machst du mit?«

»Ich kann nicht«, erwiderte ich und zeigte auf das Nathan-Hale-Verwaltungsgebäude. »Der Direktor will mich sehen.«

Zoe verzog das Gesicht. Alle anderen Schüler auch. Es war, als hätte ich gesagt, dass ich mich einem Erschießungskommando stellen müsse. »Stimmt was nicht?«

»Ich hoffe nicht«, sagte ich.

»Na ja, komm doch später dazu, wenn du Lust hast!«, meinte Zoe und gab sich alle Mühe, fröhlich zu klingen. »Wir könnten noch einen Stürmer gebrauchen.«

Ich nickte und ging ins Verwaltungsgebäude. Drinnen war es viel dunkler und düsterer – und meine Stimmung verdüsterte sich auch sofort. Ich stapfte die Treppe zum fünften Stock hinauf, ließ meine Netzhaut scannen, betrat den Sicherheitsbereich und präsentierte mich den beiden Wachposten, die rechts und links von der Bürotür des Direktors standen.

Der eine filzte mich nach Waffen. »Name, Rang und Angelegenheit.«

»Benjamin Ripley, Schüler im ersten Jahr. Der Direktor will mich sprechen.«

Der zweite Wachposten hob ein gesichertes Telefon ab und kündigte mich an. Ein paar Sekunden später öffnete sich die Tür mit einem Klicken.

Als ich eintrat, saß der Direktor hinter seinem Schreibtisch und gab vor, ein paar streng geheime Unterlagen zu lesen. Er hätte dabei würdevoll aussehen können, wenn sein Toupet nicht leicht verrutscht gewesen wäre. Oder wenn ich nicht gewusst hätte, dass der Direktor unfähig war. Es mag verwunderlich sein, dass der Direktor der CIA-Akademie für zukünftige Geheimagenten nichts auf dem Kasten hatte – andererseits werden sowohl die CIA als auch die Akademie von der Regierung geleitet. »Setz dich, Ripley«, forderte mich der Direktor auf.

Ich setzte mich auf das uralte Sofa gegenüber seinem Schreibtisch. Es roch nach Schweiß und Chloroform.

»Meine Quellen haben mir mitgeteilt, dass du vorhast, den Sommer über nach Hause zu fahren«, sagte der Direktor.

»Quellen?«, fragte ich. »Welche Quellen?«

»Ach, die üblichen. Du weißt bestimmt, dass wir unsere Schülerschaft hier genauestens im Auge behalten. Abhörgeräte, Telefonüberwachung, so was in der Art.«

Das hatte ich überhaupt nicht gewusst. »Sie hören mein Telefon ab?«, fragte ich.

»Das ist Standard. Wir müssen jederzeit wachsam sein. Wie du weißt, hatten wir hier an der Akademie Probleme mit Doppelagenten.«

»Äh, ja. *Ich* war derjenige, der den Doppelagenten erwischt hat«, sagte ich. »Sie glauben danach doch nicht wirklich, dass ich für den Feind arbeiten würde?«

»Sie haben dir einen Job angeboten.«

»Den ich abgelehnt habe. Kurz bevor ich dabei geholfen

habe, eine Bombe zu entschärfen, die die Bosse aller Geheimdienste des Landes ausgelöscht hätte.«

Der Direktor zuckte unbeeindruckt mit den Schultern. »Man kann nie vorsichtig genug sein«, erwiderte er. Dann blätterte er einen dicken Bericht auf seinem Schreibtisch durch. Er schien mehrere Abschriften meiner privaten Telefongespräche zu beinhalten. »Laut diesem Bericht hast du vor, den Sommer zu Hause bei deinen Eltern und mit einem gewissen Mike Brezinski an einem Ort namens FunLand zu verbringen?«

»Das ist richtig«, antwortete ich. »Wissen Sie, Sie hätten mich auch einfach *fragen* können, wie ich meine Ferien verbringe …«

»Und wie wolltest du damit ungestraft davonkommen?«

»Äh … Womit davonkommen?«

»Damit, die Sommerschule zu schwänzen.«

Auf einmal wurde mir übel, was mir auf der Spionageschule viel zu oft passierte. »Die Akademie hat eine Sommerschule?«

»Natürlich. Das Böse fährt nicht in den Urlaub. Warum sollten wir es dann?«

»Niemand hat mir gesagt, dass es eine Sommerschule gibt«, erwiderte ich.

»Red keinen Unsinn. Jeder neue Rekrut wird bei der ersten Schuljahresversammlung über die Pflichtsommerkurse informiert.«

»Ich war nicht auf der ersten Schuljahresversammlung«, rief ich dem Direktor in Erinnerung. »Sie haben mich erst im Januar rekrutiert.«

Der Direktor starrte mich einen Moment lang ausdruckslos an. So schaute er immer, wenn ihm bewusst wurde, dass jemand gewaltigen Bockmist gebaut hatte – und dieser Jemand vermutlich er selbst war. In den fünf Monaten, seit ich an der Spionageschule war, hatte ich diesen Blick schon ziemlich oft gesehen.

Als sich der Direktor schließlich wieder fasste, reagierte er wie jedes Mal, wenn er Bockmist gebaut hatte: Er gab der Person, die für den Bockmist nichts konnte, die Schuld. »Na ja, du hättest es trotzdem wissen müssen«, erklärte er. »Du wirst hier zum Spion ausgebildet, Herrgott noch mal. Es ist ja nicht so, als wäre die Existenz dieser Schule geheim.«

»Die Existenz dieser Schule *ist* geheim«, gab ich zurück.

»Ich hab genug von deinen Unverschämtheiten!«, fuhr mich der Direktor an. »Möchtest du die Sommerschule mit einer Verwarnung anfangen?«

Ich schüttelte den Kopf, als mir etwas einfiel. »Alle anderen Schüler haben ihre Sachen gepackt. Gehen sie nicht auch auf die Sommerschule?«

»Natürlich. Alle an der Akademie müssen zur Sommerschule. Der Unterricht findet nur nicht *hier* statt.«

»Wo findet er dann statt?«

»In unserer Wildnistrainingseinrichtung.«

»Wildnistraining?«, wiederholte ich.

»Ja«, antwortete der Direktor. »In den Sommermonaten verlagern wir den Unterricht aus dem Klassenzimmer nach draußen und legen den Schwerpunkt mehr auf körperliche Ertüchtigung und Überlebenstraining. Schließlich befindet sich neunundneunzig Prozent der Welt im Freien. Ein guter Spion muss wissen, wie er dort zurechtkommt.«

»Also … dann ist es so was wie ein Spionagecamp.«

»Das ist kein Camp!«, entfuhr es dem Direktor. »Das ist eine Elite-Trainingseinrichtung fürs Überleben in der Wildnis. Es sieht nur *zufällig* so aus wie ein Camp. Und was deine Familie, Freunde oder sonst wen betrifft, bist du auch nur auf einem Zeltlager: dem *Wanderfreuden*-Ferienlager für Jungs und Mädchen.« Der Direktor kramte in seiner Schreibtischschublade, bis er ein Dokument fand, das er mir über den Schreibtisch hinschob.

Es war ein einzelnes Blatt mit der Adresse des Treffpunkts in Washington, D.C., von dem aus der offizielle Akademiebus zum Camp losfahren würde, und eine Liste von Überlebensartikeln, die man mitbringen sollte. Wie bei allen Unterlagen der Spionageschule stand unten auf der Seite die Anweisung, dass man den Inhalt auswendig lernen und das Blatt dann zerstören sollte.

»Wann geht es los?«, fragte ich.

»In drei Tagen«, antwortete der Direktor. »Geh nach Hause, und verbring ein schönes Wochenende mit deiner Familie. Aber erzähl niemandem, was sich wirklich hinter dem Camp verbirgt …«

»Sonst müssen Sie mich umbringen«, beendete ich den Satz. Ich wusste, wie der Hase lief.

»Genau. Dann bis Montagmorgen um Punkt neun Uhr.« Der Direktor wandte sich wieder seinen streng geheimen Unterlagen zu, als hätte ich mich auf einmal in Luft aufgelöst. Unser Treffen war vorbei.

Ich verließ sein Büro und machte mich auf den Weg zurück in mein Zimmer.

Zuerst war ich über die Neuigkeit, dass ich zur Sommerschule musste, sauer und gefrustet. Ich hatte mich in den vergangenen fünf Monaten total reingehängt und vermisste meine Familie und Freunde; ich fand, dass ich ein paar Wochen Schulferien verdient hatte. Aber während ich über das Akademiegelände lief, fing ich an, die Sache positiv zu betrachten. Auch wenn die ersten Wochen an der Spionageschule schwierig gewesen waren – man hatte mich beinahe ermordet, entführt und in die Luft gesprengt –, war alles viel besser geworden, nachdem niemand mehr versucht hatte, mich umzubringen. Mir gefiel es mittlerweile an der Schule, und ich hatte viele Freunde gefunden. Zum ersten Mal in meinem Leben hielten mich Leute tatsächlich für cool; dass ich die Zerstörung meiner Schule verhindert und den verantwortlichen Agenten gefasst hatte, hatte sich als wahrer Segen für mein Privatleben herausgestellt. Zu Hause war es aber immer noch ein Geheimnis, dass ich zum Spion ausgebildet wurde. Alle dachten, ich würde auf eine öde Wissenschaftsschule gehen. Vermutlich würde ich noch unbeliebter sein, als ich es schon gewesen war. Daher fand ich den Gedanken, mehr Zeit mit meinen angehenden Spionagekollegen zu verbringen, gar nicht so übel. Und die Tatsache, dass ich es draußen im Freien tun würde anstatt in schmuddeligen, alten Klassenzimmern, ließ es noch verlockender erscheinen.

Als ich mein Wohnheimzimmer erreichte, war ich zu der Ansicht gelangt, dass ein Sommer in einem Spionagecamp sehr viel Spaß machen könnte.

Und dann fand ich die zweite Nachricht.

Sie lag genau an derselben Stelle, an der ich die erste entdeckt hatte – oben auf allen meinen Koffern. Und das, obwohl ich meine Zimmertür abgeschlossen hatte, bevor ich mich zum Treffen mit dem Direktor aufgemacht hatte.

Hi, Ben!

Wir wollten dich nur vorwarnen, dass wir dir bald einen Besuch abstatten werden.

Deine Kumpels von SPIDER

Ich setzte mich auf mein Bett und fühlte mich, als ob mir jemand den Wind aus den Segeln genommen hätte.

SPIDER war die kriminelle Organisation, die einen Maulwurf in die Schule eingeschleust, einen Attentäter in mein Zimmer geschickt und versucht hatte, die Bosse aller Geheimdienste in die Luft zu jagen. Seit ich geholfen hatte, ihre ruchlosen Pläne zu zerschlagen, hatte ich nichts mehr von ihnen gehört.

Vielleicht würde dieser Sommer doch nicht so lustig werden.

Zusammenarbeit

Eisenhower-Schießstand
10. Juni
16:00 Uhr

Obwohl es einen in der Regel ganz schön runterziehen kann, eine Nachricht von einer kriminellen Organisation zu bekommen, die schon einmal versucht hat, einen umzubringen, fand ich es seltsamerweise auch aufregend.

Es lieferte mir einen guten Grund, mit Erica Hale zu sprechen.

Erica war bei Weitem die fähigste und klügste Spionageschülerin an der Akademie und obendrein das hübscheste Mädchen, das ich je getroffen hatte. Sie stammte von einer langen Reihe von Spionen ab, die bis zu Nathan Hale höchstpersönlich zurückging, und hatte von ihren Vorfahren viele Spionagetricks gelernt. (Allerdings war ihr Vater, Alexander Hale, der lebende Beweis dafür, dass Talent manchmal eine Generation überspringt.) Obwohl mir

Erica schon einmal wesentlich dabei geholfen hatte, SPIDER einen Strich durch die Rechnung zu machen, und wir dadurch eine Weile befreundet gewesen waren – so weit man das mit Erica überhaupt sein konnte –, war sie mittlerweile wieder genauso distanziert wie vorher. Sie hatte mich das ganze Frühjahr lang mehr oder weniger links liegen lassen.

Mir war einfach kein guter Grund eingefallen, weshalb ich zu ihr gehen könnte. Erica war nicht gerade der Typ, bei dem man so ganz nebenbei im Zimmer vorbeischaute. Das erste Problem war schon, dass es mit einer Sprengfalle versehen war. Aber Korrespondenz vom Feind war immer ein ausgezeichneter Anlass, um ein Gespräch anzufangen.

Ich machte sie am Schießstand ausfindig. Das war keine besondere detektivische Meisterleistung meinerseits: Erica verbrachte mehr Zeit damit, ihre Selbsterhaltungsfähigkeiten zu perfektionieren, als mit Schlafen. Sie übte gerade, Terroristen, die Geiseln genommen hatten, aus dreihundert Metern Entfernung auszuschalten. Mit einer Armbrust.

Die anderen Schüler machten einen großen Bogen um sie. Ericas sowieso schon kühle Ausstrahlung schien aus irgendeinem Grund noch frostiger als sonst, als würde sie sich über irgendetwas ärgern. Sogar Greg Hauser, der härteste Typ an der Schule, hielt sich von ihr fern. Während ich mich Erica näherte, beobachteten mich meine Mitschüler, als würde ich in eine Terroristenhöhle marschieren.

Erica sah mich kaum an. Sie steckte einfach einen weiteren Pfeil in ihre Armbrust und schoss ihn ab. Er traf sein Ziel direkt zwischen den Augen und spaltete den vorherigen Pfeil in Robin-Hood-Manier in zwei. »Wie war dein Treffen mit dem Direktor?«, fragte sie.

»Woher weißt du davon?«, fragte ich zurück, bevor ich es mir verkneifen konnte. Ich wusste schon, wie ihre Antwort lauten würde.

»Ich werde zur Spionin ausgebildet«, erwiderte sie. »Es ist mein Job, Dinge zu wissen.«

»Es wäre nett gewesen, nicht erst heute von dem Spionagecamp zu erfahren.«

Erica zuckte mit den Achseln. »Auch *du* wirst zum Spion ausgebildet. Es ist auch dein Job, Dinge zu wissen.« Sie lud einen weiteren Pfeil und zielte.

Ich hielt die Nachricht von SPIDER hoch. Ich hatte sie in einen durchsichtigen Beweisbeutel gesteckt. »Das hab ich gerade in meinem Zimmer gefunden.«

Erica las die Nachricht durch das Plastik. Sie strengte sich an, nicht überrascht zu wirken, aber als sie den Pfeil abschoss, verfehlte sie ihr Ziel um einen Millimeter.

Ich konnte mir ein Lächeln nicht verkneifen. Erica überrascht zu sehen, war wie eine Sonnenfinsternis zu beobachten: Es passierte nicht oft, und man musste die seltenen Momente, in denen es passierte, auskosten.

Erica nahm schnell ihre Armbrust herunter und steckte sie in ihre Hülle. »Unterhalten wir uns an einem ruhigeren Ort.« Sie marschierte los, ohne auf meine Antwort zu warten.

Ich folgte ihr, als sie vom Schießstand in das nahe gelegene Gebäude für Chemische und Biologische Kriegsführung ging. Da das Schuljahr vorbei war, war das Gebäude leer. Doch das war für Erica noch nicht sicher genug. Sie gab einen Code in einen Snackautomaten ein, der daraufhin eine Öffnung in der Wand freigab. Dahinter war eine Treppe verborgen. Wir stiegen sie zur geheimen, unterirdischen Ebene unterhalb der Schule hinunter. Erica näherte sich einer Tür mit der Aufschrift: EINGESCHRÄNKTER ZUTRITT – BETRETEN OHNE ERLAUBNIS VERBOTEN, öffnete das Schloss mit einem Brecheisen und trat dann ohne Erlaubnis ein.

Ich folgte ihr widerwillig. In dem Raum war es so still wie in einem Leichenschauhaus, was passte, da es tatsächlich ein Leichenschauhaus *war*. Oder zumindest sah es aus wie die Leichenschauhäuser, die ich im Fernsehen gesehen hatte. Die Wände waren mit riesigen Kühlschubfächern gesäumt und alles war steril sauber. »Sind da Leichen drin?«, fragte ich argwöhnisch.

»Vermutlich.« Erica fand eine sterile Pinzette und zog vorsichtig SPIDERs Nachricht aus dem Beweisbeutel. »Für die Leute im fünften Jahr findet hier der Unterricht in Forensischer Spurenauswertung statt, aber der Raum ist während des Sommers höchstwahrscheinlich geschlossen – und da die meisten Leute Leichenschauhäuser unheimlich finden, dachte ich, dass es der sicherste Ort zum Reden wäre.«

Ich fand das Leichenschauhaus auch unheimlich, aber ich gab mir alle Mühe, es vor Erica zu verbergen. »Glaubst du, die Nachricht ist wirklich von SPIDER?«, fragte ich.

Erica legte den Zettel auf einen Seziertisch und untersuchte ihn genauer. »Von wem könnte sie deiner Meinung nach sonst sein?«

»Von jemandem, der mir einen Streich spielen will«, schlug ich hoffnungsvoll vor.

»Wer, bitte schön, würde es lustig finden, jemandem eine gefälschte Nachricht von einer feindlichen Organisation zu schicken?«

»Chip Schacter. Oder einer seiner Handlanger.« Ich glaubte nicht, dass Chip sich etwas Böses dabei gedacht hätte. Auch wenn er und ich einen schlechten Start gehabt hatten, kamen wir eigentlich besser miteinander aus, seit ich aufgedeckt hatte, dass Chip nicht SPIDERs Maulwurf an der Spionageschule war. Wir waren nicht gerade die besten Kumpel; ich kam mir vielmehr wie die Maus vor, die einem Löwen einen Dorn aus der Pfote gezogen hatte. Chip schikanierte mich nicht mehr, aber manchmal war es schlimmer, gut als schlecht mit ihm zu stehen. Er beleidigte, verspottete und zog seine Freunde regelmäßig auf. Und er spielte ihnen gerne dämliche Streiche. »Letzte Woche hat er mein Chemiebuch in Flüssigstickstoff eingefroren«, erzählte ich Erica. »Mir ist es erst aufgefallen, als es mir in der Kantine runtergefallen und in tausend Stücke zersplittert ist.«

Erica schüttelte den Kopf. »Diese Nachricht ist von keinem Schüler. Du und ich sind die Einzigen hier, die überhaupt von SPIDERs Existenz wissen. Sogar die meisten *echten* Agenten wissen nichts von SPIDER.«

»Es hat schon vorher undichte Stellen gegeben.«

»Das stimmt, aber diese Information hat eine sehr hohe Sicherheitsstufe. Du weißt doch noch, wie uns die Dienstaufsichtsbehörde in die Mangel genommen hat.«

Ich nickte. Nachdem Erica und ich letzten Winter

SPIDERs geplanten Anschlag vereitelt hatten, war innerhalb der CIA intensiv ermittelt worden. Die Bosse aller nationalen Geheimdienste waren extrem genervt gewesen, als sie erfuhren, dass sie alle nur knapp dem Tod entronnen waren – und sie brauchten einen Sündenbock für dieses Sicherheitsfiasko. Erica und ich waren jeweils stundenlang in die Mangel genommen worden. Die Leute, die uns befragten, konnten es nicht fassen, dass wir Kontakt mit SPIDER gehabt hatten, und verpflichteten uns zur Geheimhaltung unter der Androhung, dass man uns sonst von der Akademie ausschließen würde. Wir durften unter keinen Umständen über SPIDER sprechen, nicht einmal miteinander. Was vermutlich bedeutete, dass wir gerade gegen ein Dutzend Sicherheitsbestimmungen verstießen. Andererseits hatte bestimmt keiner der Vernehmer damit gerechnet, dass SPIDER mir eine Nachricht hinterlassen würde.

»Na ja, die Dienstaufsichtsbehörde ist mit allen Beteiligten hart umgesprungen«, fuhr Erica fort. »Von SPIDER zu wissen, fällt unter die Sicherheitsstufe AA1.«

»Trotzdem hätte jemand an die Information herankommen können.«

»Jeder, der dazu schlau genug ist, würde nicht so fahrlässig damit umgehen. Nur ein Schwachkopf würde jemandem einen Streich mit streng geheimen Informationen spielen – und diese Einrichtung nimmt keine Schwachköpfe auf. Hier laufen ein paar Missetäter, Halunken und Taugenichtse herum, aber keine Schwachköpfe.«

Ich nickte. »Dann ist diese Nachricht also wirklich von SPIDER.«

»Das hab ich nicht gesagt.«

»Von wem könnte sie sonst sein?«

»Von einer anderen feindlichen Organisation, die will, dass du *denkst*, sie wäre von SPIDER.«

Ich betrachtete die Notiz argwöhnisch. So wie sie da auf dem Seziertisch lag, wirkte sie völlig harmlos. Nur ein Blatt Papier mit neunzehn getippten Wörtern darauf. Und doch löste die Vorstellung, dass eine feindliche Organisation sie in meinem Zimmer hinterlassen haben könnte, eine Lawine beunruhigender Fragen aus. »Wie, glaubst du, haben sie sie überhaupt in mein Zimmer geschleust?«, fragte ich. »Auf dem Gelände gibt es eine Menge Sicherheitsmaßnahmen.«

»SPIDER hat unsere Sicherheitsvorkehrungen schon einmal umgangen«, antwortete Erica. »Wie du dich vielleicht erinnerst, haben sie mal einen Attentäter in dein Zimmer geschickt.«

»Ja, aber die Akademie hat die Sicherheit seitdem erheblich verstärkt.«

»Das bedeutet nicht, dass sie undurchdringlich ist.«

»Aber der Attentäter ist mitten in der Nacht auf das Gelände eingedrungen. Das hier ist bei helllichtem Tag passiert. Die ganze Schule war auf den Beinen.«

»Das ist nicht unbedingt eine Abschreckung«, warnte Erica. »In einen bevölkerten Ort einzudringen, ist leichter als in einen menschenleeren. Was sieht verdächtiger aus? Jemand, der an einem warmen Sommernachmittag übers Gelände schlendert, oder jemand, der mitten in der Nacht herumschleicht?«

»Da ist was dran.« Es nervte mich, dass ich nicht selbst daraufgekommen war, andererseits hatte ich meine erste Stunde in Feindliches Eindringen erst nächstes Semester. »Trotzdem wäre es nicht einfach gewesen, das in mein Zimmer zu bringen. Da sind Wachposten, bewaffnete Patrouillen, Sicherheitsleute am Wohnheimeingang – und ich hatte meine Tür abgeschlossen.«

»Du hast recht«, erwiderte Erica. »Dann müssen wir also in Betracht ziehen, dass der Feind den einfachsten Weg gewählt hat, um am Großteil der Sicherheitsvorkehrungen vorbeizukommen.«

»Und der wäre?«

Erica warf mir einen scharfen Blick zu. Anscheinend hätte mir die Antwort ins Auge springen müssen. Ich brauchte trotzdem noch ein paar Sekunden, bis ich daraufkam.

»Oh nein«, entfuhr es mir. »Sie haben jemanden im Innern?«

»Das wäre nur logisch«, sagte Erica. »Wenn sie einen Maulwurf rekrutieren konnten, warum dann nicht zwei? Und wenn man einen fängt – wie wir es getan haben –, ist man so stolz, dass man nicht mehr richtig aufpasst und so Nummer zwei erlaubt, diskret Schaden anzurichten.«

»Aber wenn das der Fall ist, warum würde er …«

»Oder *sie*«, fügte Erica hinzu.

»Sich auf diese Weise verraten?«, beendete ich die Frage. »Eine Nachricht zu hinterlassen, ist nicht gerade diskret.«

»Stimmt.« Erica schürzte die Lippen. »Das ist wirklich seltsam. Aber SPIDER ist kein Idiotenverein. Sie haben bestimmt einen sehr guten Grund dafür, warum sie sich jetzt zeigen. Wir müssen ihn nur herausfinden.«

»Es sei denn, es ist eine andere Gruppe, die, wie du gesagt hast, will, dass wir *glauben*, es wäre SPIDER«, schlug ich vor. »Dann würden sie das als Ablenkungsmanöver nutzen.«

»Aber wer auch immer sie sind, sie würden trotzdem jemanden im Innern brauchen«, wandte Erica ein. »So hätten sie relativ leichten Zugang zum Wohnheim, und ehrlich gesagt, ist es nicht so schwer, das Schloss zu deinem Zimmer zu knacken.«

»Woher weißt du das?«, fragte ich. »Hast du mein Schloss geknackt?«

»Als würde ich in dein Zimmer einbrechen wollen. Die Standardtürschlösser im Wohnheim sind Pearson-Alpha-Sicherungsbolzen. Die sind der totale Witz. Die kann ich schon seit dem Kindergarten knacken.« Bei den meisten Leuten wäre ich davon ausgegangen, dass sie maßlos übertreiben, aber nicht bei Erica. Ich konnte mir gut vorstellen, wie sie als Kindergartenkind einen Hightech-Anschlag auf die Familienkeksdose verübte.

»Der Maulwurf hätte auch die Überwachungskameras umgehen müssen«, sagte ich. »Von denen gibt es auf dem Gelände Tausende.«

»Ja, aber wie du weißt, ist das nicht sonderlich schwer. Ich werde mich trotzdem ins Sicherheitssystem hacken und überprüfen, ob die Kameras irgendwas Verdächtiges aufgezeichnet haben. Hmmm.« Erica war offenbar etwas aufgefallen. Sie schnappte sich das Vergrößerungsglas und sah sich die Nachricht genauer an.

»Hast du einen Hinweis gefunden?«, fragte ich.

»Vielleicht«, antwortete Erica. »Dieser Zettel ist praktisch steril. Da sind nicht nur einfach keine Fingerabdrücke drauf, da ist überhaupt *nichts*: kein Staub, kein Dreck, keine Fasern – als hätte man ihn in einem Vakuum aufbewahrt. Was zur Vorgehensweise von SPIDER passen würde. Aber da ist *das* hier.« Erica nahm die Pinzette und zupfte etwas von der Nachricht ab. Oder zumindest sah es so aus, als würde sie etwas abzupfen. Als sie die Pinzette vor mir hochhielt, schien da nichts zu sein.

»Ich seh nichts«, sagte ich.

»Ach, komm schon.« Erica klang total enttäuscht. »Es ist mindestens einen halben Millimeter breit.«

Ich blickte durch das Vergrößerungsglas. Ganz vorne an der Spitze der Pinzette war ein Fleck, der so klein war, dass es wie etwas aussah, das eine Fliege herausgehustet hatte. »Was ist das?«

»Ein Hinweis auf die Identität der Person, die das geschrieben hat.« Erica nahm einen weiteren Beweisbeutel heraus und ließ das winzige Korn hineinfallen. »Es war tief ins Papier eingebettet, als wäre das Blatt draufgedrückt worden, während es auf einem Tisch lag. Es ist viel wahrscheinlicher, dass das passiert ist, während die Nachricht geschrieben wurde, und nicht, während du, oder wer auch immer, sie herumgetragen hat. Sieht wie Erde oder ein Stückchen Stein aus. Wenn ich herausfinden kann, woher es kommt, liefert es uns vielleicht eine Spur.«

»Kann man das wirklich mit nur so wenig feststellen?«, fragte ich.

»Na ja, alle können das nicht, aber ich bin nicht alle. Es war die richtige Entscheidung, mir das zu bringen.« Erica klopfte mir flüchtig auf die Schulter und steuerte auf die Tür zu.

»Warte!«, rief ich ein wenig verzweifelter, als ich wollte. »Das war's? Du gehst einfach?«

»Ja.« Erica hielt den Beweisbeutel mit dem mysteriösen Körnchen hoch. »Ich hab was zu tun.«

»Aber laut der Nachricht taucht SPIDER … oder wer auch immer sie geschickt hat … bald hier auf.«

»Hast du etwa gehofft, dass ich dich beschütze?«

»Na ja … schon.« Es war peinlich, es zuzugeben – und doch hatte Erica mich schon einmal vor Bösewichten beschützt. »Ich bin mir nicht mal sicher, womit ich rechnen soll. Wollen sie mich töten?«

»Das bezweifle ich«, erwiderte Erica.

»Mich gefangen nehmen?«

»Viel wahrscheinlicher.«

»Vielleicht wollen sie sich einfach nur nett mit mir unterhalten.«

»Träum weiter.«

Ich runzelte die Stirn. Auch wenn diese letzte Möglichkeit ein bisschen abwegig war, war ich dennoch enttäuscht, dass Erica das so eindeutig bestätigte. »Dann glaubst du also wirklich, dass es sich hier um ein Entführungsszenario handelt?«

»Das kann ich nicht mit absoluter Sicherheit sagen, aber das erscheint mir am logischsten. SPIDER hat dir schon mal einen Job als Doppelagent angeboten. Offensichtlich sind sie der Meinung, dass du Potenzial hast, auch wenn ich nicht ganz verstehe, warum. Du hast sie abblitzen lassen, aber solche Typen lassen sich nicht so einfach abwimmeln. Wenn du mich fragst, wollen sie den Einsatz erhöhen.«

»Wie?«

Erica zuckte mit den Schultern. »Wir werden es bestimmt bald herausfinden.« Sie wandte sich wieder zur Tür.

Das verwirrte mich. Erica behandelte mich wie … na ja, so ziemlich jeden. So, wie sie mich behandelt hatte, als wir uns das erste Mal begegnet waren, bevor ich mich ihr bewiesen hatte. Ich erwartete ja gar nicht, dass Erica mich zum Abschied umarmte, aber ich fand, dass ich zumindest etwas Besseres verdient hatte, als allein im Leichenschauhaus zurückgelassen zu werden, nachdem ich erfahren hatte, dass mein Leben in Gefahr war. Bevor ich mir auf die Zunge beißen konnte, fragte ich: »Erica … Bist du sauer auf mich?«

Erica hielt noch einmal kurz inne und warf mir einen merkwürdigen Blick zu, als würde sie die Frage nicht richtig verstehen. Erica war vermutlich die intelligenteste Person, die ich je kennengelernt hatte, aber obwohl sie ein Dutzend Sprachen sprechen konnte, stand sie oft auf dem Schlauch, wenn es um grundlegende menschliche Gefühle ging. »Auf dich? Nein. Ich bin nicht sauer auf *dich*.«

Das warf natürlich eine andere Frage auf. Auf *wen* war sie dann sauer? Aber bevor ich sie danach fragen konnte, schnitt Erica mir das Wort ab.

»Mach dir wegen SPIDER keine Sorgen, Ben. Ich werde dich im Auge behalten.« Damit verschwand sie durch die Tür.

Sie hatte mir die Nachricht dagelassen. Ich steckte sie mit der Pinzette zurück in den Beweisbeutel. Dabei bemerkte ich, dass meine Hände anfingen zu zittern.

Trotz Ericas Versicherung *war* ich wegen SPIDER besorgt. Als ich das letzte Mal mit ihnen zu tun gehabt hatte, waren sie mir, Erica und der gesamten CIA bis ganz zum Schluss einen Schritt voraus gewesen. Die Organisation war clever – und sie war gefährlich. Ihr Wahnsinn hatte immer Methode. Daher schien es, als hätten sie mir diese Nachricht aus einem viel unheilvolleren Grund geschickt, als mich einfach vorzuwarnen, dass sie mir einen Besuch abstatten würden. Leider hatte ich keine Ahnung, was dieser Grund sein könnte.

Ich hoffte bloß, dass wir dahinterkamen, bevor es zu spät war.

Einsatzbefehl

```
Armistead-Wohnheim
10. Juni
17:00 Uhr
```

Obwohl mir eigentlich klar war, dass es Erica nicht gefallen würde, beschloss ich, mir etwas mehr Rückendeckung zu besorgen. Es lag nicht daran, dass ich Erica nicht vertraute – ich vertraute ihr mehr als sonst irgendjemandem. Nur wenn man eine potenziell lebensbedrohliche Botschaft von einer Organisation erhält, die schon einmal versucht hat, einen umzubringen, erschien es nicht ganz unvernünftig, außer einem fünfzehnjährigen Mädchen noch jemand anderen darüber zu informieren.

Wie zum Beispiel ein achtzehnjähriges Mädchen.

Tina Cuevo war die Wohnheimbetreuerin für die Schüler im ersten Jahr. Sie war die Mittelsperson zwischen den Schülern und der Verwaltung, weil die Verwaltung in der Regel so wenig wie möglich mit den Schülern zu tun haben wollte. Und im Gegensatz zur Verwaltung war Tina zugänglich und kompetent. Sie war mir eine sehr große Hilfe gewesen, als ich den Attentäter in meinem Zimmer vorgefunden hatte – und, was vielleicht ebenso wichtig war, sie war für das gesamte Wohnheim dagewesen, als die Toiletten im Gemeinschaftsbadezimmer zwei Wochen zuvor verstopft gewesen waren.

Sie war fast mit Packen fertig, als ich sie aufsuchte. Es war ein echter Schreck, ihr Zimmer so kahl zu sehen. Im Wohnheim war Tinas Zimmer immer am gemütlichsten gewesen, voller heimeliger Sachen wie Überwürfe und Steppdecken. Sie war vermutlich die Einzige auf dem gesamten Schulgelände, die Fotos einrahmte und nicht einfach an die Wand klebte. Aber jetzt, da alles in Koffer geräumt war, sah das Zimmer genauso kühl und langweilig aus wie das aller anderen Schüler.

Auch Tina sah nicht ganz so herzlich aus wie sonst. Statt ihres üblichen strahlenden Lächelns schenkte sie mir eins, das gezwungen wirkte. »Hey, Fake«, sagte sie. »Ich hatte gehofft, dich zu sehen, bevor ich gehe. Du kommst gerade richtig.«

Ich zuckte zusammen. Nach allem, was an diesem Nachmittag passiert war, hatte ich völlig vergessen, dass der letzte Schultag auch ein ganz besonderer Tag für die Schüler im sechsten Jahr war: Es war der Tag, an dem sie ihre Einsatzbefehle erhielten. Alle bekamen für den Sommer ein Praktikum in einer Außenstelle zugewiesen, bevor sie sich im Herbst an der Universität für Spionage melden mussten. Darauf warteten alle Schüler sehnlichst. Tinas schlechter

Laune nach zu urteilen, hatte sie keine guten Nachrichten erhalten. »Wo gehst du hin?«, fragte ich.

Sie hielt mir ihre Einsatzpapiere hin. Ich nahm sie und rechnete damit, dass man sie in irgendein schreckliches Kriegsgebiet in der Dritten Welt schickte. Stattdessen las ich …

»Vancouver? Das ist doch gar nicht schlecht.«

»Ach, komm schon«, maulte Tina. »Das ist *Kanada.*«

»Ich hab gehört, dass es dort total schön sein soll«, versuchte ich, sie aufzumuntern. »Und sehr gute Restaurants soll es da auch geben.«

»Weißt du, was es dort nicht gibt?«, fragte Tina mürrisch. »Verbrechen. Auf der Rangliste der sichersten Städte der Welt war Vancouver letztes Jahr auf Platz zwei. Die Mordrate ist dort praktisch gleich null. Wie soll ich denn da irgendeine Art von Felderfahrung sammeln?«

»Die Zahl exotischer Tiere, die über den Hafen ins Land geschmuggelt werden, ist dort gestiegen«, sagte ich. »Vielleicht darfst du ja bei diesen Ermittlungen mithelfen.«

»Ich bin nicht zur CIA gegangen, um Panda-Schmuggler einzubuchten«, Tina ließ sich in ihren Sessel plumpsen, »sondern weil ich für Sicherheit in der Welt sorgen wollte. Kannst du dich noch daran erinnern, dass die Verwaltung gesagt hat, man würde mir die Sache mit Murray nicht anlasten?«

»Ja.« Nach dem ganzen SPIDER-Fiasko war Tina genauestens durchleuchtet worden, weil Murray Hill, der SPIDER-Maulwurf, sie benutzt hatte, um an Informationen heranzukommen. Natürlich hatte sie nichts davon gewusst, aber viele von den hohen Tieren waren nicht glücklich darüber gewesen, dass sie sich hinters Licht hatte führen lassen.

»Na ja, ganz offensichtlich tun sie es doch.« Tina seufzte. »Ich wollte an einen gefährlichen Ort versetzt werden. Mogadischu. Bogotá. Irgendwo in Pakistan. Und jetzt schicken sie mich nach Vancouver. Sie halten mich für eine Versagerin.«

»Nein«, entgegnete ich. »Du bist eine der Besten in deiner Klasse …«

»Das kannst du laut sagen. Ich hab den höchsten Notendurchschnitt, *und* ich bin die Einzige, die einen Hubschrauber fliegen oder Feldchirurgie durchführen kann. Aber es muss mich nur ein bescheuerter Maulwurf ausnutzen, und schon bin ich eine Aussätzige. Ein Maulwurf, der die gesamte Verwaltung eingewickelt hat, möchte ich nur mal hinzufügen. Aber dafür übernimmt der Direktor natürlich nicht die Verantwortung. Dafür muss ganz allein ich geradestehen.«

»Es könnte schlimmer sein«, sagte ich, da ich sie unbedingt ein wenig trösten wollte. »Sie hätten dich auch nach Genf schicken können. Das ist mal 'ne sichere Stadt. Die hatten dort schon seit fünf Jahren keinen Mord mehr.«

»Das ist gelogen«, erwiderte Tina, doch diesmal lächelte sie mich richtig an. »Aber danke, dass du mich aufzumuntern versuchst.« Ihr Blick fiel auf die Nachricht im Beweisbeutel in meiner Hand. »Ist das eine Abschiedskarte? Das ist so süß …«

Ich zuckte noch einmal zusammen. »Äh, eigentlich … die

ist nicht für dich. Die war für mich.« Ich hielt sie hoch, damit Tina sie durch das Plastik lesen konnte.

Ihr Lächeln verschwand wieder. »Das soll wohl 'n Witz sein. Ich werde an den langweiligsten Ort der Welt versetzt, und du wirst in noch mehr internationale Machenschaften verwickelt? Das ist nicht fair!«

»Es tut mir leid«, sagte ich. »Ich wollte dir das jetzt nicht auch noch aufbürden ...«

»Du bist gerade mal im ersten Jahr!«, schrie Tina. »Und du kriegst schon Morddrohungen! Hast du auch nur die geringste Ahnung, wie viel Glück du hast?«

»Ich hatte eigentlich gehofft, dass es mehr so was wie eine Entführungsdrohung ist ...«, setzte ich an.

»Ich werde nie eine Morddrohung bekommen«, brummelte Tina. »Bestimmt nicht in Vancouver. Wahrscheinlich weißt du nicht mal, was man in so einem Fall tun muss, stimmt's?«

»Äh ... nein. Deshalb komm ich ja zu dir.«

Tina seufzte und nahm mir den Beutel mit der Nachricht ab. »Okay, ich mach mich dran. Warum auch nicht? Es ist ja nicht so, als würde ich in Kanada irgendwas Aufregendes zu tun kriegen. Als Erstes musst du ein SP-68-Formular für Unerbetene Feindkontakte ausfüllen. Dann musst du dir eine Beweisbescheinigung besorgen und die Nachricht per Boten an das Zentrallabor schicken. In der Zwischenzeit informiere ich die Verwaltung und kümmere mich darum, dass man dir verdeckten Personenschutz zuweist, damit wir die Typen schnappen können, wenn sie wieder versuchen, dich zu ergreifen. Zu mehr werde ich wahrscheinlich leider keine Zeit haben. Ich rücke heute Abend aus und werde die ganze Sache daher dem Wohnheimbetreuer für das nächste Schuljahr übergeben müssen.«

»Und wer ist das?«

»Da ist er schon. Wenn man vom Teufel spricht.«

Ich folgte Tinas Blick zu ihrer Zimmertür und erschrak. Der Typ, der da stand, sah aus, als hätte jemand Chip Schacter geklont und dann versucht, ihn noch etwas zu verbessern. Er war größer, sein Kiefer kantiger, sein Haar dicker, und unter seinem Pullunder zeichneten sich mehr Muskeln ab. Er hatte ein so breites, strahlendes Lächeln im Gesicht, dass es einen beinahe blendete.

»Das ist Chips älterer Bruder«, stellte Tina ihn vor, »Hank Schacter. Hank, das ist Benjamin Ripley.«

Hank schnippte mit den Fingern und zeigte auf mich. »Fake, stimmt's? Ich hab deine Akte gelesen. Und alle Abschriften deiner Befragung. Wie schön, endlich dem Namen ein Gesicht zuordnen zu können.« Er hielt mir eine Hand hin, die meine winzig erscheinen ließ.

Ich schüttelte sie. »Chip hat mir nie erzählt, dass er einen Bruder hat.«

»Das liegt daran, dass er mich nicht mag. Ich habe gerade ein Semester im Ausland verbracht und in London an der streng geheimen Schule für britische Agenten studiert.«

Bevor ich meiner Überraschung darüber Ausdruck verleihen konnte, dass der MI-6 eine streng geheime Schule hatte, fragte Tina: »Wie war's?«

»Ganz okay«, antwortete Hank. »Ich hab ein paar neue forensische Techniken aufgeschnappt, kann jetzt auf der falschen Straßenseite eine Verfolgungsjagd aufnehmen und hab literweise Tee getrunken. Aber es ist ein gutes Gefühl, wieder zu Hause zu sein. Was ist hier los?«

»Ben hat gerade eine Morddrohung erhalten«, erklärte Tina.

Hanks Kinnlade klappte herunter. »Im Ernst? Wow, ich hab den Job seit gerade mal fünf Sekunden und muss mich schon um eine Morddrohung kümmern?«

»Es ist eigentlich mehr so was wie eine Entführungsdrohung …«, warf ich ein.

»Ben, erkläre Hank die Situation. Ich geh rüber zur Verwaltung.« Tina wuschelte mir wie eine große Schwester durchs Haar. »Für den Fall, dass ich dich vor meiner Abreise nicht mehr sehe: Halt die Ohren steif.« Sie eilte aus der Tür.

Hank schloss und verriegelte sie hinter ihr. Als er sich mir wieder zuwandte, war sein Lächeln verschwunden. Offenbar hatte er vor Tina nur so nett getan, aber jetzt, da sie weg war, zeigte er sein wahres Gesicht. Er sah mich auf dieselbe bedrohliche Art an wie Chip, als ich ihm das erste Mal begegnete – nur dass Hank viel bedrohlicher war als Chip. »Lass uns mal ein paar Dinge klarstellen, Fake. Nummer eins: Ich mag dich nicht.«

»Was?«, fragte ich. »Warum nicht?«

»Wie ich höre, bist du mit meinem Bruder befreundet.«

»Ja.«

»Ich kann meinen Bruder nicht ausstehen. Daher kann ich auch die Freunde meines Bruders nicht ausstehen. Und somit auch dich nicht.«

»Eigentlich sind Chip und ich nicht *gut* befreundet«, sagte ich. »Er mochte mich überhaupt nicht, als wir uns das erste Mal getroffen haben …«

»Aber es gibt noch einen anderen, viel wichtigeren Grund, warum ich dich nicht mag«, erklärte Hank weiter. »Du bedeutest Ärger. Und wenn ein Schüler Ärger bedeutet, steht am Schluss auch sein Wohnbetreuer schlecht da. Schau, was der armen Tina passiert ist. Ihr werden jetzt wegen dieser Sache, in die du verwickelt warst, Steine in den Weg gelegt …«

»Das ist nicht *meine* Schuld«, protestierte ich. »Murray hat Tina schon ausgenutzt, als ich hier angekommen bin.«

»Egal, wie du es betrachtest, du hattest damit zu tun. Und das heißt, du bedeutest Ärger. Ich hab vor, hier ein strenges Regiment zu führen – und ich will keine Schwierigkeiten mit meinen Schülern. Das würde mich ganz schön sauer machen, verstanden?« Hank legte mir eine Hand auf die Schulter und drückte sie. Er schien sich kaum anzustrengen, und doch war es unglaublich schmerzhaft. Es fühlte sich an, als würden seine Finger durch mein Schulterblatt pflügen.

»Verstanden«, konnte ich noch gerade so herauspressen.

»Freut mich, zu hören«, sagte Hank. »Also, bedeutet diese Morddrohung Ärger für mich?«

»Ich glaube nicht«, erwiderte ich und hoffte, dass es die Wahrheit war. Schließlich alarmierte Tina die Verwaltung, und Erica hatte bereits mit ihren eigenen Ermittlungen angefangen. Wenn alles gut lief, wäre die ganze Sache erledigt, bevor der Sommer vorbei war. Entweder würden wir SPIDERs Pläne vereiteln – oder ich wäre tot.

»Alles klar.« Hank führte mich zur Tür und schob mich auf den Gang, als wäre Tinas Zimmer bereits seins. »Dann bis Montag.«

»Montag?«, fragte ich. »Du gehst auch ins Spionagecamp?«

»Natürlich«, sagte Hank. »Ich bin nicht nur dein Wohnheimbetreuer. Ich bin auch dein Campbetreuer.«

Ich zuckte zusammen. Wie es aussah, *würde* ich Hank Schacter Ärger bereiten. Und das viel früher, als ich befürchtet hatte.

Erscheinung

FunLand-Vergnügungszentrum
Alexandria, Virginia
11. Juni
14:00 Uhr

»Ein Ferienlager?« Mike Brezinski sah mich stirnrunzelnd durch den Zaun des Baseball-Schlagkäfigs an. »Wieso zum Teufel willst du dahin? Ferienlager sind ätzend.«

»Bei diesem hier soll man total viel Spaß haben«, log ich.

Die automatische Wurfmaschine spuckte einen Ball mit einer Geschwindigkeit von hundertdreißig Stundenkilometern aus. Mike schwang mühelos seinen Schläger und erzielte einen Homerun. »Das sagen sie alle. Und dann kommt man dort an und stellt fest, dass von Moskitos zerfressen zu werden und sein Geschäft in ein Plumpsklo zu machen, ihre Vorstellung von ›Spaß‹ ist.«

Wir waren in FunLand, einer Mischung aus Baselball-Schlagkäfigen, Spielhalle und Minigolfplatz, die alle aus einem völlig unerklärlichen Grund mittelalterlich gestaltet waren. Normalerweise hätte ich es in dem Wissen, dass SPIDER mich im Visier hatte, nicht riskiert, an einen so öffentlichen Ort zu gehen, aber Tina hatte Unglaubliches erreicht. Die Verwaltung hatte mir verdeckten Personenschutz zugewiesen. Da es um SPIDER ging, hatte sie es sogar ein wenig übertrieben. Nur die Hälfte der gelangweilten Eltern, die in FunLand auf ihre Kinder warteten, waren tatsächlich gelangweilte Eltern, die auf ihre Kinder warteten – der Rest waren Undercoveragenten. Mehrere der Kinder ebenfalls. Die CIA hatte alle ihre kleinsten Agenten zu meinem Schutz eingesetzt.

Ich versuchte, in meinem Schlagkäfig einen Ball zu schlagen, traf aber nur Luft. Offenbar ließen sich die ganzen Augen-Hand-Koordinationsübungen, die ich auf der Spionageschule gemacht hatte, nicht auf Baseball anwenden. »So schlimm wird es schon nicht werden«, erwiderte ich.

»Vielleicht nicht, aber du wirst dort nicht so viel Spaß haben wie hier. Ich hatte einen Wahnsinnssommer für uns geplant.« Mike schlug einen weiteren Ball zum Homerun. »Erst mal kann uns mein Bruder wahrscheinlich einen Job hier besorgen.«

»Wie soll arbeiten mehr Spaß machen als in ein Ferienlager zu gehen?« Auch wenn ich den nächsten Ball tatsächlich traf, schlug ich ihn so dermaßen ins Aus, dass er beinahe einen Siebenjährigen in einem Schlagkäfig am anderen Ende der Reihe ausknockte.

»Weil wir nicht wirklich arbeiten werden«, erklärte Mike. »Wir würden den Leuten in der Spielhalle nur das Kleingeld wechseln. Man würde uns also im Prinzip dafür bezahlen, hier abzuhängen und den ganzen Tag Videospiele zu spielen.«

Ich hatte meine Zweifel, dass dieser Plan bei irgendjemandem – außer Mike – geklappt hätte. Bei Mike klappte so ziemlich alles. Er belegte einfache Kurse, um Einsen zu kassieren, ohne auch nur ein Buch aufzuschlagen. Er war der Star jeder Mannschaft, in der er spielte. Und alle Mädchen mochten ihn. Er ging jetzt mit Elizabeth Pasternak, dem schönsten Mädchen an meiner alten Schule.

Natürlich hatte ich in letzter Zeit auch so einige coole Sachen gemacht. Nur leider konnte ich Mike nichts davon erzählen. Wenn irgendjemand von einer Morddrohung beeindruckt gewesen wäre, dann Mike. Aber die Spionageschule war streng geheim. Selbst meine eigenen Eltern dachten, ich würde auf die Sankt Smithen's Akademie der Wissenschaften für Jungen und Mädchen gehen. Und das bedeutete, dass sie mich genau wie Mike und alle anderen für einen Nerd hielten.

Kurz nach meiner Ankunft auf der Spionageschule hätte Mike allerdings beinahe die Wahrheit über mich herausgefunden. Er war auf das Akademiegelände geschlichen, um mich für eine Party herauszuholen, und eine Horde CIA-Agenten, die ihn für einen SPIDER-Spion hielt, hatte ihn geschnappt. Danach hatten CIA-Vertreter versucht, Mike zu überzeugen, er wäre bloß einer übereifrigen Nachbarschaftswache in die Arme gelaufen. Doch das hatte er ihnen nicht abgekauft und mir das auch so gesagt. Das teilte ich wiederum der Akademie mit, und die CIA-Abteilung für Desinformation verdoppelte daraufhin ihre Bemühungen, ihn zu täuschen. Die CIA hatte tatsächlich so getan, als wolle sie ihn für Sankt Smithen's rekrutieren, indem sie ihn mit Hochglanzbroschüren überhäufte und auf die Wissenschaftsmesse einlud, weil sie genau wusste, dass Mike nie auf eine öde Wissenschaftsschule gehen würde. (Die Wissenschaftsmesse fand nie statt, aber die CIA war bereit gewesen, eine falsche Messe mit allem Drum und Dran zu inszenieren, nur für den Fall, dass Mike auf die Idee käme, vorbeizuschauen.) Gleichzeitig schickte die Agency ein Team von »Anwälten« zu Mike nach Hause, um »einzugestehen«, dass Mike in eine »Übung« der CIA geraten sei – die behaupteten aber, die CIA hätte nichts mit Sankt Smithen's zu tun, und gaben sogar vor, eine Klage der Schule zu fürchten, weil sie ohne Genehmigung Manöver auf ihrem Gelände durchgeführt hatte. Da Mike nun mal Mike war, fragte er, was sie bereit wären, ihm zu geben, damit er den Mund hielt. Die CIA rückte die zukünftigen Gebühren fürs College, eine Mitgliedschaft für Mikes Familie im Country-Club der Pasternaks … und ein Auto heraus, obwohl Mike erst in drei Jahren sechzehn wurde. (Wie ich schon sagte, bei Mike klappt immer alles.) Nachdem sie unglaublich viel Zeit, Energie und Geld ausgegeben hatte, verkündete die Abteilung für Desinformation schließlich, dass Mike offiziell hinters Licht geführt sei, auch wenn ich mich manchmal fragte, ob Mike das alles nicht auch durchschaut hatte und seine Zweifel einfach für sich behielt.

Die Wurfmaschine schoss unsere letzten Bälle heraus. Ich berührte meinen kaum. Mike zerschmetterte seinen fast, woraufhin wir gemeinsam unsere Schlagkäfige verließen. »Es ist schon übel genug, dass du die Schule wechseln musstest«, maulte er. »Und jetzt bist du auch noch den ganzen Sommer weg?«

»Tut mir leid«, sagte ich. »Ich *dachte* auch, dass ich hier sein würde. Meine Eltern hatten das Zeltlager schon bezahlt, als ich es herausgefunden habe.« Noch eine Lüge: Die CIA übernahm die Kosten für das Spionagecamp, erzählte den Eltern aber, dass wir alle Stipendien erhalten hätten.

»Wenn du darauf bestehst, würden dich deine Eltern hierbleiben lassen«, wandte Mike ein. Wir gaben die Baseballausrüstung ab und machten uns in Richtung der pseudomittelalterlichen Burg auf, in der sich die Spielhalle befand. Zwei der Agenten, die so taten, als wären sie gelangweilte Eltern, folgten uns.

»Das hab ich gemacht«, erzählte ich Mike. »Sie haben Nein gesagt.«

»Echt? Ich dachte, sie hätten sich total darauf gefreut, nächste Woche eine Geburtstagsparty für dich zu schmeißen.«

»Sie haben gesagt, wir könnten sie am Ende des Sommers nachholen …«

»Ach, verdammt noch mal, Ben, sei einfach ehrlich.«

Ich wandte mich Mike ein bisschen zu schnell zu, während mir durch den Kopf ging, dass er die Wahrheit möglicherweise doch kannte.

»Erica geht auch dorthin, oder?«, fragte er.

»Ja«, gab ich erleichtert zu.

»Mehr hättest du gar nicht sagen brauchen«, sagte er. »›Meine superheiße Freundin fährt zu dem Zeltlager, und ich will mit ihr dorthin gehen.‹ Kann ich total verstehen.«

Mike glaubte fälschlicherweise, dass Erica und ich ein Paar wären, da er uns einmal dabei gesehen hatte, wie wir um halb zwei Uhr nachts zurück auf das Akademiegelände geschlichen sind. In Wahrheit war ich gerade erst von SPIDER entführt worden, und Erica hatte mich gerettet, aber das konnte ich Mike nicht erzählen – und er hätte es mir vermutlich sowieso nicht abgekauft. Daher ließ ich ihn erst mal glauben, was er wollte – nicht dass mir das schwerfiel. Es war das erste Mal in meinem Leben, dass Mike je eifersüchtig auf mich gewesen war.

»Hey, das Zeltlager fängt erst in zwei Tagen an«, sagte er, als wir die Spielhalle betraten. »Lass uns doch für morgen ein Doppeldate ausmachen. Du und Erica, und ich und Elizabeth. Wir könnten zusammen ins Kino gehen oder so was.«

»Ich hab meinen Eltern versprochen, dass ich morgen Zeit mit ihnen verbringe«, erwiderte ich. »Ich kann Erica den ganzen Sommer lang sehen.«

»Das war's dann also?«, fragte Mike. »Dann sehe ich dich die ganzen Ferien nicht mehr?«

»Ich bin mir nicht sicher.« Bevor Mike protestieren konnte, sagte ich: »Machen wir also das Beste draus. Wetten, ich kann mehr Zombies plattmachen als du?«

»Träum weiter«, gab Mike zurück. »Der Verlierer zahlt das Abendessen.« Er steckte ein paar Jetons in eins der Dutzend Videospiele, in denen wir die Untoten killen konnten, und reichte mir eine Spielzeugpistole.

Als Mike und ich das letzte Mal ein Ballerspiel gespielt hatten, hatte er mich völlig fertiggemacht. Eigentlich hatte mich Mike jedes Mal, wenn wir irgendwas miteinander spielten, völlig fertiggemacht. (Ich hätte ihn natürlich bei Schach wegputzen können, aber Typen wie Mike spielen kein Schach.) Heute lief es jedoch anders.

Ich hatte in den letzten paar Monaten viel Zeit in Angriffssimulatoren und auf dem Schießstand verbracht. Dabei hatte ich eigentlich den Eindruck gewonnen, dass ich nicht gerade sehr gut darin war – doch wie ich auf einmal entdeckte, lag es daran, dass ich mich mit anderen zukünftigen Spionen verglich. Neben Erica, zum Beispiel, war ich ein hoffnungsloser Fall. Aber im Vergleich zu einem Durchschnittsteenie waren meine Fähigkeiten ziemlich beeindruckend geworden. Jetzt nietete ich ungestraft Zombies um, verspritzte überall virtuelle grüne Pampe und wirbelte abgetrennte Körperteile durch die Luft. Ich traf kaum daneben. In Windeseile häufte ich Punkte und zusätzliche Spielfiguren an.

Ich freute mich so sehr darüber, Mike zur Abwechslung mal zu besiegen, dass mir die Menschenmenge nicht auffiel, die sich um uns herum gebildet hatte. Anscheinend hatte sich herumgesprochen, dass ich den Highscore im Visier hatte, und aus allen Ecken der Spielhalle kamen junge Leute herüber, um sich das anzuschauen. Mike hörte auf zu spielen, damit er mir auch dabei zugucken konnte. »Tust du eigentlich irgendwas an dieser Wissenschaftsschule?«, rief er über den Lärm des Zombiegeschreis hinweg. »Oder spielst du einfach nur die ganze Zeit Videospiele?«

Bevor ich antworten konnte, bemerkte ich, wie jemand

versuchte, meine Aufmerksamkeit auf sich zu ziehen. Es war eine der Agentinnen in Zivil, eine junge Frau, die sich als Fußball-Mom ausgab. Sie schüttelte leicht den Kopf, um mir zu verstehen zu geben, dass ich es mit dem Zombieabschlachten ein wenig langsamer angehen sollte. In meinem Drang, meine Fähigkeiten zur Schau zu stellen, lief ich offenbar Gefahr, mich zu enttarnen.

Ich gab beinahe klein bei und ließ zu, dass mein Avatar gefressen wurde. Aber dann ging mir durch den Kopf, dass mir die CIA meinen Sommer versaut und mich zum wiederholten Mal in Gefahr gebracht hatte. Daher konnte sie mich wenigstens einen Nachmittag lang cool sein lassen. Anstatt zu Boden zu gehen, schnappte ich mir Mikes Waffe und fing an, mit beiden Händen zu schießen. Ich mähte eine ganze Armee von Untoten in Sekunden nieder.

Ein Tosen ging durch die Menge. Die Jugendlichen um mich herum schlugen mir auf den Rücken und jubelten, als ich noch mehr Punkte anhäufte.

Ich warf der CIA-Agentin ein freches Grinsen zu, die darauf verärgert die Stirn runzelte.

Und dann tauchte Murray Hill aus der Menge auf.

Er stand plötzlich nur ein paar Zentimeter von mir entfernt da und lächelte mich breit an. »Hi, Ben«, sagte er. »Wie geht's?«

Ich antwortete nicht. Murrays Ankunft war so überraschend und unwahrscheinlich – schließlich sollte er im Gefängnis sitzen –, dass ich ein paar Momente lang nicht begriff, dass es tatsächlich er war. Ich glotzte ihn einfach nur auf eine Art an, die ihn zum Lachen brachte.

»’tschuldige«, sagte Murray. »Vermassel wegen mir nicht deinen Highscore. Schieß weiter.« Er gab mir einen freundlichen Klaps auf den Rücken, als hätte er vergessen, dass er bei unserer letzten Begegnung versucht hatte, mich zu erschießen.

Doch das Spiel bedeutete mir nichts mehr. Und ich würde Murray Hill auf keinen Fall den Rücken zudrehen. Auf einmal wünschte ich mir, die Waffen in meinen Händen wären echt. »Was machst du hier?«, blaffte ich ihn an.

Murray trat einen Schritt zurück und hob die Hände. »Ich bin im Auftrag von SPIDER hier. Wir haben doch gesagt, dass wir vorbeischauen würden. Wir müssen unbedingt mit dir sprechen.«

»Worüber?«, wollte ich wissen.

Murray sagte etwas, was aber im Lärm unterging. Die Menge um mich herum war auch auf Murray losgegangen, weil sie sauer war, dass er mich von einem rekordverdächtigen Spiel ablenkte. Viele Leute schrien ihn an, er solle verschwinden, oder raunzten mich an, dass ich mich konzentrieren solle, und die sich ausbreitende virtuelle Zombiehorde brüllte ebenfalls wütend.

Mike lehnte sich neben mir vor und starrte Murray böse an. »Macht dir dieser Typ Ärger?«, fragte er.

Auf dem Videobildschirm fielen die Zombies über meinen Avatar her. Ein lautes Stöhnen ging durch die Menge. Die Fußball-Mom-CIA-Agentin, die spürte, dass Ärger im Anmarsch war, näherte sich und steckte die Hand in die Gürteltasche, in der ihre Waffe verborgen war.

Murray sah zu ihr hinüber, und sein Lächeln verschwand.

»Vielleicht ist das gerade kein guter Zeitpunkt, um zu reden«, sagte er zu mir. »Hier wird's mir ein bisschen zu heiß.« Damit verzog er sich wieder in die Menge und rannte zum Ausgang auf der anderen Seite der Spielhalle, weit weg von Fußball-Mom.

»Ich muss los«, teilte ich Mike mit und nahm Murrays Verfolgung auf. Vielleicht war es nicht besonders schlau, dem Feind *hinterherzurennen*, aber Murray war nicht gerade der beeindruckendste feindliche Agent. Und wenn er mir wirklich etwas hätte antun wollen, hätte er es tun können, als ich mit dem Videospiel abgelenkt war. Leider stellte sich mir eine kleine Gruppe Teenager in den Weg, die von mir wissen wollte, warum ich gerade aufgegeben hatte. Als ich mich endlich von ihnen loslösen konnte, war Murray schon durch die Tür verschwunden.

Fußball-Mom holte mich ein, als ich an den Flippermaschinen vorbeiflitzte. »Was ist los?«, fragte sie.

»Murray Hill hat Kontakt zu mir aufgenommen«, erwiderte ich.

Die Sonne blendete mich, als ich aus der höhlenartigen Spielhalle trat – und der Minigolfplatz war ein einziges Labyrinth aus möglichen Verstecken: vierundfünfzig Löcher voller Burgen, Drachen und künstlichen Wasserfällen, die neonblaues Wasser heraussprudelten. Während ich auf der Suche nach Murray verzweifelt den Blick über das Gelände schweifen ließ, tauchte Fußball-Mom neben mir auf.

»Es *kann nicht* Murray Hill gewesen sein«, wandte sie ein. »Er sitzt im Gefängnis.«

Ich erhaschte einen Blick auf Murray, als er beim siebten Loch hinter einer kitschigen Stonehenge-Nachbildung verschwand. Murray war nicht gerade eine Sportskanone; er lief, als würde er unter ständigen Bauchkrämpfen leiden. »Ich würde das überprüfen und auf Nummer sicher gehen«, sagte ich zu Fußball-Mom und rannte los.

Fußball-Mom blieb an mir dran. »Überlass das mir!«, befahl sie. »Wenn es wirklich Murray ist, können wir uns um ihn kümmern.«

Ich beachtete sie nicht und rannte weiter. Ich *wusste*, dass es Murray war. Es blieb keine Zeit, um auf Bestätigung zu warten. Ich preschte über den Minigolfplatz, wich kleinen Kindern und schlecht geschlagenen Bällen aus. Ich rannte im Zickzack durch Stonehenge, stieß falsche Druiden um und nahm eine Abkürzung um einen riesigen Plastikgegenstand herum, der wohl einen Drachen darstellen sollte, aber eher wie ein Stegosaurier mit Verdauungsbeschwerden aussah.

Mehrere Löcher entfernt näherte sich Murray dem Maschendrahtzaun an der Hinterseite von FunLand. Auf der anderen Seite des Zauns wartete ein Auto mit getönten Scheiben und laufendem Motor auf ihn. Ein riesiger künstlicher See mit neonblauem Wasser und Wikingerschiffen darauf lag zwischen uns. Ich hatte nicht genug Zeit, ihn zu umrunden …

Doch ich konnte möglicherweise *darüber*gehen. Zu meiner Linken erhob sich ein sechs Meter hoher Vulkan über den Rest des Parks. Er passte nicht wirklich in die mittelalterliche Kulisse. Die Leute, die FunLand gebaut hatten, fanden ihn wohl einfach cool. Alle fünfzehn Minuten stieß er Rauch hervor und spuckte rot gefärbtes Wasser aus. Das Wasser sollte flüssige Lava darstellen, sah aber mehr wie Blut aus (weshalb jedes Kind in der Stadt den Vulkan Hämorridenhügel nannte). Um diese langweiligen Darbietungen zu betreiben, verlief ein Stromkabel von der Spitze des Vulkans hinunter zu einem alten Generator neben dem hinteren Zaun.

Ich riss einem Mädchen in meiner Nähe den Golfschläger aus der Hand, woraufhin es in Tränen ausbrach.

»Ich bring ihn zurück«, versprach ich ihr und kletterte dann den Hämorridenhügel hinauf. Ich schwang den Golfschläger über das Kabel, packte ihn an beiden Enden, um eine Art Seilrutsche zu basteln, und schwang mich Murray hinterher. Ich schoss das Kabel schneller hinunter, als ich erwartet hatte, und sauste über die Wikinger hinweg.

Murray kletterte über den hinteren Zaun, was ihn aber einige Zeit kostete, da er nach seinem Sprint völlig außer Atem war. Ich hielt weiter auf ihn zu und schloss schnell auf.

Und dann riss das Kabel an der Spitze des Hämorridenhügels ab und verlor an Spannung, sodass ich auf Höhe des sechzehnten Lochs flach auf dem Rücken landete. Das unter Strom stehende Kabel plumpste in den künstlichen Teich und jagte einen Stromschlag durchs Wasser, der sofort alle darin lebenden Koi-Fische verbrutzelte. Der alte Generator wurde überlastet, brannte durch und sprühte beeindruckende Funken, die weitere Feuer anfachten. Wie sich herausstellte, waren die ganzen lächerlichen Gebilde, die die Golflöcher schmückten, extrem entzündlich. Innerhalb von Sekunden war die Luft von dichtem Rauch erfüllt, als die mittelalterlichen Kirchen, Burgen und Drachen in Flammen aufgingen.

Da dies mitten in der Hauptgeschäftszeit passierte, löste es eine mittelschwere Panik aus. Eltern packten ihre Kinder und stürmten in Massen zu den Ausgängen. Die CIA-Agenten, die mich schnell einzuholen versuchten, wurden beinahe niedergetrampelt.

Ich setzte mich stöhnend auf und sah, wie Murray in den Fluchtwagen stieg. Doch bevor er die Tür schloss, konnte er es sich nicht verkneifen, zurückzublicken. Er grinste mich noch einmal breit an und winkte mir zum Abschied zu. »Wir melden uns bald, Ben!«, rief er, und dann fuhr der Wagen mit quietschenden Reifen davon und verschwand in einer Rauchwolke.

Fußball-Mom schloss zu mir auf. Sie war so schlau gewesen, um den elektrisierten Teich herumzulaufen, doch sie kam zu spät, um noch das Fluchtauto zu sehen. Sie half mir widerwillig auf die Beine und fuchtelte mit den Händen in Richtung des brennenden Golfplatzes. In der Nähe wurden König Artus und die Ritter der Tafelrunde bei lebendigem Leib geröstet. »Genau deshalb habe ich dir befohlen, dass du die Sache mir überlassen sollst«, sagte Fußball-Mom gereizt.

»Es war ein Notfall«, gab ich zurück.

»Was du da getrieben hast, war ein völlig nutzloses Unterfangen«, fuhr Fußball-Mom mich an. »Ich hab es bereits überprüft und die Bestätigung erhalten. Murray Hill sitzt immer noch im Hochsicherheitstrakt der Apple-Valley-Besserungsanstalt für jugendliche Straftäter.«

»Dann stimmt da irgendwas nicht«, sagte ich. »Ich kenne Murray. Er war es.«

»Du bist gerade ganz schön böse gestürzt«, erwiderte Fußball-Mom. »Vielleicht hast du dir den Kopf angeschlagen.«

Es war sinnlos, sich weiter mit ihr zu streiten. Ich hatte keine Erklärung dafür, wie Murray gleichzeitig im Gefängnis *und* in FunLand hätte sein können. »Ich hab auch das Autokennzeichen«, sagte ich. »Virginia VGG-228.«

Fußball-Mom schaute ein klein wenig beeindruckt –, schließlich war das mehr, als das, was sie vorweisen konnte. »Bist du sicher?«

»Hundertprozentig«, antwortete ich. Ich bin mathematisch begabt und kann mir deshalb ausgezeichnet willkürliche Zahlenfolgen merken. Ich kann immer noch jede Telefonnummer auswendig, die man mir je gegeben hat.

Fußball-Mom ging weg, um das Kennzeichen zu überprüfen.

Zwei Sekunden später tauchte Mike durch den Rauch der brennenden Ritter auf. Er sah mich mit einem komischen Ausdruck im Gesicht an. »Was war das denn?«, fragte er. »Wer war dieser Typ?«

Ich zuckte innerlich zusammen. In meiner Eile, Murray zu verfolgen, hatte ich Mike völlig vergessen. »Ein Junge von meiner Schule«, log ich. »Er schuldet mir Geld.«

»Das muss aber 'ne Menge Geld sein«, meinte Mike. »Du bist ihm wie ein Irrer hinterhergerannt.«

»Er hat sich auch Erica gegenüber wie ein Vollidiot benommen«, fügte ich hinzu.

»Ah«, sagte Mike, wirkte aber immer noch misstrauisch. Er sah mich noch einen Moment eindringlich an. »Na, Kumpel, wie's aussieht, hast du die richtige Entscheidung getroffen.«

»Wie meinst du das?«, fragte ich.

Hinter Mike fiel ein brennender Drache um und zermalmte eine kleine Burg. »Sich *hier* einen Sommerjob zu besorgen, bringt nichts«, erklärte Mike. »Dieser Park ist erledigt.«

Orientierung

Sommertrainingseinrichtung der CIA-
Akademie für Spionage
Alias *Wanderfreuden*
13. Juni
11:00 Uhr

Als ich das Spionagecamp zum ersten Mal zu Gesicht bekam, war mein erster Gedanke, dass es nicht annähernd so übel aussah, wie ich es mir vorgestellt hatte.

Das lag daran, dass die Spionageschule die Messlatte schon erschreckend tief gelegt hatte. Ich dachte, die Sommereinrichtung würde im Großen und Ganzen genauso sein: hässlich, ungemütlich und altmodisch, nur eben im Wald. Das Camp stellte sich aber als das genaue Gegenteil heraus. Meine Familie hatte es sich nie leisten können, mich in ein Sommercamp zu schicken, doch *Wanderfreuden* sah fast genauso aus, wie ich mir ein normales Ferienlager vorgestellt hatte: schlichte Holzgebäude mit Fliegengitterfenstern und breiten Veranden, eine weite Rasenfläche in der Mitte mit einer großen Feuerstelle, ein kristallblauer See mit Anlegestelle und einem Dutzend Wasserfahrzeugen sowie eine Menge Außeneinrichtungen wie Hindernisparcours und Kletterwände.

Meine Eltern durften mich nicht hinbringen. Das durfte kein Elternteil, weil die Lage des Camps streng geheim war. (Als Grund dafür nannte man ihnen aber, dass es »eine hinderliche emotionale Bindung herstellen würde, die manche Kinder nur mit Schwierigkeiten überwinden könnten.«) Stattdessen brachten unsere Eltern meine Mitschüler und mich zu ausgewiesenen Treffpunkten in allen großen Städten, wo wir in die offiziellen verdeckten Akademiefahrzeuge umstiegen – die sich als typische Schulbusse herausstellten. Ich war zusammen mit allen anderen Schülern aus der Gegend von Washington zum Camp gefahren. Es war keine angenehme Fahrt gewesen; ich war die meiste Zeit traurig und hatte Heimweh. Obwohl die Spionageschule nicht weit vom Wohnort meiner Eltern entfernt lag, hatte ich sie während des Schuljahrs nicht oft gesehen und eigentlich gehofft, den Sommer mit ihnen zu verbringen.

Die ganze Zeit schwirrten mir eine Menge Fragen durch den Kopf: Wie hätte Murray Hill in FunLand sein können, wenn er gleichzeitig eingesperrt war? Worüber hatte er mit mir reden wollen, das so wichtig war? Was heckte SPIDER diesmal aus? Und wie passte ich in ihre Pläne?

Ich machte mir auch Gedanken über Erica. Ich hatte seit unserer Unterhaltung im Leichenschauhaus nichts mehr von ihr gehört. Hatte sie irgendetwas herausgefunden? Wenn sie mich wirklich im Auge behielt, wie sie es versprochen hatte, wo war sie dann gewesen, als Murray in FunLand aufgetaucht war? Warum hatte ich nichts von ihr gehört? War ihr etwas zugestoßen – oder war sie bloß wieder ganz die Alte, distanziert und undurchschaubar?

Trotz allem verbesserte sich meine Stimmung, als ich das Camp sah. Die bewaffneten Wachen und der elektrische Zaun um die Anlage gaben mir ein Gefühl von Sicherheit – und hier herrschte eine völlig andere Atmosphäre als an der Spionageschule. Das Spionagecamp sah tatsächlich nach einer Menge Spaß aus.

Auch wenn ich auf der Fahrt hierher nicht richtig aufgepasst hatte, ging ich davon aus, dass wir uns irgendwo an der Grenze zwischen Virginia und West Virginia befanden. Wir waren nicht so lange unterwegs gewesen, wie ich erwartet hatte – knapp über zwei Stunden. Ich hatte angenommen, dass die Außentrainingsanlage der CIA so abgeschieden wie möglich sein würde – im Norden von Maine oder Michigan oder tief in den Rocky Mountains. Und trotz der kurzen Fahrt schienen wir doch überraschend weit von jeglicher Zivilisation entfernt zu sein. So weit das Auge reichte, war da nichts außer grünem Wald und blauem Wasser. Ich stieg aus dem Bus und atmete die frische Luft tief ein.

»Fake! Da bist du ja!«

Zoe bahnte sich einen Weg durch die vielen Schüler und warf die Arme um mich. Als ich sie sah, verbesserte sich meine Laune auch gleich. Wie alle anderen trug sie kurze Cargohosen und ein grünes *Wanderfreuden*-T-Shirt.

»Hi«, sagte ich. »Wie lange bist du schon hier?«

»Schon seit über einer Stunde«, berichtete Zoe. »Dein Bus ist als letzter hier eingetroffen. Lass uns schnell zu deiner Hütte gehen, bevor alle guten Betten besetzt sind.«

»Zu spät«, sagte jemand hinter mir.

Ohne mich umzudrehen, wusste ich, dass es Warren Reeves war. Warren war auch im ersten Jahr, ein bissiger und verschlagener Typ, der Zoe überallhin folgte, als wäre er ein Hund, den sie gerettet hatte. Er war total in sie verknallt – eine Tatsache, die auf der Spionageschule allen außer Zoe klar war, die dachte, sie wären bloß gute Freunde. Zoe hatte Warren den Spitznamen »Chamäleon« gegeben, weil er ein Tarnexperte war, aber wenn sie nicht dabei war, nannten wir ihn alle »Stalker«. Warren war eifersüchtig darauf, dass Zoe mich so anhimmelte, weshalb er mich jedes Mal, wenn sie mich auf ein Podest hob, gleich wieder runterstieß.

»Sind wir in derselben Hütte?«, fragte ich ihn, ohne mir viel Mühe zu geben, meine Enttäuschung zu verbergen.

»Genau!«, rief Zoe unbeirrt. »Ihr seid beide Bisamratten!«

»Bisamratten?«, fragte ich.

»Jede Hütte hat einen Namen«, erklärte Zoe. »Ich bin eine Kaulquappe. Ich wünschte, ich könnte eine Bisamratte sein, aber in *Wanderfreuden* sind Mädchen und Jungen getrennt untergebracht. Die Hütten der Jungen und die Hütten der Mädchen sind sogar auf verschiedenen Seiten des Camps.« Sie deutete mit einem Nicken auf die große Rasenfläche in der Mitte. Hinter den Hauptgebäuden, die sie umgaben, erstreckten sich auf beiden Seiten Hütten in den Wald.

Es hatte sich herumgesprochen, dass unser Bus zuletzt eingetroffen war, und alle, die mit mir gefahren waren, schnappten sich ihre Sachen und eilten zur ihren jeweiligen Hütten, um die besten übrigen Betten für sich zu beanspruchen. Ich hievte meinen Seesack aus dem Gepäckraum des Busses und warf ihn mir über die Schulter.

»Wo ist unsere Hütte?«, fragte ich Warren. »Ich kann sie mir ja trotzdem mal ansehen.«

Warren zeigte in die ungefähre Richtung und war genervt, als Zoe beschloss, mich hinzubringen. »Bisamratten-Herrensitz, hier lang!«, flötete sie.

Wir marschierten über die große Rasenfläche los. Zoe spielte die Reiseführerin und machte mich unterwegs auf alles Interessante aufmerksam. »Das ist die Kantine«, sagte sie und zeigte auf ein langes, einstöckiges Gebäude mit einer umlaufenden Veranda. »Wenn es regnet, wird sie aber auch als Dojo benutzt. Da sind die Krankenstation und die Waffenkammer. Die Waffenkammer ist hier ein bisschen anders ausgestattet als die in der Schule. Sie hat so ein bisschen was von Wildem Westen. Das sind natürlich immer noch eine Menge Schusswaffen, aber es gibt auch so Sachen wie Pfeil und Bogen und Tomahawks.«

»Damit wir uns verteidigen können, falls wir jemals eine Zeitreise ins 18. Jahrhundert unternehmen sollten?«, fragte ich sarkastisch.

Zoe lachte. »Sie wollen einfach nur, dass wir auf alles vorbereitet sind, glaube ich.« Sie richtete ihre Aufmerksamkeit auf drei Holzgebäude auf der anderen Seite des Rasens. »Das sind der Wildnis-Ausrüster, wo man Zelte und Kletterausrüstung und so 'n Zeug bekommt, die Mitarbeiterbüros und die Kunsthandwerk-Werkstatt.«

»Kunsthandwerk?«, fragte ich.

»Mit einem Spionagedreh«, erklärte Zoe. »Morgen bringen sie uns bei, wie man Speere schnitzt.« Sie zeigte auf eine Hütte nicht weit hinter den Hauptgebäuden. »Das ist deine Hütte. Die Schüler im ersten Jahr wohnen im Inneren des Camps, weil es am Rand der Anlage gefährlicher ist. Nicht dass *du* es nötig hättest, beschützt zu werden, oder?«

»Äh, alles klar«, erwiderte ich. Offensichtlich war die streng geheime Neuigkeit, dass mich SPIDER ins Visier genommen hatte, noch nicht nach außen gedrungen. Ich wünschte, ich könnte meinen Freunden davon erzählen, aber die Strafe dafür, in der Spionageschule Informationen durchsickern zu lassen, war sofortiger Ausschluss.

»Es ist eigentlich eine ganz gute Hütte«, sagte Warren. »Sie liegt nicht weit von der Kantine entfernt, direkt am See und auf der windabgewandten Seite der Latrinen.«

Ein Feldweg schlängelte sich zwischen dem Verwaltungsgebäude und dem Wildnis-Ausrüster hindurch und führte durch den Wald zu allen Hütten. Eine Gruppe von fünfzehn Schülern, die ein paar Jahre älter waren als ich, kam uns aus der anderen Richtung entgegen. Ich kannte keinen von ihnen. »Wer sind die?«, fragte ich. »Neue Rekruten?«

»Nein«, antwortete Zoe. »Das sind Austauschschüler. Von der MI-6-Akademie in England. Aber weil sie da drüben keine Anlage wie diese hier haben, kommt jeden Sommer eine Gruppe von ihnen hierher.« Zoe winkten ihnen zu, als sie sich näherten. Ein rothaariges Mädchen mit einem hübschen Gesicht, außergewöhnlich guter Haltung und majestätischem Gebaren führte die Gruppe an. »Claire Hutchins«, stellte Zoe sie vor. »Das ist Ben Ripley, der Junge, von dem ich dir erzählt habe.«

»Ah! Fake!« Claire hatte einen entzückenden, piekfeinen Akzent. »Dein Ruf eilt dir voraus. Es ist mir ein Vergnügen.« Sie hielt mir anmutig eine blasse Hand hin.

»Das Vergnügen ist ganz meinerseits«, sagte ich und hoffte, dass das förmlich genug klang. Ich streckte die Hand nach ihrer aus.

Plötzlich packte mich Claire am Handgelenk und wirbelte mich herum. Bevor ich überhaupt wusste, was los war, warf sie mich über ihre Schulter, und ich landete rücklings auf dem Boden.

»Das ist euer Spitzenschüler?«, fragte Claire Zoe. Von ihrem piekfeinen Tonfall war nichts mehr zu hören, und er wurde durch einen so starken Cockney-Akzent ersetzt, dass ich sie kaum verstehen konnte. »Er lässt sich superleicht täuschen, was?« Sie wandte sich mit einem süffisanten Grinsen an ihre Mitschüler. »Ich hab euch ja gesagt, dass diese Amis alle weich sind.« Die Briten lachten alle.

»Ich bin nicht weich«, stöhnte ich. »Ich wollte freundlich sein.«

»Ich war auch freundlich«, erwiderte Claire. »Wenn ich gemein zu dir hätte sein wollen, hätte ich dir den Arm ausgekugelt.« Sie lachte und lief dann über den Rasen weiter, mit den restlichen Briten im Schlepptau.

Ich setzte mich auf und rieb mir den Kopf. Ich hatte meinen Seesack fallen lassen, als Claire mich angriff. Er hatte sich beim Aufprall geöffnet, und meine Kleider und Duschsachen lagen verstreut um mich herum im Dreck. Ich fing an, alles einzusammeln.

»Miese, teesaufende Inselaffen«, grummelte Zoe und warf den Briten finstere Blicke hinterher. »Ständig wollen sie beweisen, dass sie besser sind als wir.« Dann drehte sie sich beeindruckt zu mir. »Das war der Hammer, wie du dich einfach so von Claire hast überwältigen lassen. Du hast sie voll hinters Licht geführt, damit sie denkt, dass du ein Waschlappen bist. Mann, wenn sie dir das nächste Mal blöd kommt, wird es ihr noch leidtun.«

»Ben hat nicht nur so getan«, murmelte Warren. »Sie hat ihn wirklich überwältigt.«

»Red keinen Quatsch«, schoss Zoe zurück. »Fake hat schon mal einen Attentäter nur mit einem Tennisschläger außer Gefecht gesetzt. Glaubst du wirklich, er lässt sich von so einer Gurkensandwichfresserin überrumpeln? Die schafft er doch mit links.«

Warren seufzte schwer. »Es *sah* auf jeden Fall so aus, als hätte sie ihn überrumpelt.«

»Das sag ich doch«, erwiderte Zoe. »Wenn es nicht echt ausgesehen hätte, hätte Claire sofort durchschaut, dass Ben eine knallharte Kampfmaschine ist. An deiner Stelle wäre ich ein wenig netter zu ihm. Ist gut möglich, dass er dir irgendwann mal das Leben retten muss.«

»Ich hoffe nicht«, murmelte Warren, der dachte, dass wir ihn nicht hören konnten.

Genau in dem Moment trat Chip Schacter mit einem pechschwarzen Kletterseil um die Schulter gewickelt aus der Ausrüstungshütte. »Könnt ihr zwei Turteltäubchen mal aufhören, euch zu kabbeln?«, fragte er. »Ich kann kaum meine eigenen Gedanken hören.«

Zoe und Warren verstummten peinlich berührt.

»Wir sind keine Turteltäubchen«, sagte Warren mürrisch.

»Ich wusste gar nicht, dass du *denken* kannst«, frotzelte Zoe.

»Sei froh, dass du ein Mädchen bist«, gab Chip zurück. »Wenn Warren das zu mir gesagt hätte, müsstest du ihn jetzt aus der Latrine buddeln.«

Warren schluckte. »Aber ich hab das nicht gesagt«, sagte er schnell. »Ich hab's nicht mal *gedacht*.«

»Bist du gerade erst angekommen?«, fragte mich Chip.

»Vor ein paar Minuten.« Ich stopfte den Rest meiner staubigen Sachen in meinen Seesack. »Wir sind auf dem Weg zu unserer Hütte.«

»Ich gehe in die gleiche Richtung«, sagte Chip. »Ich helf dir.« Er hob meinen zwanzig Kilo schweren Seesack vom Boden auf, als wäre er federleicht, und warf ihn sich lässig über die Schulter.

Es passte weder Zoe noch Warren in den Kram, dass Chip sich uns uneingeladen anschloss, aber keiner der beiden hatte den Mumm, ihm zu sagen, dass er abziehen sollte. Stattdessen trotteten sie hinter uns her, als wir uns wieder auf den Weg zur Hütte machten.

»Ich hab dich mit den Briten gesehen«, sagte Chip zu mir. »Du hättest dich viel mehr in Acht nehmen müssen.«

»Ich hatte keine Ahnung, dass ich mich *in Acht nehmen* muss«, protestierte ich. »Sind wir nicht alle auf derselben Seite?«

»Du bist manchmal so ein Fleming«, seufzte Chip.

Ich rieb mir den schmerzenden Hals. »Fleming« war ein Ausdruck von Murray Hill und leitete sich von Ian Fleming ab, dem Erfinder von James Bond. Er bezeichnete jemanden, der auf der Spionageschule auftauchte und erwartete, dass die Welt der Spionage genauso war wie im Film. So wie ich. Ich war davon ausgegangen, dass alle britischen Spione anständig wären und gute Manieren hätten, und hatte dabei ganz vergessen, dass die meisten Fußballhooligans der Welt auch aus England kamen.

»Dein Bruder ist mein Campbetreuer«, sagte ich, weil ich das Thema wechseln wollte.

»Oooh.« Chip zuckte zusammen. »Mein Beileid.«

»Warum hast du mir nie von ihm erzählt?«, fragte ich.

»Weil er ein Vollidiot ist«, antwortete Chip. »Und das ist er schon immer gewesen. Als wir klein waren, war es seine Lieblingsbeschäftigung, mich in die Notaufnahme zu befördern. Lass uns rausfinden, welches Bett seins ist, und Feuerameisen reinstecken.«

»Äh … ich würde ihn lieber nicht gleich von Anfang an gegen mich aufbringen«, sagte ich. Wir erreichten die Hütte. Wie alle anderen stand sie etwa zwei Meter über dem Boden auf hölzernen Pfählen. Eine Holztreppe, die mit einem Flaschenzug hochgezogen werden konnte, führte hinauf zur Hütte. »Wofür ist das?«, fragte ich.

»Um wilde Tiere davon abzuhalten, nachts reinzukommen«, erklärte Zoe und fügte dann hinzu, »und Attentäter.«

In Anbetracht meiner vorherigen Erfahrung mit einem Attentäter, der es irgendwie geschafft hatte, sich in mein abgeschlossenes Wohnheimzimmer im vierten Stock inmitten einer gesicherten Schulanlage zu schleichen, glaubte ich kaum, dass eine einziehbare Treppe irgendjemanden abschrecken würde – vor allem, da gleich neben der Hütte mehrere Bäume standen, an denen man leicht hochklettern konnte. Aber ich nahm dankend jedes bisschen Schutz an, das ich kriegen konnte.

Wir stiegen die Stufen zur Hütte hoch. Ein paar Meter über der Erde zu sein hatte auch den Vorteil, dass man die Brise vom See genießen konnte. Eine nette Holzveranda, die mit Klappstühlen gesäumt war, zeigte zum Wasser. Drinnen bestand die Einrichtung lediglich aus zwei Reihen mit je vier Stockbetten und ein paar Truhen. Es sah wie eine schlichte Armeekaserne aus, und da sich sechzehn Jungs die Hütte teilten, war es ein bisschen eng, doch im Vergleich zu meinem kalten, klaustrophobischen Zimmer in der Schule, war es wie eine Suite im Ritz-Carlton.

Aber Warren hatte recht. Fünfzehn Betten waren bereits besetzt. Es blieb nur noch ein unteres Bett mitten im Zimmer übrig. »Wie's aussieht, schläfst du unter Nate Mackey«, sagte Warren lachend. »Ich möchte nicht an deiner Stelle sein.«

Ich runzelte die Stirn. Nate Mackey hatte kürzlich ein durch Stress ausgelöstes Bettnässerproblem entwickelt. Es wäre vermutlich nie so weit gekommen, wenn er auf eine normale Schule gegangen wäre, doch an der Akademie, an der ein Ninja-Überraschungsangriff eine spontane Übung in Selbsterhaltung darstellte, herrschte eine ungewöhnlich hohe Menge an Stress. Nates Zukunft als Agent war daher fraglich, aber die CIA brauchte immer Datenanalysten. (Nate hatte natürlich versucht, das alles geheim zu halten, was an einer Schule voller Möchtegernspione extrem schwierig war.)

»Wo ist dein Bett?«, fragte Chip Warren.

»Da drüben«, sagte Warren und zeigte stolz auf ein oberes Bett mit dem besten Ausblick auf den See.

»Tausch mit Ben die Betten«, befahl Chip.

»Warum sollte ich das tun?«, fragte Warren.

»Weil ich dir sonst die Arme abreiße und dich mit ihnen bewusstlos schlage.« Chip spannte einen Bizeps der Größe von Warrens Kopf an. »Das ist das Mindeste, was du für Ben tun kannst, nachdem du ihn letztes Jahr fast erschossen hättest.«

Warrens Lächeln verschwand. »Das Bett gehört dir, Ben.«

Ich warf meine Sachen darauf. Mit einem der härtesten Typen der Schule befreundet zu sein, hatte seine Vorteile. Normalerweise hätte ich das nicht ausgenutzt, aber so, wie ich Warren kannte, hatte er vermutlich überhaupt erst dafür gesorgt, dass ich den Schlafplatz unter Nate Mackey bekam.

Als ich anfing, meine Sachen auszupacken, fiel mir durch das Fenster ein anderes Gebäude auf, das in den Bäumen oben auf dem Hügel verborgen lag. Es war bedeutend größer als unsere Hütten. »Was ist das?«, fragte ich.

»Das Verwaltungsgebäude«, antworteten alle im Chor.

»Ihr meint, für den Direktor?«, fragte ich.

»Der Direktor?« Chip lachte. »Der würde im Leben nicht hier auftauchen. Der Typ hat voll Schiss vor der Natur. Als letztes Jahr ein Eichhörnchen in sein Büro gehüpft ist, hat er praktisch einen Herzinfarkt bekommen. Waldmurmeltier leitet das Camp.«

»Wer ist Waldmurmeltier?«, wollte ich wissen.

Die drei anderen sahen mich überrascht an. »Du hast noch nie von ›Waldmurmeltier‹ Wallace gehört?«, fragte Zoe.

»Äh … nein«, gab ich zu. Aber noch bevor ich weitere Fragen stellen konnte, summte mein Handy in meiner Hosentasche. Normalerweise hätte ich es nicht beachtet, doch es vibrierte auf eine Art, von der ich nicht mal wusste, dass es das konnte – als wollte es unbedingt meine Aufmerksamkeit auf sich ziehen. Ich holte es heraus, und statt einer Nummer blinkte eine Nachricht auf dem Display: ALARMSTUFE ROT. DRINGEND. SOFORT RANGEHEN. Ich hatte keine Ahnung, dass mein Telefon diese Funktion überhaupt besaß. »Entschuldigt mich kurz«, sagte ich, trat dann hinaus auf die Veranda und ging ran. »Ben Ripley.«

»Ben, hier ist Agentin Hamilton. Wir haben uns vor zwei Tagen in FunLand kennengelernt.«

Ich erkannte die Stimme: Fußball-Mom. »Haben Sie Murray Hill schon aufgespürt?«

»Nein. Wir haben ein paar Probleme mit dem Autokennzeichen, das du uns gegeben hast. Bist du dir vollkommen sicher, dass es die richtige Nummer ist?«

»Virginia VGG-228«, antwortete ich. »Die stimmt auf jeden Fall. Warum?«

Es trat eine lange Pause ein, bevor Agentin Hamilton antwortete. Es klang, als würde sie die Sache mit jemand anderem besprechen. Schließlich meldete sie sich wieder. »Ich bin nicht befugt, dir das mitzuteilen.«

»Warum nicht?«

»Es steht mir auch nicht frei, dir das mitzuteilen.«

»Aber ich bin derjenige, der sich das Kennzeichen gemerkt hat – während ich ein bekanntes Mitglied von SPIDER verfolgt habe –, und das hat mich in Gefahr gebracht. Wie tief muss ich noch in dieser Sache stecken, bevor mir irgendjemand sagt, was los ist?«

Mein Protest schien bei Agentin Hamilton Wirkung zu zeigen. »Warte mal kurz«, sagte sie.

Doch bevor sie sich wieder melden konnte, wurde mir das Telefon aus der Hand gerissen.

Ich wirbelte herum und stand einem seltsamen Mann gegenüber, der mich überragte. Ich hatte vermutlich noch nie jemanden gesehen, der so gesund und fit aussah. Er war groß und muskulös, ohne ein Gramm Fett am Leib. Das konnte man auf keinen Fall übersehen, weil er nur einen Lendenschurz trug – den er offensichtlich selbst gemacht hatte. Er bestand aus irgendeiner Tierhaut – Biber vielleicht –, und in seinem Bund steckte ein Jagdmesser mit einer fünfzehn Zentimeter langen Klinge. Der Mann hatte durchdringende grüne Augen und einen kurz geschnittenen Bart. Seine Haut war sonnengebräunt und roch nach Kiefernnadeln.

»Sie müssen Agent Wallace sein«, sagte ich.

»Nenn mich ›Waldmurmeltier‹«, erwiderte er. »Das tun alle.« Dann schleuderte er mein Handy mit einer ausladenden Geste in den See.

»Hey!«, rief ich. »Das brauche ich!«

»Niemand *braucht* ein Handy«, entgegnete Waldmurmeltier. »Das fesselt einen nur an die Zivilisation. Das Einzige, was wir alle in dieser Welt wirklich brauchen, ist, womit uns die Natur versorgt. Magst du ein Stück Dörrfleisch?« Er hielt mir ein verhutzeltes Stück getrocknetes Fleisch hin. »Das ist Opossum. Ich hab's selbst getrocknet.«

»Sie verstehen nicht …«, setzte ich an.

»Oh, das tue ich wohl«, erklärte mir Waldmurmeltier. »Du bist jetzt vielleicht ein wenig genervt, dass du für die nächsten paar Tage von der Außenwelt abgeschnitten bist, aber am Ende der Woche wirst du mir dafür danken, dass ich dein Telefon weggeschmissen habe.«

»Das CIA-Hauptquartier war am Apparat«, sagte ich. »Sie haben mich auf den neuesten Stand gebracht, was die feindliche Gruppe betrifft, die mich bedroht.«

Walmurmeltier blinzelte überrascht. »Oh«, meinte er. »Dann bist du wohl Ripley.«

Ich warf einen Blick zurück zur Hütte, um zu sehen, ob Zoe, Chip und Warren das Gespräch belauschten. Das war nicht der Fall. Zoe half Warren, seine Sachen zu seinem neuen Bett zu bringen, und Chip bereitete gerade einen Streich vor, den er seinem Bruder spielen wollte. Ich sah wieder zu Waldmurmeltier. »Ich nehme an, man hat Sie über meine Situation informiert?«

»Ja. Und du kannst dich darauf verlassen, dass du hier genauso sicher sein wirst wie in der Schule.«

»Ich war in der Schule nicht wirklich sicher«, erwiderte ich. »Die Leute von SPIDER konnten sich auf das Gelände schleichen, wann immer sie wollten.«

»Oh? Na ja, dann ist es hier wohl sicherer für dich. Diese Anlage ist extrem gut geschützt. Außerdem passe ich ja jetzt auf dich auf.« In weniger als einer Sekunde zog Waldmurmeltier das Jagdmesser aus seinem Lendenschurz und warf es. Es bohrte sich mit der Spitze in den Holzpfosten, der in zwölf Metern Entfernung das Verandadach stützte.

»Nicht schlecht«, sagte ich.

»Schau genauer hin«, forderte Waldmurmeltier mich auf.

Ich ging zum Ende der Veranda. Als ich mich dem Messer näherte, hörte ich ein leises, wütendes Summen. Zu meiner Überraschung hatte die Klinge ein Moskito mit den Flügeln an den Pfosten genagelt. »Wahnsinn.«

»Natürlich bringt es nur bedingt etwas, dass *ich* auf dich aufpasse.« Waldmurmeltier trat hinter mich und zog das Messer mit einem Ruck heraus. »Es wäre viel besser, wenn du selbst auf dich aufpassen würdest. Das werden wir dir hier diesen Sommer beibringen. Wie du alles überleben kannst: Ertrinken, Erdrutsche, Bärenangriffe …«

»Was ist mit bösen Jungs, die mich mit Waffen bedrohen?«

»Sobald du eine Woche lang mit nichts anderem als deinem Verstand und Moos in der Wildnis überlebst hast, sind böse Jungs mit Waffen ein Klacks.«

»Gehört die Sache mit dem Moos zum Standardlehrplan hier draußen?«, fragte ich argwöhnisch.

»Nein«, antwortete Waldmurmeltier. »Die meisten dieser armen Schüler bekommen nicht die Gelegenheit, auch nur einen Bruchteil von meinem Überlebenswissen zu erlernen. Aber ich habe den besonderen Befehl erhalten, dich auf Vordermann zu bringen.«

»Hab ich ein Glück«, stöhnte ich. Ich wollte auf jeden Fall lernen, wie ich mich gegen SPIDER schützen konnte, aber Hardcore-Überlebenstraining schien mir ein bisschen zu viel des Guten. Eine Woche mit Waldmurmeltier in der Wildnis zu verbringen, klang nicht spaßiger, als von den Bösen erwischt zu werden.

Waldmurmeltier klopfte mir mit einer so schwieligen Hand auf die Schulter, dass sie sich wie eine Tatze anfühlte. »Mach's dir gemütlich und ruh dich aus. Dein Training fängt gleich morgen früh an.« Er steckte das Messer wieder in seinen Lendenschurz, und anstatt die Verandatreppe einfach hinunterzugehen, sprang er über das Geländer, packte einen Ast und schwang sich wie ein Affe nach unten.

»Wow«, sagte Zoe hinter mir. Sie drückte die Nase gegen die Fliegengittertür. »Waldmurmeltier Wallace wird persönlich dein Überlebenstraining beaufsichtigen! Du wirst ein noch tollerer Spion werden, als du sowieso schon bist!«

Chip stand direkt hinter ihr und schaute etwas misstrauischer. Ich fragte mich, wie viel sie von dem Gespräch belauscht hatten. »Warum kriegst *du* so eine Sonderbehandlung? Sogar die besten älteren Schüler hier haben Glück, wenn sie zwei Tage Überlebenstraining mit Waldmurmeltier bekommen.«

»Es ist nicht wirklich eine Belohnung«, sagte ich und versuchte, das Gespräch auf etwas anderes zu lenken. »Ihr werdet um ein Lagerfeuer sitzen und Marshmallows rösten, während ich in einer Höhle hocke und rohe Heuschrecken esse.«

»Als Spion röstet man keine Marshmallows«, gab Chip zurück. »Das *ist* eine Belohnung. Viele der Professoren an der Spionageschule haben keinen blassen Schimmer, aber

Waldmurmeltier hat's wirklich drauf. Also wie wär's, wenn du die Frage diesmal beantwortest: Warum trainiert er vor allem mit *dir*?«

Bevor ich mir überlegen konnte, wie ich mich aus der Sache herauswinden könnte, trat Warren plötzlich zwischen die beiden und sah mich noch argwöhnischer an als sonst. »Ich hab 'ne bessere Frage, Ripley. Was ist das hier?« Er hielt ein dickes gebundenes Dokument hoch. Es schien fünfzig Seiten lang zu sein mit einer separaten Seite, die man vorne angeheftet hatte.

»Wo hast du das her?«, fragte ich.

»Es lag in meiner Truhe«, sagte Warren. »Die Truhe, die eigentlich *deine* sein sollte. Es war dadrin.« Er hielt einen zerrissenen braunen Briefumschlag hoch, auf dem ein Dutzend Mal *FÜR BEN RIPLEY: STRENG GEHEIM* stand.

»Du hast meine streng geheime Post geöffnet?«, fragte ich.

»Es kam mir verdächtig vor«, sagte Warren stolz. »Und mein Instinkt hat mich nicht betrogen. Es ist von Murray Hill.«

Zoe schnappte überrascht nach Luft.

»Zeig her!« Chip riss Warren das Dokument aus der Hand. Ich versuchte, es ihm abzunehmen, aber er drehte sich um und ich bekam nur die oberste Seite zu fassen.

Chip blätterte das Dokument schnell durch, wobei er verwirrt das Gesicht verzog. »Was ist das?«, fragte er. »Das ist alles nur rechtliches Kauderwelsch.«

Zoe war auf eines der oberen Betten geklettert, um über Chips Schulter zu blicken. Jetzt riss sie bei dem, was sie da sah, die Augen weit auf. »Es ist ein Vertrag«, meinte sie. »Murray bietet Ben einen Job an.«

»Nein«, sagte ich. Es war nicht mehr möglich, die ganze Sache geheim zu halten. »Nicht Murray. Die Schurkenorganisation, für die er arbeitet.«

Dann hielt ich die einzelne Seite hoch, die vorne an den Vertrag geheftet war, damit sie sie sich ansehen konnten. Es war eine Nachricht von Murray.

Hi, Ben!

Tut mir leid, dass wir letztens keine Zeit zum Reden hatten. Ich wollte dich eigentlich schon mal vorab über diese Sache informieren. Ich weiß, dass man von diesem Juristengequatsche schon allein vom Hinschauen Kopfschmerzen kriegt, daher fasse ich mal kurz zusammen:

SPIDER arbeitet an einem sehr großen Projekt, für das sie die Dienste von jemandem mit deinen besonderen Fähigkeiten benötigen. Wir könnten bei dieser Sache wirklich deine Hilfe gebrauchen und sind bereit, dich gut dafür zu bezahlen.

Aber auch wenn wir wollen, dass du mit uns zusammenarbeitest, wollen wir *auf keinen Fall*, dass du gegen uns arbeitest. Es gibt also zwei Möglichkeiten: Entweder du schließt dich uns an oder wir bringen dich um. Das ist keine leere Drohung. Wie du dir mittlerweile bestimmt schon gedacht hast, kommen wir problemlos ins Spionagecamp rein.

Wenn du dich uns anschließen willst, dann unterschreib den Vertrag und leg ihn in den hohlen Baumstumpf in der Nähe der Eingangspforte, dann holen wir dich aus dem Lager raus. Wenn nicht, na ja … dann war es nett, dich kennengelernt zu haben.

Du hast vierundzwanzig Stunden, um dich zu entscheiden.

Schutz

Wanderfreuden
13. Juni
13:00 Uhr

Ich hatte natürlich nicht die geringste Absicht, für SPIDER zu arbeiten. Aber da die Alternative der Tod war, widerstrebte es mir doch ein wenig, das Angebot abzulehnen.

Murray bluffte nicht, was die Sache mit dem Sterben betraf. In dem Vertrag stand es schwarz auf weiß unter der Überschrift »Terminierungsklausel«, auch wenn die SPIDER-Anwälte es schafften, selbst das langweilig klingen zu lassen: »Wenn die erstgenannte Partei (Ripley) sich entscheidet, nicht mit der zweitgenannten Partei (SPIDER) geschäftlich tätig zu werden, behält sich SPIDER das Recht vor, die Existenz von Ripley auf eine Methode ihrer Wahl zu terminieren.«

Der restliche Vertrag war auf genau dieselbe verstandvernebelnde Art geschrieben, voller Wörter wie »vordem«,

»einstweilig«, »irreversibel« und »verdunkelnd«. Nachdem ich gegen ein Dutzend Sicherheitsbestimmungen verstoßen und Zoe, Chip und Warren erklärt hatte, wer SPIDER genau war, sahen wir zu viert den Vertrag durch und versuchten, uns einen Reim auf seinen Inhalt zu machen. Da stand eine Menge über Gesamtvergütungen, Geheimhaltungsklauseln, Garantien und solche Sachen – und eine besonders beunruhigende Liste von Sanktionen bei Vertragsbruch wie zum Beispiel: »In dem Fall, dass Ripley lediglich vorgibt, SPIDER Dienstleistungen anzubieten, während er faktisch weiter als Bundesagent handelt, wird SPIDER folgendermaßen, aber nicht ausschließlich, Vergeltung üben: gewaltsame Abtrennung von Ripleys Kopf vom Rest seines Körpers, Entnahme von Ripleys Kleinhirn durch seine Nasengänge, extreme Gewalteinwirkung oder Fenstersturz.«

Trotz des ganzen juristischen Blablas wurde an keiner Stelle erwähnt, woran SPIDER arbeitete oder was sie wollten, dass ich für sie tat.

»Wir müssen das Waldmurmeltier zeigen«, sagte Zoe. »Jetzt sofort. Du brauchst nicht bloß Überlebenstraining. Du brauchst auf der Stelle deine eigene Sicherheitsarmee.«

»Gute Idee«, erwiderte ich. Eigentlich sagte mir mein Bauchgefühl, dass ich mit dem Vertrag zu Erica gehen sollte, aber das konnte ich auf keinen Fall tun, ohne dass die anderen davon erfuhren, und Erica wollte ihre Beteiligung geheim halten. Außerdem konnte ich sie immer noch später aufsuchen – obwohl durchaus die Chance bestand, dass sie *mich* aufsuchen würde, sobald sie von dem Vertrag Wind bekam.

Wir fanden Waldmurmeltier vor dem Verwaltungsgebäude, wo er sich aus Binsen einen Sonnenhut flocht. Er gab sich keine Mühe, seine Überraschung zu verbergen, als ich ihm den Vertrag zeigte, und als er ihn durchblätterte, wurden seine Augen immer größer, bis ich dachte, sie würden ihm gleich aus dem Kopf fallen. »Mannomann«, entfuhr es ihm. »Die Sache ist ernst.«

»Ich weiß«, erwiderte ich. »Was sollen wir tun?«

»Als Erstes verstärken wir die Sicherheitsmaßnahmen um das Lager herum«, antwortete Waldmurmeltier. »Vor allem um deine Hütte herum. Ich stelle noch ein paar Fallen und Ähnliches auf, um SPIDER-Leute draußen zu halten. Aber davon abgesehen, na ja … Ich muss zugeben, dass das eine Nummer zu groß für mich ist.«

»Im Ernst?«, fragte ich. »Aber Sie haben hier die Leitung.«

»Ich unterrichte Überlebensstrategien«, antwortete Waldmurmeltier. »Nicht Terrorismusbekämpfung. Ich werde mein Bestes tun, deine Sicherheit hier zu gewährleisten, aber ich muss das meinen Vorgesetzten melden und herausfinden, was wir als Nächstes tun sollen. In der Zwischenzeit solltest du nichts zu befürchten haben. SPIDER hat dir vierundzwanzig Stunden gegeben, um darüber nachzudenken. Bis dahin werden sie vermutlich nichts unternehmen.« Waldmurmeltier sah zur Sonne hoch, um die Zeit zu schätzen. »Wie es aussieht, ist es kurz nach eins. In der Kantine gibt es jetzt Mittagessen. Geh und iss was. Bis du fertig bist, sollte ich Rückmeldung von der CIA erhalten haben.«

»In Ordnung«, sagte ich.

Waldmurmeltier wollte gerade in das Verwaltungsgebäude gehen, als ihm offenbar ein Gedanke kam, und drehte sich wieder zu Zoe, Chip und Warren um. »Ich sollte euch das nicht sagen müssen, aber SPIDERs Existenz ist streng geheim. Niemand sonst darf davon erfahren. Ben hätte nicht mal euch dreien davon erzählen sollen.«

»Das hab ich nicht«, protestierte ich. »Es war SPIDERs Schuld. Sie haben den Vertrag in die falsche Truhe gelegt.«

»Wie auch immer, sprecht mit niemandem darüber«, befahl Waldmurmeltier. »Nicht ein Wort zu irgendjemandem.«

Wir nickten alle und machten uns auf den Weg in die Kantine. Trotz Waldmurmeltiers Versicherung, dass mir in den nächsten vierundzwanzig Stunden keine Gefahr drohte, konnte ich mein ungutes Gefühl nicht abschütteln. Morddrohungen haben so eine Wirkung.

Ich war nicht der Einzige. Meine Freunde waren ebenfalls nervös. Jedes Mal, wenn es in den Bäumen raschelte, wirbelten sie in Richtung des Geräuschs herum und rechneten mit einem Angriff. Ich war erleichtert, als wir endlich die Kantine betraten, wo wir von bekannten Gesichtern umgeben waren.

Die Kantine war der in der Spionageschule überraschend ähnlich. Die Schüler aßen mit denselben Freunden, dasselbe Personal mit Haarnetzen füllte unsere Teller, und das Essen schien dasselbe Potenzial zu besitzen, uns ins Krankenhaus zu befördern. Der einzige Unterschied war die Ausstattung: In *Wanderfreuden* waren die Wände voller ausgestopfter Tierköpfe. Da waren ein Schwarzbär, ein Elch, zwei Wölfe, eine ganze Rotwildherde und eine Schar verschiedenster Nagetiere. Man hatte sie alle offensichtlich schon vor langer Zeit aufgehängt – jedes Tier war mit einer dicken Staubschicht bedeckt, und jedes Geweih war über und über mit Spinnweben bedeckt –, und doch war ihre Anwesenheit beim Essen befremdlich. Sie schauten alle traurig auf uns herunter, als wären sie darüber aufgebracht, dass wir ihre Nachkommen aßen.

Erica war da und benahm sich genau so, wie sie es während der Mahlzeiten in der Akademie tat. Sie saß für sich, mit der Nase in einem Buch, scheinbar ohne sich dessen bewusst zu sein, was um sie herum passierte. Das täuschte aber. Ich hatte noch nie jemanden gekannt, der so auf seine Umgebung eingestellt war wie Erica. Obwohl sie nicht einen Blick in meine Richtung geworfen hatte, war ich mir sicher, dass sie wusste, dass ich da war. So, wie ich Erica kannte, wusste sie wahrscheinlich mehr über den Vertrag von SPIDER als ich.

Doch ich hatte keine Gelegenheit, mit ihr zu sprechen. Zoe und Warren wichen nicht von meiner Seite. Und sogar Chip, der sonst nie im Leben dabei hätte gesehen werden wollen, wie er mit Schülern aus dem ersten Jahr zu Mittag aß, folgte mir an einen Tisch.

Ich wusste, was los war. Es war das erste Mal, dass sie alle in eine aktive Ermittlung eingeweiht waren. Es ist schwer, sich normal zu verhalten, wenn man sich in einer Situation befindet, die überhaupt nicht normal ist. Trotz unserer direkten Befehle wusste ich, dass es nur eine Frage der Zeit war, bis einer von ihnen es nicht mehr aushielt und anfing, zu reden. Ich hätte auf Warren getippt, aber schließlich knickte Zoe als Erste ein.

»Ich hab nachgedacht«, sagte sie. »Ben hat gesagt, SPIDER hätte den Vertrag in die falsche Truhe gelegt, aber das stimmt nicht …«

»Wir sollen nicht über SPIDER sprechen!«, fauchte Warren. »Wir haben einen direkten Befehl erhalten!«

»Reg dich wieder ab«, meinte Chip. »Wir sollen niemandem davon *erzählen*. Aber wir vier wissen bereits Bescheid.«

»Dieser Raum ist voll mit angehenden Spionen«, erwiderte Warren. »Wer weiß, wer uns belauschen könnte? Ich will nicht von der Schule fliegen, weil ich gegen eine Geheimhaltungsanweisung verstoßen und die Existenz von SPIDER verraten habe.«

»Dann nennen wir sie halt nicht SPIDER«, schlug Chip vor. »Wenn wir sie anders nennen, können wir keinen Ärger dafür kriegen, dass wir ihre Existenz verraten haben.«

»Wie wär's mit GÖFFEL?«, meinte Zoe und hielt ihr Plastikbesteck hoch.

»Klingt gut«, sagte Chip.

Bevor Warren protestieren konnte, fuhr Zoe fort. »Also, GÖFFEL hat nicht die falsche Truhe erwischt. Es war die richtige; sie haben nur nicht vorausgesehen, dass ihr zwei die Betten tauschen würdet. Und das bedeutet, dass wer auch immer den Vertrag für GÖFFEL hinterlegt hat, die Bisamrattenhütte ziemlich genau im Auge behalten haben muss.«

Warren wurde plötzlich ungewöhnlich munter. »Vielleicht ist GÖFFELs Mann *in* der Bisamrattenhütte«, flüsterte er.

»Hey, du bist in der Bisamrattenhütte«, warf Chip ein. »Vielleicht bist du's.«

»Was?« Warren schnappte nach Luft.

Chip lehnte sich weiter vor und zeigte mit dem Finger auf Warren. »Eigentlich haben wir dich gar nicht dabei gesehen, wie du den Vertrag aus der Truhe geholt hast. Vielleicht hast du nur *behauptet*, dass du ihn dort gefunden hast.«

»Ich *hab* ihn dort gefunden!« Warren drehte sich zu Zoe, da er ihr unbedingt seine Unschuld beweisen wollte. »Ich schwör's! Ich würde nie für den Feind arbeiten!«

Chip brach auf einmal in schallendes Gelächter aus. »Locker bleiben, Chamäleon. Ich nehm dich doch nur auf den Arm. Als ob GÖFFEL jemals einen Knallkopf wie dich anheuern würde.«

Zu Warrens Verdruss lachte Zoe auch.

»Haha, sehr witzig«, schnaubte Warren. »Eine feindliche Organisation ist in unsere Schule eingedrungen, Fakes Leben wird bedroht, und für dich ist das alles nur ein Witz.«

»Was erzählt ihr da von feindlichen Organisationen und Fake?« Jawaharlal O'Shea schlüpfte auf den Platz zwischen Warren und mir.

Ich zuckte zusammen. So viel zum Thema die ganze Sache geheim zu halten. »Ach, nichts. Wir haben uns nur potenziell gefährliche Szenarien vorgestellt, damit wir vorbereitet sind, wenn sie eintreffen.«

»Mein Fehler«, erwiderte Jawa, obwohl ich mir ziemlich sicher war, dass er uns das nicht abkaufte. Jawa war einer der besten Nachwuchsspione an der Schule. Er war indischer, irischer, nicaraguanischer, kenianischer, indonesischer und chinesischer Abstammung gemischt mit noch etwa einem Dutzend anderer Ethnien. Er war ein außergewöhnlich gewissenhafter Schüler und arbeitete zum Teil auch so hart, um zu beweisen, dass man ihn nicht bloß deswegen auf der Spionageschule angenommen hatte, weil er mehrere Minderheitenquoten auf einen Schlag erfüllte. Jawa war unglaublich intelligent und ein Spitzensportler. Er war der Kapitän der Schach- *und* der Fechtmannschaft.

Nate Mackey setzte sich ihm gegenüber. Obwohl Nate und Jawa gute Freunde waren, waren sie, was ihre Fähigkeiten betraf, komplett entgegengesetzt. Nate war einer der schlechtesten Schüler der Schule, fast so schlecht wie Murray Hill – nur dass Murray absichtlich schlecht gewesen war. Nate hatte eine wahre Begabung dafür, schlecht zu sein. Der einzige Grund, warum man ihn an der Akademie angenommen hatte, war wie bei Erica eine Familientradition. Aber während Erica von einer langen Reihe Spione abstammte, die für ihre Verwegenheit berühmt waren, stammte Nate von einer kurzen Reihe CIA-Buchhalter ab, die für ihre Kosteneinsparungen berühmt waren. »Was für ein Szenario habt ihr euch vorgestellt?«, fragte er.

»Ist nicht wichtig«, sagte ich. »Wir haben nur rumgeblödelt …«

»Moment mal, Fake«, wandte Zoe ein. »Lass doch Superhirn und Kartoffelkopf auch mitspielen. Zumindest Superhirn könnte ein paar Ideen zu dem Thema haben.«

»Wer von uns beiden ist Superhirn?«, fragte Nate.

»Ich geb dir 'n Tipp«, sagte Chip. »Nicht du.«

»Lasst mal hören«, meinte Jawa.

»Was wäre, wenn eine feindliche Organisation es auf einen von uns abgesehen hätte?«, fragte Zoe. »Sie wollen, dass man innerhalb von vierundzwanzig Stunden etwas für sie tut. Und wenn man es nicht tut, bringen sie einen um.«

»Was wollen sie, dass ihr für sie tut?«, fragte Jawa.

»Das spielt keine Rolle«, sagte ich. »Wir zerbrechen uns eher den Kopf darüber, nicht umgebracht zu werden.«

»Man könnte ja einfach tun, was die Bösen verlangen«, meinte Nate.

»Ja, wenn man ein Waschlappen ist«, erwiderte Chip. »Aber nimm mal an, dass du dein Land *nicht* verraten und die Drecksarbeit für den Feind machen willst?«

»Auf wen von uns haben sie es denn abgesehen?«

»Welche Rolle spielt das?«, fragte Zoe.

»Weil das Szenario davon abhängig ist, wer das Ziel ist«, antwortete Jawa.

»Sagen wir mal, es ist Fake«, erklärte Chip und versuchte, es so klingen zu lassen, als wäre ihm das spontan in den Sinn gekommen.

Jawa grinste mich an. »Na ja, wenn du es bist, ist es einfach. Als Erstes gehst du zu Erica und bittest sie um Hilfe.«

Alle anderen stimmten sofort zu. Sogar Chip. »Stimmt«, sagte Zoe. »Genau das solltest du tun.«

Ich sah zu Erica hinüber, die sich immer noch nicht regte. »Vielleicht«, sagte ich.

»Ach, komm schon!«, rief Zoe. »Eiskönigin hat dir schon beim letzten Mal geholfen – und sie kann bestimmt der Versuchung nicht widerstehen, wieder die Heldin zu sein. Außerdem mag sie dich.«

Bei dieser letzten Bemerkung fing mein Puls an zu rasen, obwohl ich mich anstrengte, es nicht zu zeigen. Zoe konnte nicht wirklich irgendetwas über Erica wissen, redete ich mir ein. Sie sagte das alles bloß, um eine Reaktion bei mir hervorzurufen. »Tut sie nicht«, widersprach ich.

»Na ja, sie mag dich mehr als sonst jemanden hier«, sagte Jawa. »Sie hat sogar mal den Arm um dich gelegt.«

»Sie hat auch schon mal den Arm um mich gelegt«, wandte Nate ein.

»Das war im Kampfsportunterricht, und da hat sie dich auf den Rücken geworfen«, erwiderte Chip. »Jawa redet davon, jemanden *absichtlich* zu berühren.«

Zoe drehte sich wieder zu mir. »Du solltest wirklich Eiskönigin einweihen«, sagte sie. »Wenn dein Leben in Gefahr ist, kannst du dich nicht einfach zurücklehnen und hoffen, dass dich die Verwaltung hier beschützen wird. Sie hat sich beim letzten Mal, als du Ärger hattest, auch nicht gerade mit Ruhm bekleckert.«

»Nein«, gab ich zu. »Das stimmt wohl.«

»Zoe hat recht«, meldete sich Warren zu Wort. »Du musst dir so viel Schutz suchen, wie du kannst. *Ich* bin ja schon das totale Nervenbündel, obwohl mein Leben nicht bedroht worden ist. Ich kann mir gar nicht vorstellen, was du gerade durchmachen musst …« Er unterbrach sich abrupt, als Zoe und ich ihm gleichzeitig gegen das Schienbein traten, um ihn daran zu erinnern, dass dieses Szenario nur fiktiv sein sollte. »Ich meine, ich bin *theoretisch* das totale Nervenbündel«, sagte er schnell und warf einen kurzen Blick zu Jawa und Nate.

Nate hatte nichts bemerkt. Jawa aber schon. »Was ist hier los?«, fragte er.

Doch bevor Zoe, Warren, Chip oder ich uns eine Antwort darauf überlegen konnten, ging direkt hinter mir ein Schuss los.

Ich sprang erschrocken auf. Zoe und Chip ebenso. Warren schrie entsetzt und tauchte unter den Tisch ab.

Dann hörte ich direkt hinter mir Gelächter.

Ich wirbelte herum und entdeckte Claire Hutchins, die mit einer geplatzten Papiertüte und einem teuflischen Grinsen im Gesicht dastand. »Meine Güte«, höhnte sie, während sie zu Warren unter den Tisch guckte. »Ihr seid *wirklich* die totalen Nervenbündel. Ihr Amis seid ein echt nervöser Haufen.«

»Das war nicht lustig!«, sagte Zoe.

»Das findest *du* vielleicht«, antwortete Claire. »Aber alle anderen sehen das anders.« Sie wedelte mit der Hand in Richtung der restlichen Kantine. Ihre MI-6-Mitschüler lachten sich über uns kaputt – und ziemlich viele unserer amerikanischen Landsleute auch.

»Schauen wir mal, wie lustig du das findest, wenn ich dir das Gesicht vermöbele«, sagte Zoe und sprang von ihrem Stuhl auf. Wenn Chip sie nicht zurückgehalten hätte, hätte sie ihre Drohung möglicherweise in die Tat umgesetzt.

Claire zuckte nicht mal mit der Wimper. »Ach, komm schon«, sagte sie und betrachtete Zoe amüsiert. »Das war nur ein bisschen Spaß. Ist doch nichts passiert, oder?« Sie ging zurück zu ihrem Tisch, wo mehrere ihrer Freunde sie abschlugen.

»Furchtbare Tussi«, schimpfte Zoe und durchbohrte Claire mit Blicken. »Ich weiß, dass wir auf derselben Seite sein sollten und so weiter, aber ich hätte nicht übel Lust, eine zweite Amerikanische Revolution zu starten.«

»Vergiss es«, sagte Chip. »Es bringt nichts, ein Riesentheater zu machen.«

»Das sagst du nur, weil sie ein Mädchen ist«, maulte Zoe. »Wenn einer der britischen Jungs das gemacht hätte, hättest du ihm bereits die Zähne ausgeschlagen.«

Warren kam wutschnaubend unter dem Tisch hervor. »Ich wette mit euch, dass, wenn irgendjemand für SPIDER arbeitet, es einer von denen ist«, murmelte er leise. »Wir kennen die doch gar nicht richtig, oder?«

Das war ein guter Einwand, auch wenn er von Warren kam. Ich schaute zu Claire und den anderen Briten hinüber …

Und sah etwas Merkwürdiges durch die Fliegengitterfenster der Kantine. Ein Mann im Smoking war gerade mit einem Fallschirm auf dem Rasen gelandet. Ich konnte das Gesicht des Mannes nicht deutlich erkennen, weil der Fallschirm ihn sofort unter sich begrub, aber es war nicht schwer, zu erraten, wer er war. Mir fiel nur eine Person ein, die sich so in Szene setzen würde, ganz zu schweigen davon, in Abendgarderobe aus einem Flugzeug zu springen: Alexander Hale.

Es dauerte nicht lange, bis auch alle anderen seine Ankunft bemerkten. In Sekundenschnelle hatten sich alle in der Kantine um die Fenster geschart.

Na ja, fast alle. Ich sah zu Erica hinüber. Ihre Nase steckte immer noch in ihrem Buch, obwohl es so wirkte, als kniff sie wütend die Augen zusammen.

Draußen auf dem Rasen tauchte der Mann im Smoking unter dem Fallschirm auf, und in der Tat: Es war Alexander Hale. Fast alle im Raum schnappten aufgeregt nach Luft. Sogar Chip, der sich sonst rühmte, immer völlig beherrscht zu sein, schien total beeindruckt. Und Zoe war einfach nur hin und weg. Sie riss ihre bereits riesigen Augen so weit auf, bis sie so groß wie Teller waren.

Alexander ließ seinen Fallschirm auf dem Rasen liegen und eilte die Treppe hoch zur Kantine. Sein Smoking war ein wenig verknittert – was in Anbetracht der Tatsache, dass sein Besitzer erst kürzlich aus einem Flugzeug gesprungen war, nicht verwunderlich war –, während sein silbernes Haar immer noch perfekt frisiert war. Er hatte wohl eine ganze Tube extrastarkes Gel verwendet. Alexander platzte so theatralisch wie möglich durch die Tür und ließ den Blick durch den Raum schweifen, bis seine stahlblauen Augen an mir hängen blieben. »Benjamin!«, rief er. »Genau dich habe ich gesucht!«

Alle Blicke richteten sich auf mich. Sogar in Claires Augen und denen der MI-6-Gang leuchtete jetzt Respekt auf. Die meisten meiner Mitschüler wären allein für ein Lächeln vom gefeiertsten Agenten der CIA durch Feuer gelaufen. Die Tatsache, dass er mit dem Fallschirm im Spionagecamp gelandet war, nur um mich zu sehen, machte mich cool.

Noch vor ein paar Monaten hätte ich die ganze Aufmerksamkeit toll gefunden, aber in der Zwischenzeit hatte ich erfahren, dass Alexander Hale nicht so großartig war, wie er jedermann glauben ließ. Der Mann war ein Hochstapler, bestenfalls ein mittelmäßiger Spion, dessen glorreicher Ruf darauf beruhte, dass er anderen Leuten die Anerkennung für ihre Arbeit stahl und seine eigenen Leistungen aufbauschte. Zum Beispiel hatte Alexander, obwohl Erica und ich im letzten Winter für die Ergreifung von Murray Hill verantwortlich gewesen waren und die Spionageschule mit herzlich wenig Hilfe von ihm vor SPIDER gerettet hatten, einen Bericht abgegeben, in dem er der Held war. So gut wie alle bei der CIA waren ihm voll auf den Leim gegangen. Da ich das nicht wusste, hatte ich während meiner Befragung die Wahrheit erzählt, was mir nur Hohn eingebracht hatte, weil alle dachten, *ich* würde versuchen, die Lorbeeren für die Arbeit des großen Alexander Hale einzuheimsen.

Als ich erfuhr, was Alexander getan hatte, war ich schrecklich wütend, aber Erica riet mir, die Sache auf sich beruhen zu lassen. Alexanders Ruf bei der CIA war unzerstörbar. Jeglicher Versuch, ihn zu untergraben, würde nur mich schlecht aussehen lassen. So war Alexanders Inkompetenz einer der wenigen Informationsbrocken, die *nicht* bis zur Schülerschaft durchgesickert waren. Nur Erica und ich kannten die Wahrheit, weshalb jeder Nachwuchsspion in der Kantine jetzt Alexander anstarrte, als wäre er der Präsident, ein Rockstar und der beste Footballspieler des Super Bowls in einem.

Alexander eilte durch den Raum an meine Seite. »Zum Glück geht es dir gut«, sagte er. »Ich habe gehört, dass du eine Morddrohung von unseren alten Freunden von Du-weißt-schon erhalten hast.«

Ich sah zu meinen Mitschülern. Alexander sollte das mit Sicherheit nicht vor ihnen besprechen. »Es war mehr so was wie ein Arbeitsvertrag«, sagte ich leise.

»Ach wirklich?«, fragte Alexander. »Na ja, in den falschen Händen kann selbst Papier tödlich sein. Bei einem Einsatz in Bangladesch haben meine Feinde einmal versucht, mich mit einer Speisekarte umzubringen, die mit einem starken Nervengift bestrichen war. Wenn ich mir nicht selbst beigebracht hätte, Nervengifte an ihrem Geruch zu erkennen, wäre ich jetzt tot.«

Alle in Hörweite schauten auf einmal sehr beeindruckt. Ich hingegen fragte mich, ob Alexander Hale überhaupt jemals in Bangladesch gewesen war.

»Vielleicht sollten wir das unter vier Augen besprechen«, schlug ich vor.

Alexander schaute ein wenig verlegen. »Das wollte ich auch gerade vorschlagen«, sagte er. »Schön zu sehen, dass du geistig genauso flink bist wie ich.« Er nahm mich beim Arm und führte mich in die Küche. Die Köche blickten überrascht – und dann ehrfürchtig, als sie Alexander erkannten. Einer ließ etwas, das verdächtig nach einem gehäuteten Waschbären aussah, in einen Eintopf fallen.

»Könnten Sie alle für ein paar Minuten verschwinden?«, fragte Alexander. »Agent Ripley und ich haben etwas Wichtiges zu besprechen.«

Die Köche sahen mich an und fragten sich, wer ich um alles in der Welt war, dass ich ein Gespräch unter vier Augen mit Alexander Hale verdiente, dann nickten sie gehorsam und eilten aus der Tür.

Alexander fing sofort an, in der Küche herumzustöbern und den Herd, den Kühlschrank und die Vorratskammer genauer zu inspizieren.

»Was machen Sie da?«, fragte ich.

»Ich suche nach Wanzen.«

»Na, dann sind Sie am richtigen Ort. Wir sind hier im Ungezieferparadies.« Während ich das sagte, machte sich eine ganze Horde von ihnen mit einem Laib Brot aus dem Staub.

»Nein, ich meine ›Wanzen‹ wie in Abhörgeräten ...« Alexanders Stimme verhallte, als ihm ein Licht aufging. »Ah. Das sollte ein Witz, stimmt's?«

»Genau.«

Alexander lachte gezwungen. »Gut gemacht. Ein guter Spion sollte nie den Humor verlieren, selbst in Zeiten großer Gefahr.« Er gesellte sich wieder zu mir und hatte seine Suche nach Abhörgeräten bereits vergessen. »Also, Benjamin. Wie geht es dir bei dieser ganzen SPIDER-Geschichte?«

Ich warf Alexander den vernichtendsten Blick zu, den ich hinbekam. Es war unsere erste Begegnung, seit er mir in den Rücken gefallen war. »Sind Sie mit dem Fallschirm hier gelandet, nur um mich das zu fragen?«

»Nein. Meine Zeit ist ein bisschen zu kostbar dafür.« Wenn Alexander sich auch nur im Geringsten schuldig dafür fühlte, was er mir angetan hatte, ließ er sich das nicht anmerken. »Ich bin hier auf direkten Befehl von höchster Ebene. Man hat mir gesagt, dass ich so schnell wie möglich kommen soll. Daher meine recht unorthodoxe Garderobe.«

»Was sollen Sie tun?«, fragte ich.

»Man hat mir die Leitung dieser Ermittlung übertragen. Mein Auftrag besteht darin, SPIDERs ruchlose Pläne aufzudecken und deine Sicherheit zu gewährleisten. Mach dir aber keine Sorgen. Ich werde dir nicht im Weg sein. Ich bin ein Tarnexperte, weißt du. Ich habe einmal drei Tage in einer Terroristenhöhle als Fels getarnt verbracht. Du wirst nicht mal merken, dass ich hier bin. Und noch wichtiger, SPIDER auch nicht.«

»Wenn SPIDER das Lager beobachtet, wissen sie schon, dass Sie hier sind«, wandte ich ein. »Sie hätten keinen aufsehenerregenderen Auftritt hinlegen können, als im Smoking mit einem Fallschirm hier zu landen.«

Alexander schluckte. Seine Ohren wurden rot vor Verlegenheit, als ihm klar wurde, dass ich recht hatte, doch er gewann schnell die Fassung zurück. »Einschüchterung, mein junger Freund. Ich *wollte*, dass sie mich sehen. Jetzt wissen sie, dass sie erst einmal an mir vorbeimüssen, wenn sie dich erwischen wollen. Jetzt werden sie es sich zweimal überlegen, bevor sie es versuchen.«

Ich bezweifelte das. SPIDER schien mehr über die CIA zu wissen als die CIA selbst. Daher wussten sie vermutlich, dass Alexander so gefährlich war wie ein nasser Sack.

»Außerdem hatte ich keine Zeit, mich umzuziehen«, fuhr Alexander fort. »Ich wurde direkt von einem anderen Auftrag abgezogen. Es blieb keine Zeit zu verschwenden, um deine Sicherheit zu gewährleisten. Also, wo ist dieser Vertrag, den dir SPIDER hinterlassen hat? Ich möchte ihn mir genauer ansehen.«

»Waldmurmeltier hat ihn«, sagte ich.

»Warum?«, fragte Alexander.

»Ich nehme an, dass er ihn sich auch genauer ansehen wollte.« Mir wurde bewusst, dass ich eigentlich auch nicht sicher war, was Waldmurmeltier mit dem Vertrag vorhatte.

»Ah. Sehr gut«, erwiderte Alexander. »Ich sollte wahrscheinlich mit Waldmurmeltier in Kontakt treten und herausfinden, was er in Erfahrung gebracht hat. Dann kann ich den Frack ablegen und für die Umgebung passendere Kleidung anziehen. Aber mach dir keine Sorgen, ich werde nicht lange weg sein.« Er gab mir einen Klaps auf die Schulter, der mich beruhigen sollte.

»Ich komme schon ohne Sie klar«, erwiderte ich. Und meinte es auch.

»Das ist genau die richtige Einstellung!« Alexander steuerte auf die Tür zu und kam dann wieder zurück. »Nur so aus Interesse, hast du irgendeine Idee, wer SPIDERs Spitzel im Camp sein könnte?«

»Nein«, sagte ich. Und selbst wenn ich eine gehabt hätte, wäre ich nicht so dumm gewesen, noch einmal irgendetwas, das ich herausgefunden hatte, mit Alexander zu teilen.

»Ah, na ja, ich bin sicher, wir werden den Unhold schon bald aufscheuchen. Darauf gebe ich dir mein Wort.« Damit verschwand Alexander durch die Tür.

Als ich ihn dabei beobachtete, wie er versuchte, den Weg zu Waldmurmeltiers Hütte zu finden, wurde mir klar, dass ich mich noch schlechter fühlte, als nachdem ich die Morddrohung erhalten hatte. Meine Situation war jetzt so ernst, dass die CIA einen hochrangigen Agenten schickte, um mich zu beschützen. Leider hatten sie den ungeeignetsten geschickt.

Körperliches Training

Wanderfreuden
14. Juni
05:00 Uhr

»Aufstehen, Bisamratten! Los, los, los!«

Hank Schacters Schrei allein hätte gereicht, um jeden aus seiner Tiefschlafphase zu reißen, aber um ganz sicher zu gehen, dass er allen den Morgen versaute, schlug er auch noch zwei Mülltonnendeckel aus Metall zusammen.

Meine Hüttenmitbewohner reagierten unterschiedlich auf den Weckalarm. Manche standen sofort stramm, andere sprangen aus dem Bett, bereit für einen feindlichen Angriff, und wieder andere brauchten ein wenig länger, bis sie mitkriegten, was los war. Nate Mackey vergaß, dass er im oberen Bett lag, rollte müde von der Matratze und fing den Tag mit einem Bauchplatscher aus einer Höhe von ein Meter achtzig an.

Ich gehörte zu der Gruppe, die bereit für einen Angriff

war, jedoch nur, weil ich den Großteil der Nacht kein Auge zugetan hatte. SPIDER behauptete zwar, dass ich vierundzwanzig Stunden Bedenkzeit hätte, aber sie waren nicht gerade die vertrauenswürdigste Organisation; vielleicht hatten sie mir diese Zeit nur gewährt, damit die CIA bis dahin weniger vorsichtig war. Wenn das der Fall war, rechnete ich nicht damit, dass Alexander Hale eine große Hilfe sein würde. Trotz seiner Versicherung, in der Nähe zu bleiben, hatte ich ihn seit dem Abendessen nicht mehr gesehen. Ich war mit einem Baseballschläger ins Bett gegangen; es war eine der wenigen Waffen, für deren Benutzung ich voll und ganz qualifiziert war – und die einzige, bei der ich mir sicher war, dass ich mich nicht aus Versehen aufspießen oder im Schlaf erschießen würde.

Nach mehreren Stunden, in denen ich mich jedes Mal ängstlich anspannte, wenn ich auch nur das Zirpen einer Grille hörte, hatte ich es schließlich geschafft, gegen halb fünf morgens aus Erschöpfung einzuschlafen. Als Hank Schacter bloß dreißig Minuten später in die Hütte gestürmt kam, war ich nicht gerade in bester Verfassung. Ich wachte auf, bereit für den Kampf, aber mein Baseballschläger verhedderte sich in den Bettlaken. Als ich ihn endlich daraus befreit hatte, stellte ich fest, dass wir gar nicht angegriffen wurden – auch wenn ich mir ernsthaft überlegte, Hank mit dem Schläger zu bearbeiten.

»Bewegt euch, ihr Würmer!«, schrie er und knallte die Mülldeckel zusammen. »Wir sind hier nicht im Urlaub! Das ist eine Trainingseinrichtung – und ihr Speckschwarten braucht dringend mehr Bewegung! Wer als Letzter mit

Anziehen fertig ist und seinen Hintern vor die Tür schleppt, muss fünfzig zusätzliche Liegestütze machen!«

Ich brauchte nicht lange, um mich anzuziehen. Ich war schon fertig angezogen. Für den Fall, dass der Feind mitten in der Nacht auftauchte, wollte ich ihm in mehr als meinen Boxershorts entgegentreten. Ich stürzte zur Tür lange vor den meisten anderen, von denen viele verschlafen auszuklügeln versuchten, wie man ein Hemd anzog.

Hank packte mich am Arm, als ich an ihm vorbeihuschen wollte. »Ich will dich fünfzig Liegestütze machen sehen.«

»Aber ich bin nicht der Letzte«, protestierte ich.

»Niemand hat gesagt, das Leben wäre fair«, teilte mir Hank mit. »Außerdem siehst du so aus, als könntest du ein paar mehr Muskeln gebrauchen.« Er schubste mich aus der Tür und wandte sich dann an alle in der Hütte. »Bisamratten, ich will dieses Jahr den Camp-Wettbewerb gewinnen. Aber um überhaupt eine Chance zu haben, muss ich euch Versager offensichtlich erst mal auf Vordermann bringen. Deshalb werden wir heute Morgen acht Kilometer über unwegsames Gelände laufen. Wenn sich irgendjemand beklagt, verlängere ich die Strecke.«

Ich ging auf der Veranda auf alle viere und fing mit den Liegestützen an. Jawa ging neben mir auf den Boden.

»Warum machst *du* Liegestütze?«, fragte ich ihn. »Hank hat dich doch gar nicht dazu verdonnert.«

»Ein bisschen mehr Oberkörpertraining hat noch niemandem geschadet«, antwortete Jawa. Er atmete nicht einmal schwer von der Anstrengung. »Außerdem will ich genau wie Hank unbedingt den Camp-Wettbewerb gewinnen.«

»Bei was treten wir an? Tauziehen, Völkerball, irgend so was?«

Jawa sah mich schief an. »In einem normalen Zeltlager vielleicht. Aber hier ist der Camp-Wettbewerb ein echter *Krieg*. Eine simulierte Schlacht mit allem, was dazugehört. Die Gewinner-Hütte bekommt für den Sommer eine glatte Eins.«

»Und die Verlierer?

»Die Blamage. Und zusätzliche Hausaufgaben fürs nächste Semester.«

Alle, die noch in der Hütte waren, gingen einer nach dem anderen durch die Tür und an uns vorbei, außer dem armen Nate Mackey, der sich immer noch verzweifelt damit abmühte, seine Hosen anzuziehen.

»Fünfzig Liegestütze!«, brüllte Hank ihn an und wirbelte dann zu uns anderen herum. »Alle machen Hampelmänner, bis er damit fertig ist!«

Einer der Bisamratten stöhnte.

Hank kniff die Augen zusammen. »Wer auch immer das war, hat euch gerade zwei zusätzliche Kilometer eingehandelt.«

Ich hörte, wie jemand zu einem weiteren Stöhnen ansetzte, doch das verwandelte sich schnell in einen unterdrückten Schmerzensschrei, als jemand, der keine Lust auf einen weiteren zusätzlichen Kilometer hatte, dem Stöhner in den Magen schlug.

Als Jawa mit seinen Liegestützen fertig war, sprang er auf

die Füße und fing mit den Hampelmännern an. Alle folgten seinem Beispiel.

Als ich von den Liegestützen zu den Hampelmännern überging, warf ich kurz einen Blick auf den Bereich vor der Hütte. Da war keine Spur von irgendwelchen Feinden, die in der Morgendämmerung lauerten. Von Alexander war ebenfalls nichts zu sehen. Entweder war er tatsächlich ein Tarnexperte – oder er war ganz woanders und schlief vermutlich. Ich hätte mein ganzes Geld auf Letzteres verwettet.

Nate Mackey brauchte für die fünfzig Liegestütze zehn Minuten. Als er fertig war, war er knallrot und keuchte. Mehrere meiner Bisamrattenkollegen wirkten auch total erschöpft.

»Ausrücken!«, befahl Hank. Er sprintete in den Wald, und wir folgten ihm alle gehorsam. »Wir fangen mit dem Trimm-dich-Pfad um den Wald herum an und machen dann mit der Schwarzen Piste den Mount Roosevelt hinauf weiter. Ich erwarte, dass alle die zehn Kilometer in weniger als vierzig Minuten laufen. Wer länger braucht, bekommt meinen vollen Zorn für den Rest des Tages zu spüren – und glaubt mir, das will keiner.«

Wir gingen um den See herum und vorbei an mehreren anderen Schülerhütten. Alle darin schliefen noch friedlich.

»Typisch«, murmelte Warren. »Wir kriegen natürlich den Drill Sergeant ab.«

»Halt die Klappe, oder willst du *elf* Kilometer laufen«, sagte Jawa zu ihm.

Alle hielten das für einen guten Rat. Wir schwiegen alle, während wir rannten.

Ich war eigentlich ein guter Läufer und hatte meine Ausdauer während meiner Zeit an der Spionageschule verbessert, aber Hank gab ein hartes Tempo vor und wir liefen über unebenes Gelände. Wie sich herausstellte, war die Gegend um unser Lager herum viel hügeliger als gedacht; es war voller steiler bewaldeter Anhöhen und mit tiefen Schluchten durchzogen. Das alles wäre vermutlich wunderschön gewesen, wenn ich nicht gezwungen gewesen wäre, hindurchzurennen. Nach den ersten eineinhalb Kilometern fing ich an, ein wenig zu schwächeln, und fragte mich, wie ich um alles in der Welt weitere achteinhalb schaffen, geschweige denn einen Berg besteigen sollte. Die Bisamratten hatten sich bereits entsprechend ihrer sportlichen Fähigkeiten entlang des Pfads aufgeteilt mit Hank an der Spitze und Jawa direkt hinter ihm, während Nate und Warren als Schlusslichter hinterherstolperten. Je weiter wir kamen, umso mehr zog sich unsere Reihe in die Länge, sodass ich von Zeit zu Zeit allein auf dem Pfad lief und durch die dichten Bäume weder vor noch hinter mir irgendjemanden sehen konnte.

Mir kam gerade der Gedanke, dass dies nicht der sicherste Ort für mich war, als der Angriff passierte.

Eine im Dreck versteckte Schlinge schloss sich plötzlich fest um mein rechtes Bein und zog es unter mir weg. Ich knallte so hart auf den Boden, dass es mir den Atem verschlug, und wurde durchs Unterholz gezerrt. Bevor ich um Hilfe schreien konnte, sprang jemand auf mich und hielt mir eine Hand über den Mund.

Mein Angreifer war von Kopf bis Fuß getarnt und sah wie ein Stück Rasen aus, das zum Leben erweckt war. Ich hätte nicht erkannt, wer es war, wenn ihre eisblauen Augen nicht gewesen wären. Ihr üblicher Duft nach Flieder und Schießpulver wurde von dem Geruch von Gras und Erde überdeckt.

Erica Hale.

Sie wartete, bis Warren und Nate vorbeigestolpert und weit außer Hörweite waren, und nahm dann ihre Hand von meinem Mund.

»Weißt du, die meisten Leute rufen an, wenn sie mit jemandem reden wollen«, sagte ich. »Oder schauen einfach vorbei. Sie greifen nicht mitten im Wald aus dem Hinterhalt an.«

»Es liegt in unser beider Interesse, wenn niemand weiß, dass wir in dieser Sache zusammenarbeiten.« Erica ging von mir herunter und half mir hoch.

»Wenn du mich fragst, gefällt es dir einfach, mich aus dem Hinterhalt anzugreifen«, sagte ich zu ihr.

Mit der grünen Farbe in ihrem Gesicht war es schwer auszumachen, aber mir kam es so vor, als würde Erica sogar darüber lächeln. Nur für den Bruchteil einer Sekunde. Dann war sie wieder ganz die Alte. »Wenn du mehr auf deine Umgebung achten würdest, könnte ich dich nicht aus dem Hinterhalt angreifen. Jetzt, da SPIDER es auf dich abgesehen hat, musst du wachsamer sein. Ich kann dich nicht ständig beschützen.«

»Wie letztens in FunLand?«, fragte ich spitz.

»Zwei Dutzend CIA-Agenten haben auf dich aufgepasst. Ich hatte das Gefühl, dass sie die Lage unter Kontrolle hatten.«

»Na ja, Murray Hill hat vorbeigeschaut – und ist entkommen.«

»Hab ich gehört.« Erica verließ die Laufstrecke und steuerte auf den Wald zu.

»Wo gehen wir hin?«, fragte ich.

»Wir nehmen eine Abkürzung zurück zum Lager. Außer du möchtest die Landschaft noch ein bisschen genießen.«

»Äh, nein. Das ist okay. Solange Hank nicht merkt, dass ich weg bin.«

»Wird er nicht.«

Ich verschwand hinter Erica im Wald. Da war kein sichtbarer Pfad, aber Erica schien genau zu wissen, wohin sie ging. »Glaubst du mir, dass ich Murray gesehen habe?«, fragte ich.

»Warum sollte ich es nicht glauben?«

»Weil es sonst niemand glaubt. Sie behaupten alle, er wäre in irgendeiner Besserungsanstalt eingesperrt.«

»Ja, das fand ich auch merkwürdig.«

»Murray hat nicht zufällig einen Zwillingsbruder, oder?«

»Nein.«

»Könnte er also entkommen sein, ohne dass es irgendjemand bemerkt hat?«

»Das bezweifle ich.«

»Wie kann Murray dann an zwei Orten gleichzeitig sein?«

»Das versuche ich noch herauszufinden.« Erica führte mich einen steilen, felsigen Abhang hinab in eine enge Schlucht.

Ich lief vorsichtig hinter ihr her. Die Felsen waren glitschig vom Tau. »Irgendwelche Ideen?«, fragte ich.

»Ich sammle noch Informationen. Und wenn wir schon beim Thema sind, ich hab herausgefunden, warum alle so ausgeflippt sind wegen des Autokennzeichens, das du dir gemerkt hast.«

»Warum?«

»Weil es dem Direktor der CIA gehört.«

Ich erstarrte auf dem Felsabhang, da ich es nicht fassen konnte. »Der Direktor der CIA arbeitet mit SPIDER zusammen?«

Erica warf mir einen genervten Blick zu, enttäuscht von meiner eingeschränkten Kombinationsgabe.

»Oh«, sagte ich, als der Groschen fiel. »SPIDER hat es ihm gestohlen.«

»Ja.« Ein Bach verlief durch die Schlucht, und Erica führte uns daran entlang. »Nur ist die Identität des Direktors streng geheim …«

»Nein, ist sie nicht. Er ist ständig im Fernsehen …«

Erica warf mir noch einen genervten Blick zu. »Der *echte* Direktor der CIA«, sagte sie. »Der Typ, der sie tatsächlich leitet.«

»Der andere Typ ist nur ein Lockvogel? Das hat mir niemand gesagt.«

»Das wissen auch die meisten Agenten in der CIA nicht. Sie haben keine Ahnung, wer der echte Direktor ist – oder wo er wohnt. Daher ist es ziemlich beunruhigend, dass SPIDER sein Kennzeichen geklaut hat.«

»Warum würden sie das tun?«

»Um der CIA eine deutliche Botschaft zu schicken: ›Wir wissen *alles*. Und wir können an jeden überall rankommen.‹«

Mir lief es eiskalt den Rücken runter. »Also ... wenn ich mich nicht bereit erkläre, mit ihnen zusammenzuarbeiten, könnten sie mich wirklich umbringen?«

»Nicht, wenn ich etwas zu melden habe.«

»Hast du irgendeine Ahnung, wozu SPIDER mich braucht?«

»Nein«, gab Erica zu. »Aber es muss irgendwas Großes sein. SPIDER ist jahrelang im Schatten geblieben – und jetzt tauchen sie auf einmal in der Öffentlichkeit auf, nur um deine Aufmerksamkeit zu erregen? Sie gehen dabei jedes Mal ein Risiko ein. Und doch scheint SPIDER zu denken, dass du es wert bist.«

»Aber warum ich?«, fragte ich. »Wenn sie den besten Agenten an der Spionageschule wollten, warum haben sie es dann nicht auf dich abgesehen?«

»Es gibt zwei Möglichkeiten«, antwortete Erica. »Erstens: Sie glauben, dass sie dich umdrehen können. Sie wissen, dass es bei mir zwecklos wäre. Ich würde eher sterben, als für sie zu arbeiten.«

»Ich auch.«

»Bist du dir da sicher? Wenn sie heute hier auftauchen, dir ein Dutzend Waffen an den Kopf halten und sagen: ›Arbeite für uns, oder wir erschießen dich‹, hättest du dann wirklich den Mumm, sie abblitzen zu lassen?«

»Natürlich«, erwiderte ich. Aber auch wenn ich *wirklich* daran glauben wollte, dass das der Wahrheit entsprach, wusste ich doch ziemlich genau, dass es nicht so war. Eine Todesdrohung ist eine echt gute Verhandlungstaktik.

Erica wirkte auch nicht gerade so, als würde sie mir das

abkaufen, ritt aber nicht weiter darauf herum. »Zweite Möglichkeit: Du hast irgendeine versteckte Begabung, die ihnen sehr nützlich sein könnte.«

»Irgendeine Begabung, von der nicht mal ich was weiß?«

»Nehm ich mal an. Vermutlich irgendetwas, das mit deinen Mathefähigkeiten zu tun hat. Schließlich hat dir SPIDER schon mal ein Angebot gemacht.«

»Und ich hab sie abblitzen lassen.«

»Und jetzt haben sie den Einsatz auf die größtmögliche Art erhöht. Denk nach, Ben. Was kannst du, das so besonders ist?« Erica fing an, einen steilen Felsen hochzuklettern. Da war fast nichts, an dem man Halt finden konnte, aber Erica hüpfte ihn wie eine junge Gebirgsziege hoch.

Ich brauchte etwas länger, um mich nach oben zu kämpfen. Als ich oben fünfzehn Meter über dem Bach ankam, hatte ich viel Zeit gehabt, darüber nachzudenken, warum SPIDER glaubte, dass ich ihnen nützlich sein könnte – und mir war nichts eingefallen. »Ich hab keine Ahnung, warum SPIDER glaubt, dass ich etwas für sie tun kann«, gestand ich.

»Okay«, sagte Erica, die enttäuscht wirkte. »Dann konzentrieren wir uns jetzt darauf, wie wir dich vor ihnen beschützen können. Wie machen wir das am besten?«

»Indem wir sie erwischen, bevor sie mich erwischen?«

»Genau. Und wie machen wir das?«

Ich dachte kurz nach. »Na ja, um mir Dinge wie die Nachricht und den Vertrag zukommen zu lassen, wäre es für sie am einfachsten, wenn sie noch einen Maulwurf im Innern hätten, oder?«

»Ja. Wenn nicht sogar mehrere Maulwürfe.«

»Wenn wir also den Maulwurf finden, sind wir auf dem richtigen Weg.«

Erica nickte. Oben auf dem Hang erstreckte sich vor uns ein windgepeitschter, felsiger Abschnitt, der größtenteils kahl war und auf dem nur hier und da ein verkrüppelter Baum stand. Erica und ich konnten endlich eine Weile nebeneinanderher laufen. »Hast du irgendeine Idee, wer es sein könnte?«

»Das wollte ich *dich* fragen.«

»Du bist an alldem näher dran als ich.«

Ich überlegte, während wir weitergingen. »Wer auch immer den Vertrag in die Truhe gelegt hat, hat es getan, *nachdem* alle fünfzehn Betten belegt waren – aber bevor ich mit Chip, Zoe und Warren aufgetaucht bin. Denn er *dachte*, er würde ihn in meine Truhe legen.«

Erica schenkte mir ein seltenes Lächeln. »Genau. Dazwischen hatte er nicht viel Zeit.«

»Ich hab Claire Hutchins und den Rest der MI-6-Gang aus Richtung meiner Hütte kommen sehen, kurz bevor ich dort angekommen bin«, sagte ich.

»Interessant«, erwiderte Erica. »Die CIA überprüft die MI-6-Schüler wahrscheinlich nicht so sorgfältig wie ihre eigenen Leute, weil sie davon ausgehen, dass der MI-6 es tut. Hast du sonst jemanden in der Nähe der Hütte gesehen?«

»Nein«, sagte ich.

»Niemanden?«, hakte Erica nach.

»Na ja, niemanden außer Zoe, Warren und Chip.«

»Das ist auch interessant«, meinte Erica.

»Nein«, wandte ich ein. »Zoe kann auf keinen Fall der Maulwurf sein. Sie ist meine Freundin …«

»Das war Murray auch. Und schau, was passiert ist.«

»Ich kannte Murray noch nicht so lange. Zoe kenne ich seit fünf Monaten.«

»Du kannst niemandem trauen«, beharrte Erica.

»Kann ich schon«, schoss ich zurück. »Ich vertraue Zoe.«

»Was ist mit Warren?«

Ich dachte an Chips scherzhafte Bemerkung, dass wir Warren nicht dabei gesehen hatten, als er den Vertrag in der Truhe fand. Dann schüttelte ich den Kopf. »Ich glaube nicht, dass Warren für SPIDER wirklich von Nutzen wäre.«

»Das hätte auch niemand von Murray gedacht«, warnte mich Erica. »Nur ein ausgesprochen guter Doppelagent kann einen davon überzeugen, dass er ein richtig schlechter echter Agent ist.«

»Dann könnte es wohl Warren gewesen sein«, sagte ich.

»Oder Chip«, warf Erica ein. »Natürlich sind da noch fast dreihundert andere Schüler, die vor dir im Camp angekommen sind. Plus dreißig Lehrer und Angestellte aller Art. Von denen hatten wahrscheinlich auch viele die Gelegenheit dazu.«

»Gibt es um die Hütten herum Überwachungskameras?«, fragte ich.

»Natürlich«, antwortete Erica.

»Hast du dir das Filmmaterial angesehen und überprüft, ob irgendjemand in meine Hütte gegangen ist?«

»Was glaubst du denn?«

Ich runzelte die Stirn, da ich die Antwort bereits kannte. »Natürlich ... und da war nichts zu sehen.«

»Genau.«

»Jemand hat die Kameras außer Gefecht gesetzt?«, fragte ich. »Auf die gleiche Art wie der Attentäter, den sie damals auf mein Zimmer geschickt haben?«

»Nein. Die Kameras haben alles normal aufgezeichnet. Sie haben nur niemanden aufgezeichnet, der in dieser Zeit in oder aus deiner Hütte gegangen ist.«

Ich starrte Erica ungläubig an. »Wie ist das überhaupt möglich?«

Erica zuckte mit den Schultern. »Ich weiß es nicht. Aber wenn wir das herausfinden, wissen wir vermutlich ziemlich genau, wer unser Maulwurf ist.«

Der kahle Abschnitt endete abrupt, als der Felsen zwanzig Etagen tief in den Wald darunter abfiel. Nicht allzu weit entfernt konnte ich das Camp ausmachen: Der Großteil der Gebäude war durch die Bäume verborgen, aber die eiförmige Rasenfläche war die einzige große Lücke im Wald.

»Wie sollen wir da runterkommen?«, fragte ich.

»Damit.« Erica zog eine Tarnplane von einem nahe gelegenen Felsblock. Ein Ende einer uralten Seilrutsche war an den Felsen geschraubt. Der Draht verlief hinunter in den Wald und war so dünn, dass man ihn fast nicht sehen konnte.

»Das soll wohl 'n Witz sein«, sagte ich.

»Hast du schon mal erlebt, dass ich Witze mache?« Erica holte eine kleine Seilrolle aus den Tiefen ihrer Tarnausrüstung. Sie setzte sie auf den Draht und befestigte sie. »Ich hab nur eine. Wir werden sie zusammen benutzen müssen.«

»Ich glaube nicht, dass der Draht uns beide aushält«, wandte ich ein.

»Das wird er«, erwiderte Erica. »Einen anderen Weg nach unten gibt es nicht, es sei denn, du willst wieder dorthin zurückgehen, wo wir hergekommen sind. Und das bedeutet, dass Hank eine halbe Stunde vor dir im Camp eintreffen und feststellen wird, dass du dich unerlaubt von der Truppe entfernt hast. Willst du seinen Zorn zu spüren bekommen?«

»Das tu ich bereits«, sagte ich.

»Sei nicht so ein Waschlappen und häng dich an den Draht.«

Es gibt wahrscheinlich nichts, was einen zwölfjährigen Jungen mehr motiviert, als nicht wie ein Waschlappen vor einem attraktiven Mädchen dastehen zu wollen.

An der Seilrolle war ein Klettergurt befestigt. Erica legte schnell den Gurt um uns beide, sodass wir einander gegenüber festgeschnallt waren. Wenn ich nicht so eine unglaubliche Angst vor der Tiefe unter uns gehabt hätte, wäre das der aufregendste Moment meines kurzen Lebens gewesen.

Erica überprüfte, dass die Seilrolle richtig auf dem Draht auflag – und sprang dann ohne die geringste Warnung von der Felskante.

Ihre Schwerkraft riss mich mit sich. Eine Sekunde später sausten wir den Draht hinunter.

Zu meiner Überraschung hatte ich gar keine Angst. Es fühlte sich nicht mal so an, als würden wir in die Tiefe stürzen. Es war vielmehr so, als würde ich einen sehr beengten Fahrstuhl nehmen, in dem meine Nase praktisch die der einzigen anderen Passagierin berührte. Die Fahrt dauerte lange genug, dass ich das Gefühl hatte, etwas sagen zu müssen.

»Woher hast du überhaupt davon gewusst?«, fragte ich.

»Ich hab mir die Zeit genommen, mich mit dem Gelände vertraut zu machen«, antwortete Erica. »Genau wie in der Schule.«

Ich schüttelte den Kopf, weil ich ihr das nicht abkaufte. Die Schule bestand nur aus wenigen Gebäuden und ein paar Kilometern unterirdischer Tunnel. Das Grundstück des Camps war hingegen gigantisch. Man hätte Jahre gebraucht, um es komplett zu erkunden. Außerdem war Erica Teil einer Familientradition. Alle ihre Vorfahren waren Spione gewesen. »Jemand muss dir das alles gezeigt haben«, sagte ich. »Dein Vater vielleicht?«

Ericas Blick wurde hart. »Nein. Nicht mein Vater.«

In ihrer Stimme schwang etwas mit, das mich überraschte. So etwas wie Schmerz.

»Joshua Hallal?«, fragte ich.

Erica wandte sich von mir ab, was nicht einfach war, da wir aneinandergeschnallt waren.

Ich kam mir sofort wie ein Mistkerl vor, weil ich es überhaupt erwähnt hatte. Joshua Hallal war einer der besten Schüler an der Spionageschule gewesen, einer der wenigen Menschen, die Erica respektiert hatte – und SPIDER hatte ihn umgebracht. Sein Tod im letzten Januar war der entscheidende Hinweis darauf gewesen, dass SPIDER überhaupt einen Maulwurf in der Schule hatte. Was zu meiner Rekrutierung geführt hatte.

Es war das erste Mal, dass ich Joshua Erica gegenüber erwähnt hatte, seit sie mir von ihm erzählt hatte, und sie wurde sofort zum Eiszapfen. Obwohl wir körperlich nur ein paar Zentimeter voneinander getrennt waren, schien sie emotional kilometerweit von mir entfernt zu sein. Ich hatte Gerüchte gehört, dass Erica diejenige gewesen wäre, die Joshuas Überreste gefunden hatte – was erschütternd gewesen sein musste, selbst wenn sie nicht befreundet gewesen wären, denn er war in seinem Wohnheimzimmer von einer Bombe in die Luft gesprengt worden. Doch ich hatte das nie bestätigen können, weil selbst an einem so klatschfreudigen Ort wie der Spionageschule niemand gern über Joshuas Tod sprach. Ich überlegte, Erica jetzt danach zu fragen, aber da sie so abweisend war, konnte ich mich nicht dazu durchringen. Mir fiel nichts ein, was ich sagen konnte, außer: »Es tut mir leid.«

»Warum?«, fragte Erica eisig. »Du hast ihn nicht umgebracht. Zieh die Beine an. Wir sind gleich unten.«

Ich war so abgelenkt gewesen, dass ich nicht einmal bemerkt hatte, wie der Boden immer näher kam. Unsere Füße streiften die Baumwipfel, und dann fielen wir durch die Äste. Wie Erica mich angewiesen hatte, zog ich die Knie an die Brust und stellte fest, dass der Draht nicht weit vor uns sehr plötzlich an einem großen Felsen endete. Wir schienen uns sehr schnell darauf zuzubewegen. Unterhalb der Verankerung des Drahts war ein blasser, aber großer roter Fleck, der so aussah, als wäre er das nicht so tolle Ergebnis davon, wie jemand mit hoher Geschwindigkeit daraufgeprallt war.

Doch bevor wir auf den Felsen knallten, zog Erica an

einem Schnappschloss und der Gurt löste sich von der Seilrolle. Wir fielen drei Meter nach unten und landeten auf etwas, das wie Erdboden aussah, aber eigentlich eine straff über eine Grube gespannte Plane war, die unseren Aufprall abfederte. Es war wie ein ebenerdiges Trampolin. Wir hüpften einmal auf, purzelten dann übereinander, bis wir langsam zum Halten kamen, wobei Erica auf mir lag.

Sie sprang sofort auf die Beine, bevor es peinlich wurde, öffnete den Gurt, der uns zusammenhielt, und eilte davon, um die Seilrolle zu holen. »Wir sind ein bisschen spät dran. Wir müssen uns jetzt beeilen, damit Hank nicht auffällt, dass du weg bist.« Sie zog die Seilrolle ab, räumte sie weg und steuerte auf den Wald zu.

Ich rannte ihr hinterher. »Also was machen wir jetzt wegen der Sache mit SPIDER?«, fragte ich. »SPIDERs Frist läuft in knapp sechs Stunden ab. Was soll ich tun?«

»Halt Augen und Ohren offen«, riet mir Erica. »Versuch herauszufinden, wer den Vertrag eingeschleust haben könnte und wie er an den Kameras vorbeigekommen ist. Ich versuche dasselbe.«

Ihre Bemerkung erinnerte mich an etwas. »Hast du eigentlich herausgefunden, was das Körnchen auf der ersten Nachricht von SPIDER war?«

»Ja. Es war ein Stückchen pechhaltige Kohle.«

»Das ist alles?«, fragte ich und gab mir keine Mühe, meine Enttäuschung zu verbergen.

»Was hast du denn erwartet? Dass es ein Behälter mit Mikrofilmen ist, in denen SPIDERs Pläne ausführlich beschrieben sind?«

»Ich hatte gehofft, dass es uns etwas mehr verraten würde. Kohle kommt nicht gerade selten vor. Es wird uns nicht helfen, seinen Herkunftsort einzugrenzen.«

»Das könnte es immer noch«, sagte Erica. »Jedes Kohleflöz ist anders. Jedes beinhaltet unterschiedliche Unreinheiten, egal, wie klein. Wenn wir diese genauer bestimmen können, finden wir vielleicht heraus, woher die Kohle stammt – und bekommen auf diese Weise heraus, wo SPIDER diese Nachricht geschrieben hat.«

»Wie lange wird das dauern?«

»Noch eine Weile. Man braucht dafür sehr teure Ausrüstung, zu der ich eigentlich keinen Zugang habe.«

»Wie bekommst du dann Zugang?«

»Gar nicht. Zum Glück habe ich einen Freund, der das für mich machen kann. Aber er kann nicht einfach alles stehen und liegen lassen und das hier vorziehen.«

Bevor ich Erica fragen konnte, wer dieser Freund war, drückte sie mir einen Finger auf die Lippen und riss mich in die Büsche runter.

Ein paar Sekunden später rannte Hank Schacter vorbei. Er war wegen des harten Tempos, das er vorgegeben hatte, außer Atem. Er schnaubte und keuchte und war schweißgebadet. Jawa war nicht weit hinter ihm. Er sah nahezu gelassen aus, als würde er diesen mühevollen Zehn-Kilometer-Lauf durch den Wald erfrischend finden. Die lange Reihe der übrigen Bisamratten hinter ihm war noch weiter auseinandergezogen als zuvor. Es dauerte gute dreißig Sekunden, bis der nächste Läufer vorbeikam, und der nächste tauchte eine weitere Minute später auf.

»Das sieht wie deine Lücke aus«, sagte Erica zu mir, und noch bevor ich protestieren konnte, schubste sie mich durch die Büsche auf den Pfad.

Als ich mich umdrehte, war sie auch schon im Wald verschwunden. Da ich wusste, dass es keinen Sinn hatte, ihr hinterherzugehen, folgte ich stattdessen dem Pfad.

Fünf Minuten später tauchte ich aus den Bäumen auf dem Hauptrasen auf.

Jawa saß in der Lotuspose da und meditierte, während Hank und die beiden Bisamratten, die vor mir angekommen waren, sich anstrengten, nicht vor Erschöpfung zusammenzuklappen.

Hank musterte mich mit eiskaltem Blick. »Was versuchst du, hier abzuziehen?«, wollte er wissen.

»Was meinst du?«, fragte ich unschuldig.

»Du siehst nicht so aus, als hättest du dich sehr angestrengt«, sagte Hank.

»Jawa auch nicht«, gab ich zurück.

»Jawa ist ein Naturtalent«, knurrte Hank. »Du bist bloß ein Freak. Du bist die zehn Kilometer nie im Leben gelaufen.«

»Du hast völlig recht«, erwiderte ich. »Ich bin nur eineinhalb Kilometer gelaufen, hab dann eine Pause eingelegt, zufällig eine Abkürzung durch eine mir unbekannte Wildnis gefunden, bin dann wieder zurück auf den Weg gehüpft und musste nur noch ein paar Minuten rennen.«

Hank runzelte die Stirn. Die Wahrheit war wirklich schwerer zu glauben als die Lüge. »Vielleicht kannst du mir später noch beweisen, was für ein guter Läufer du bist. Vielleicht sollten wir heute Nachmittag sechzehn Kilometer laufen und schauen, wie erfrischt du dich dann fühlst.«

Ich schluckte. Das war nicht so gut gelaufen, wie ich gehofft hatte. Natürlich hatte SPIDER vor, mich bis zum Mittagessen entweder zu entführen oder umzubringen, weshalb ich möglicherweise sowieso nicht mehr laufen musste.

In dem Moment tauchte Waldmurmeltier mit einem Haufen Bachforellen auf, die er gerade mit einem Speer gejagt hatte. Er trug einen Bärenfellmantel und selbst gemachte Mokassins sowie seinen üblichen Lendenschurz. »Ich fürchte, ihr werdet heute keine Zeit für einen weiteren Lauf haben«, sagte er.

»Warum nicht?«, wollte Hank wissen.

»Weil Ripley das Camp gleich nach dem Frühstück verlassen wird«, erklärte Waldmurmeltier. Bevor Hank protestieren konnte, fügte er hinzu: »Das ist nicht meine Entscheidung. Das ist ein direkter Befehl von ganz oben.«

Hank schaute finster und fragte sich, warum ich so viel Aufmerksamkeit verdiente. Dann stürmte er davon, um die Bisamratten herunterzuputzen, die später als ich eingetroffen waren.

Ich war überrascht, dass ich doch ein wenig erleichtert war. Die CIA hatte also einen Plan: mich aus dem Spionagecamp herausholen, bevor SPIDER hier auftauchte. Das gefiel mir viel besser als der vorherige Plan: auf SPIDER warten und beten, dass Agent Hale nicht alles vermasselte.

»Wohin gehe ich?«, fragte ich.

»Weit weg von hier«, war Waldmurmeltiers Antwort. »In eine *richtige* Wildnis.«

Meine Erleichterung löste sich sofort auf. Da mein Leben auf dem Spiel stand, hatte ich gehofft, dass man mich an einen Ort wie einen unterirdischen Hochsicherheitsbunker mit hundert schwer bewaffneten Agenten bringen würde, die mich beschützen sollten. »Ist das keine richtige Wildnis?«, fragte ich und zeigte auf den Wald um mich herum.

»Das?« Waldmurmeltier lachte. »Das hier ist ein Wellnesscenter verglichen mit der wirklichen Wildnis. Aber ich versichere dir, dass es keinen sichereren Ort gibt. Deine Feinde werden dich da draußen nie finden. Nicht mit mir an deiner Seite.«

Mir kam ein Gedanke. »Weiß Alexander Hale von diesem Plan?«

Waldmurmeltier zuckte mit den Schultern. »Muss er wohl … aber ich hab ihn seit gestern Abend nicht mehr gesehen. Ich vermute, dass man ihm befohlen hat, sich auf SPIDER zu konzentrieren, während ich für deine Sicherheit sorge. Wir brechen in einer Stunde auf. Geh und frühstücke ordentlich. Wir werden in den nächsten paar Tagen nur essen, was wir im Wald finden können.« Damit warf sich Waldmurmeltier die Fische über die Schulter und steuerte fröhlich pfeifend auf die Kantine zu.

Ich blickte ihm starr hinterher und fragte mich, was ich mir jetzt schon wieder eingebrockt hatte.

Überleben in der Wildnis

Shenandoah-Nationalpark
14. Juni
11:00 Uhr

Waldmurmeltier und ich waren nicht die Einzigen, die an diesem Morgen vom Spionagecamp aufbrachen. Eine ganze Busladung voller Schüler rollte ebenfalls aus den Toren. Zum Teil sollte so meine Evakuierung verschleiert werden: Nur für den Fall, dass SPIDER uns beschattete, wollten Waldmurmeltier und ich irgendwo heimlich aus dem Bus schlüpfen, während alle anderen an Bord weiterfuhren, um eine falsche Fährte zu legen. Aber Waldmurmeltier fand auch, dass die ganze Klasse unbedingt etwas Wildnistraining nötig hatte. Während des einen Tages, den die Schüler aus dem ersten Jahr im Camp verbracht hatten, war ein Schüler von einem Opossum gebissen worden, ein anderer hatte schmutziges Wasser getrunken und war krank geworden, und ein dritter hätte fast die Latrine in die Luft gesprengt, weil er ein Streichholz gefährlich nah an der methanreichen Senkgrube angezündet hatte. Um dem Ganzen noch eins draufzusetzen, hatte der arme Nate Mackey während des Morgenlaufs eine Pinkelpause im Wald eingelegt und sich mit Giftefeu abgeputzt. Sein Unterleib war jetzt mit Pusteln übersät. Jedes Mal, wenn der Bus einen Ruck machte, wimmerte er vor Schmerz.

Und wenn er schon die Schüler aus dem ersten Jahr raus in die Pampa schleppte, konnte er genauso gut auch gleich die MI-6-Kids mitnehmen, beschloss Waldmurmeltier. Aber dazu brauchte er alle unsere Betreuer und ein paar der anderen älteren Schüler, damit sie auf uns aufpassten – weshalb Chip und Hank Schacter schließlich auch mitkamen.

Ich war erleichtert, dass mich beim ersten Teil des Abenteuers ein paar Freunde begleiteten. Ich saß neben Zoe, weshalb sich Warren gleich hinter uns gesetzt hatte, wo er mir jedes Mal, wenn Zoe ihm den Rücken zudrehte, böse Blicke zuwerfen konnte. Chip setzte sich neben ihn und machte sich so breit, dass Warren sich ans Fenster quetschen musste. Da wir den Befehl hatten, den Mund über die Mission zu halten, und von zukünftigen Spionen umgeben waren, vermieden wir alle das Thema und redeten über normale Spionageschulsachen, wie zum Beispiel, was die beste Art war, einen feindlichen Agenten zu vergiften, und welche Professoren wir nächstes Jahr vermeiden sollten. Das tat richtig gut. Es war nett, mal nicht über SPIDER nachzudenken.

Die Landschaft bot auch eine willkommene Abwechslung. Ich hatte gedacht, das Spionagecamp wäre so weit von jeglicher Zivilisation entfernt, wie es im Osten der Vereinigten Staaten überhaupt möglich war, aber offensichtlich hatte ich unrecht. Unser Bus bewegte sich in eine noch tiefere Wildnis hinein. Wir begannen unsere Fahrt auf Landstraßen, fuhren dann auf engen Waldwegen weiter und landeten schließlich auf holprigen, zerfahrenen Pfaden, die nicht für Busse gedacht waren. Zweieinhalb Stunden, nachdem wir das Camp verlassen hatten, rumpelten wir auf einem schmalen Weg einen steilen Berg hinauf, an dessen Rand eine Schlucht jäh abfiel.

Unsere Mitschüler waren so auf die Umgebung konzentriert – und beteten, dass wir nicht in den Tod stürzen würden –, dass meine Freunde es schließlich für sicher genug hielten, darüber zu sprechen, was sie wirklich beschäftigte.

»Hast du irgendeine Ahnung, was Waldmurmeltier vorhat?«, flüsterte Zoe mir zu. »Sobald ihr draußen in der Wildnis seid?«

»Er sagt, dass wir einfach untertauchen werden«, antwortete ich. »Je tiefer wir in der Wildnis sind, umso schwieriger wird es für SPIDER, uns zu finden.«

»Und ihr werdet ganz einen auf Überlebenskünstler machen?«, fragte Chip.

»Scheint so«, sagte ich verdrossen. Ich hatte an dem Morgen eine ganze Stunde in der Kantine verbracht und mich mit Waffeln, Speck und Würstchen vollgestopft, aus Angst, dass ich mich von Insekten würde ernähren müssen. Als ich versucht hatte, einen Rucksack voller Vorräte mit in den Bus zu nehmen, hatte mich Waldmurmeltier aufgehalten. »Wir müssen schnell vorankommen und dürfen keine Spuren hinterlassen. Das bedeutet, so wenig Vorräte wie möglich mitzunehmen. Keine Luxusgüter wie Streichhölzer oder Unterwäsche.«

Ich hatte Feuer und Unterwäsche nie wirklich als Luxusgüter betrachtet; ich hatte sie vielmehr für lebensnotwendig gehalten. Aber ich ließ beides widerwillig zurück. Außer der Unterhose, die ich schon anhatte, natürlich.

»Dann besteht die Strategie der CIA, wie du mit SPIDER umgehen sollst, also darin … wegzulaufen?«, fragte Chip.

»Nein«, erwiderte ich. »Die Agency versucht herauszufinden, was SPIDER vorhat. Aber die vierundzwanzig Stunden, die SPIDER mir gegeben hat, sind fast um. Und damit ich mich nicht zwischen dem Feind und dem Tod entscheiden muss, nehmen sie mich aus dem Spiel.« Obwohl ich die genaue Uhrzeit wusste, warf ich einen Blick auf meine Uhr, um mich noch einmal zu vergewissern. Es war fast genau einen Tag her, seit ich den Vertrag – und das Ultimatum – von SPIDER erhalten hatte.

»Warum lässt dich die Agency nicht einfach das Angebot annehmen?«, fragte Zoe. »Du hättest für *uns* als Doppelagent arbeiten können.«

»Ich bin noch nicht mal ein einfacher Agent«, sagte ich. »Ich glaube nicht, dass ich schon so weit bin, ein Doppelagent zu sein.« Ich *hatte* mir überlegt, genau das zu tun, was Zoe vorschlug, aber der bloße Gedanke überforderte mich und verursachte mir Magenschmerzen.

»Oh, *du* hättest es bestimmt hinbekommen«, versicherte mir Zoe.

Warren schaute böse, als er das hörte. »Hat jemand die geringste Ahnung, wo wir sind?«, fragte er mürrisch, um das Thema zu wechseln.

Ich schaute aus dem Fenster. Die Schlucht schien noch steiler geworden zu sein. »West Virginia, nehm ich an«, sagte ich.

»West Virginia?«, rief Claire Hutchins ein paar Reihen hinter uns. »Ich dachte, da gäb's nichts anderes als Tagebau und ingezüchtete Hinterwäldler.«

»Da hast du falsch gedacht«, schoss Chip zurück. »Wie du sehen kannst, gibt es hier eine Menge Wildnis – und hier gibt es viel weniger Inzucht als in der königlichen Familie.«

Claire sprang plötzlich zusammen mit den anderen MI-6-Schülern hinter ihr auf. »Mach dich noch einmal über die königliche Familie lustig, und ich reiß dir den Kopf ab und stopf ihn dir in den Rachen.«

Chip sprang ebenfalls auf. »Das möchte ich sehen.«

»Hey!«, blaffte Hank. Er stürmte von vorne den Gang des Busses hinunter, packte Chip an der Schulter und drückte ihn mit aller Kraft auf seinen Sitz. »Du wirst hier keine drei Minuten überleben, wenn du nicht teamfähig bist.«

»Warum schreist du mich an?«, fragte Chip und zeigte dann auf Claire. »*Sie* hat angefangen.«

»Es spielt keine Rolle, wer angefangen hat«, meldete sich Waldmurmeltier zu Wort. Er stand vorne im Gang und schälte mit seinem Jagdmesser in aller Seelenruhe einen Apfel. »Hank hat recht. Teamarbeit ist der wichtigste Schlüssel zum Überleben. Stellt euch vor, diese Straße würde auf einmal einbrechen und unser Bus in die Schlucht stürzen …«

»Ist das möglich?«, fragte Warren entsetzt.

»Und ob«, erwiderte Waldmurmeltier. »Diese Straßen sind in einem fürchterlichen Zustand. Jetzt stellt euch folgendes Szenario vor: Der Bus stürzt in den Fluss. Die Unfallstelle ist ein Ort der Verwüstung. Es ist ein fürchterliches Blutbad. Aber ein paar von euch überleben den Unfall unbeschadet. Was tut ihr als Erstes?«

»Die Notrufzentrale anrufen, damit die Wildnis-Patrouille uns rettet«, sagte Jawa.

Waldmurmeltier runzelte die Stirn. »Äh, nehmen wir mal an, ihr habt kein Telefon. Eure Handys sind alle bei dem Unfall verloren gegangen. Ihr seid nur noch eine kleine Anzahl von Leuten und ohne Kommunikationsmöglichkeiten kilometerweit von der nächsten menschlichen Siedlung entfernt. Was tut ihr, um zu überleben?«

»Die Toten essen!«, schlug Warren ein bisschen zu begeistert vor.

Alle im Bus warfen ihm angewiderte Blicke zu.

»Was denn?«, fragte er. »Wir werden Proteine brauchen.«

»Wir brechen flussabwärts auf«, sagte Chip. »Das wird uns zur nächsten menschlichen Siedlung führen.«

»Man bricht nicht einfach so in die Wildnis auf!«, widersprach ihm Claire. »Das ist gefährlich.«

»Na, was sollen wir denn sonst tun?«, fragte Chip. »Einfach unten in der Schlucht bleiben und verhungern?«

»Wir würden nicht verhungern«, warf Warren ein. »Da wäre eine Menge frischer Leichen …«

»Alter«, sagte Zoe. »Lass den Kannibalismus mal stecken.«

»Man verlässt einen Unfallort nicht«, teilte Claire Chip mit. »Wenn Hilfe unterwegs ist, werden sie genau dort anfangen zu suchen.«

»Wer sagt, dass Hilfe unterwegs ist?«, schoss Chip zurück.

»Vor Ort zu bleiben, ist Standardverfahren«, sagte Claire. »Das habe ich direkt aus dem CIA-Rettungshandbuch.«

»Welcher Vollidiot hat denn das Handbuch geschrieben?«, wollte Chip wissen.

»Das war ich«, antwortete Waldmurmeltier.

Chip verzog das Gesicht und drehte sich dann zu Waldmurmeltier um. »Ich wollte damit nicht sagen, dass *Sie* ein Vollidiot sind«, versuchte er, sich herauszureden. »Nur das Handbuch …«

Waldmurmeltier zuckte unbeirrt mit den Schultern. »Ist schon in Ordnung«, sagte er. »Wir dürfen unterschiedlicher Meinung sein. Du kannst ruhig glauben, dass mein Handbuch unsinnig ist. Das ist es zwar *nicht*, aber du kannst es ruhig glauben. Damit will ich sagen, dass ich nicht sauer auf dich bin. Das führt nirgendwohin. Das ist reine Zeit- und Energieverschwendung – und wenn wir uns in einer echten Überlebenssituation befinden würden, hätten wir keine Zeit oder Energie zu verschwenden. Das Erste, was man in einer lebensbedrohlichen Situation tut, ist, einen Weg zu finden, zusammenzuarbeiten.«

Jawa hob eine Hand. Als Waldmurmeltier auf ihn zeigte, fragte er: »Warum ist es sicherer, beim Unfallort zu bleiben, als zur nächsten menschlichen Siedlung aufzubrechen?«

»Weil du nicht weißt, was vor dir liegt«, antwortete Waldmurmeltier. »Ja, ein Fluss führt oft zu einer Stadt, aber wer weiß, wie tückisch die Strecke dorthin ist? Nehmen wir mal an, dass du dem Fluss stromabwärts folgst und dann auf ein unüberwindliches Hindernis triffst – wie einen Wasserfall, zum Beispiel –, und es gibt keine Möglichkeit, wieder stromaufwärts zu gehen. Dann steckst du fest. Und wenn die Suchmannschaft kommt, um dich zu retten – und eine Mannschaft *wird* kommen –, finden sie nur das Wrack vor, aber nicht dich.«

Waldmurmeltier hatte seinen Apfel fertig geschält, schnitt dann ein Stück ab und steckte es sich in den Mund. »Überleben ist wie ein Schachspiel«, klärte er uns auf. »Es reicht nicht, Zug für Zug zu denken. Man muss sich mehrere Züge auf einmal überlegen und alle Szenarien genau durchgehen: Wie groß ist die Chance, dass jemand verletzt wird, wenn du flussabwärts gehst? Wie hilfst du jemandem, der sich verletzt? Sobald du alle Möglichkeiten durchgespielt hast, entscheidest du dich für die Option mit dem geringsten Risiko. In nahezu hundert Prozent aller Fälle ist die am wenigsten riskante Option, am Unfallort zu bleiben.«

»Hab ich doch gesagt«, flüsterte Claire.

Chip setzte sich wieder hin und runzelte die Stirn. Er murmelte mir etwas zu, das ich nicht verstand.

Ich war zu sehr damit beschäftigt, den Busfahrer zu beobachten.

Ich hatte den Mann beim Einsteigen nicht groß beachtet, weil ich davon abgelenkt gewesen war, dass Waldmurmeltier mir meine frische Wäsche abgenommen hatte. Und während der Fahrt hatte der Mann nach vorne geschaut und mir den Rücken zugekehrt. Ich hatte nur seinen Hinterkopf sehen können und das aus einiger Entfernung, weil ich weiter hinten im Bus saß. Aber ich hatte den Blick nach vorne gerichtet, während Waldmurmeltier seinen Vortrag hielt. Wie in den meisten Bussen war vorne ein Spiegel, damit der Busfahrer alle Passagiere hinter sich sehen konnte. Und mithilfe des Spiegels konnte ich umgekehrt auch die Augen des Fahrers sehen – und mir war aufgefallen, dass sein Blick immer wieder zu mir wanderte.

Der Fahrer beobachtete mich.

Das machte mir aber keine Angst. Noch nicht. Seine Augen kamen mir irgendwie vertraut vor, als hätte ich sie schon einmal gesehen.

Ich hielt den Blick fest auf den Spiegel gerichtet.

Seine Augen schnellten wieder nach oben und blickten fest in die meinen.

Sie waren stahlblau. Ich kannte nur einen Mann mit dieser Augenfarbe: Alexander Hale.

Er hatte sich verkleidet. Ehrlich gesagt, hatte er das richtig gut hinbekommen: Er trug eine Perücke, einen falschen Schnurrbart und hatte vielleicht sogar noch ein bisschen Latex um die Wangen herum hinzugefügt, um dicklicher auszusehen. Und doch hätte ich merken müssen, dass er es war, wenn ich aufmerksamer gewesen wäre – was ich in meiner Situation hätte sein müssen.

Alexander konzentrierte sich wieder auf die Straße und steuerte uns um eine Haarnadelkurve. Eine riesige Jochbrücke, die mindestens hundert Jahre alt aussah, tauchte vor uns auf. Sie überspannte die tiefe Schlucht, die nur hundert Meter vor uns lag.

»Oh nein«, entfuhr es Zoe. »Sagt bloß nicht, dass wir darüberfahren.«

»Keine Sorge«, beruhigte Waldmurmeltier sie. »Die Brücke ist hundertprozentig sicher.«

Ich eilte in den vorderen Teil des Busses und zwängte mich an Waldmurmeltier vorbei zum Fahrer.

»Alexander?«, fragte ich.

»Nein«, sagte Alexander mit einem Augenzwinkern. »Ich heiße Enrico Palaterri.«

»Was machen Sie hier?«

»Ich bringe euch sicher an euer Ziel.« Alexander spielte die Rolle für Waldmurmeltier und alle anderen weiter, die in Hörweite waren. Er versuchte sich an einem italienischen Akzent, klang aber eher wie ein Ire. »Meine Aufgabe ist, die Sicherheit aller Akademieschüler zu gewährleisten.«

»Aber Sie sollen mich doch gar nicht mehr beschützen!«, zischte ich. »Das hat man jetzt Waldmurmeltier übertragen. Sie sollen herausfinden, was SPIDER vorhat, und sie kaltstellen.«

»Ich weiß nicht, wovon du sprichst. Ich bin bloß der Busfahrer«, erwiderte Alexander und senkte dann die Stimme, um zurückzuflüstern: »Ich bin der hochrangigere Agent und habe diese Entscheidung getroffen. Waldmurmeltier ist ein großartiger Überlebenskünstler, aber kein großartiger Spion. Falls SPIDER versucht dich zu ergreifen, wirst du jemanden mit meinen Fähigkeiten brauchen, um dich zu beschützen.«

»Die Idee war, dass Sie sie aufhalten, *bevor* sie mich ergreifen können«, sagte ich.

»Benjamin, immer locker bleiben«, gab Alexander zurück. »Du bist hier in guten Händen. SPIDER wird dir keinen Ärger bereiten.«

In dem Moment griff SPIDER an.

Evakuierung

Shenandoah-Stromschlucht
14. Juni
11:30 Uhr

Die erste Explosion ging auf der Straße direkt vor unserem Bus hoch. Ein greller Lichtstrahl blitzte auf, und eine Druckwelle, die die Windschutzscheibe zerschmetterte, stieß mich zu Boden. Der Bus wurde wie ein Spielzeugauto zur Seite geworfen und knallte gegen die Felswand. Staub und Trümmer schossen durch das Loch im Fenster und umhüllten mich, Alexander und alle in den ersten drei Reihen.

Jemand neben mir schrie panisch auf. Ich dachte, es wäre eines der Mädchen aus meiner Klasse, aber als ich mich aufsetzte und mir den Staub aus den Augen wischte, stellte ich fest, dass es Nate Mackey war.

Er lag zusammengekauert auf dem Boden und war leichenblass. »Wir werden sterben!«, schrie er. »Wir werden sterben!«

Ich sah hilfesuchend zu Waldmurmeltier. Leider war er bewusstlos auf seinem Sitz zusammengesackt. Vielleicht hatte ihn ein fliegendes Trümmerstück am Kopf getroffen. Oder er war einfach aus Angst in Ohnmacht gefallen. Egal, was passiert war, er würde keine große Hilfe sein.

Eine zweite Explosion ging auf der Straße hinter uns hoch. Durch die Heckscheibe sah ich, wie ein Teil der Straße einbrach, in die Schlucht stürzte und uns somit den Fluchtweg abschnitt.

Nate schrie noch einmal. »Ich will nicht sterben!«, heulte er. »Ich bin zu jung!«

Die Schüler im Bus reagierten auf unterschiedlichste Weise – von zu Tode erschrocken bis hin zu cool und gelassen. Warren befand sich im zu Tode erschrockenen Zustand und versteckte sich unter seinem Sitz. Zoe war irgendwo in der Mitte und versuchte, ruhig zu bleiben, war aber offensichtlich verängstigt. Die meisten anderen rissen sich zusammen und waren gleichzeitig etwas verwirrt. Chip und Jawa schlugen die Notausstiegfenster ein und versuchten, den Bus zu evakuieren. Hank hatte sich schützend auf Claire geworfen, die über seine Ritterlichkeit jedoch nicht allzu erfreut war. »Geh von mir runter, du Trottel!«, schnauzte sie ihn an. »Ich bin kein Fräulein in Nöten!«

Plötzlich erklang über uns eine mit einem Megafon verstärkte Stimme, die laut genug war, um das Geschrei aller anderen zu übertönen:

»Benjamin Ripley, deine vierundzwanzig Stunden sind offiziell vorbei. Ergib dich – oder wir jagen dich und alle anderen in die Luft.«

Der ganze Bus verstummte sofort. Alle Blicke waren auf mich gerichtet.

Zoe schüttelte den Kopf, weil sie nicht wollte, dass ich mich ergab. Chip und Jawa schienen hin- und hergerissen und unsicher, was ich tun sollte. Claire hingegen warf mir einen hitzigen Blick zu. »Was machst du noch hier?«, wollte sie wissen. »Verschwinde aus dem verdammten Bus!«

Ich nickte und steuerte auf die Bustür zu. Wie es aussah, konnte ich sonst nichts anderes tun. »Okay!«, brüllte ich. »Nicht schießen! Ich komme raus!«

Doch als ich am Fahrersitz vorbeiging, packte mich Alexander plötzlich am Arm. »Folg mir«, flüsterte er. »Sobald du aus dem Bus raus bist, verschwinden wir von hier.«

Ich erstarrte auf den Stufen des Busses. »Aber was wird SPIDER dann davon abhalten, meine Freunde in die Luft zu jagen?«

»Mein Befehl lautet, *dich* zu beschützen, nicht sie.« Damit zog Alexander die Waffe heraus, die er in seiner Busfahreruniform versteckt hatte, und zerrte mich aus dem Bus.

Ich sträubte mich, aber Alexander war größer und stärker als ich und dazu auch noch voller Adrenalin. Er zerrte mich hinter sich her, während er die Straße entlangflitzte und den Bus hinter uns zurückließ.

»Agent Ripley!« Die Stimme im Megafon hallte durch die Schlucht. »Bleib stehen – oder wir schießen auf den Bus!«

Meine Mitschüler brachen in einen Chor panischer Schreie aus. Mehrere von ihnen riefen mir zu, stehen zu bleiben.

Alexander zerrte mich jedoch weiter, während er mein Handgelenk wie eine Handschelle umklammerte. »Die bluffen nur!«, sagte er.

Ich warf einen Blick zurück. Jetzt, da wir draußen im Freien waren, konnte ich besser abschätzen, was los war. SPIDER griff von oben an. Es sah so aus, als wären da nur zwei Männer auf einem Felsvorsprung hoch über der Straße. Sie luden gerade einen Granatwerfer für einen weiteren Angriff auf den Bus.

»Es sieht nicht so aus, als würden sie nur bluffen«, sagte ich.

»Vertrau mir«, beharrte Alexander. »Ich hab mich schon oft in solchen Situationen befunden.«

Ich wusste nicht, was ich tun sollte. Normalerweise hätte ich Alexander nicht vertraut, aber jetzt in der Hitze des Gefechts schien er sich seiner Sache wirklich sicher zu sein.

Direkt vor uns hatte die erste Explosion einen riesigen Krater so sauber in die Straße gerissen, dass es aussah, als hätte man ihn mit einem gigantischen Eislöffel ausgehoben. Es waren nur noch fünfzehn Zentimeter ebener Erdboden übrig, ein schmaler Vorsprung über einem steilen Abhang, der in die Schlucht abfiel. Er bebte unter unseren Füßen, als wir darüberrannten, gab nach und senkte sich im selben Moment, in dem wir die andere Seite erreichten. Er riss vom Bergabhang ab und stürzte auf die Felsen darunter.

Aber Alexander und ich hatten es wohlbehalten auf die andere Seite geschafft. Hier war die Straße, die zur Jochbrücke führte, relativ breit und robust. Ich riskierte einen weiteren Blick zurück. Meine Mitschüler drängten aus dem Bus auf die Straße oder dem bisschen, das noch von ihr übrig blieb. Da sie nirgends in Deckung gehen konnten und in der Falle saßen, blieb ihnen nichts anderes übrig, als sich mit erhobenen Händen zu ergeben.

Oben auf dem Berghang hatten die beiden feindlichen Agenten den Granatwerfer fertig geladen und richteten ihn auf den Bus.

Ich rammte die Füße in den Boden und riss mich von Alexander los. »Wartet!«, brüllte ich. »Nicht schießen! Ich tue alles, was ihr wollt!«

Leider beachteten mich die feindlichen Agenten nicht mehr. Sie konzentrierten sich auf meine Freunde.

Doch bevor sie feuern konnten, ertönte ein einzelner Schuss vom Bus. Die SPIDER-Agenten waren zu geschützt, als dass sie hätten getroffen werden können – aber wer auch immer den Schuss abgefeuert hatte, hatte gar nicht auf sie gezielt. Der Schütze hatte auf den Granatwerfer geschossen. Der Schuss war perfekt. Der Werfer flog dem feindlichen Agenten aus den Händen – stürzte dann den Berghang hinunter und landete mit einem Knall auf dem Dach des Busses.

Ich kannte nur eine Person, die zu so einem Schuss fähig war.

Eine Sekunde später sprang Erica Hale auf das Dach des Busses und schnappte sich den Granatwerfer. Ich hatte keine Ahnung, wie sie hierhergekommen war; im Bus hatte ich sie nicht gesehen. Sie trug Tarnkleidung und einen Patronengurt quer über der Brust. Sie sprang vom Dach, rannte los, sobald ihre Füße den Boden berührten, und stürmte die Straße hinunter auf mich und Alexander zu.

Die Tatsache, dass ein riesiger Teil der Straße fehlte, verlangsamte sie kein bisschen.

Sie riss einen kleinen Enterhaken aus ihrem Gurt und warf ihn noch im Laufen. Er blieb an einem Baum hängen, der über den Rand der Felswand oberhalb des Lochs in der Straße ragte, und zog einen Draht hinter sich her. Erica packte den Draht, schwang sich über das Loch und landete mühelos auf der anderen Seite.

Das war alles sehr beeindruckend.

Ich erwartete, dass Alexander vor Stolz über die Leistung seiner Tochter strahlen würde. Oder zumindest dankbar dafür wäre, dass ihr nichts passiert war. Stattdessen sah er sie an, als hätte er sie gerade dabei erwischt, wie sie aus dem Haus schlich, obwohl sie Hausarrest hatte. »Was um alles in der Welt glaubst du eigentlich, was du da tust?«, wollte er wissen.

»Das, was *du* tun solltest«, erwiderte Erica barsch. »SPIDER unschädlich machen.« Damit schwang sie den geladenen Granatwerfer herum und zielte den Berg hinauf.

Die beiden SPIDER-Agenten hatten nach dem Verlust ihres Werfers die Fassung wiedergewonnen und zogen ihre Waffen. Zu ihrem Pech hatte Erica jetzt ein viel freieres Schussfeld als vom Bus aus. Die Granate schoss mit ohrenbetäubendem Lärm aus dem Werfer und landete kreischend direkt im Nest der Bösen. Die Explosion warf sie die Schlucht hinunter.

Alle in der Nähe des Busses brachen in Jubelgeschrei aus.

Auf Ericas Gesicht war nicht einmal der Anflug eines Lächelns zu sehen. Sie drückte Alexander einfach nur den Werfer in die Hände. »Mach dich zur Abwechslung mal nützlich, Dad. Deck uns, während wir entkommen.« Dann packte sie meine Hand, rannte los und zerrte mich in Richtung der Jochbrücke.

Mir kam in den Sinn, dass ich Erica und Alexander zum ersten Mal zusammen gesehen hatte, obwohl ich sie beide schon seit fünf Monaten kannte. Ich wusste zwar, dass Erica ein paar Probleme mit ihrem Vater hatte – sie war es, die mir überhaupt erst von seiner Unfähigkeit erzählt hatte –, aber das Maß an Verachtung, mit der sie ihn behandelte, überraschte mich. Ich dachte an unser Gespräch im Leichenschauhaus vor ein paar Tagen zurück – sie war so wütend gewesen. Plötzlich ging mir auf, auf wen sie so wütend gewesen war – und seitdem hatte sich die Lage offensichtlich nicht verbessert.

Anstatt zu tun, worum Erica ihn gebeten hatte, rannte Alexander uns mit dem Granatwerfer unter dem Arm hinterher. »Erica! Warte ...«

»Welchen Teil von ›Deck uns, während wir entkommen‹ hast du nicht verstanden?«, wollte seine Tochter wissen.

»Du hast den Feind doch schon unschädlich gemacht«, erklärte Alexander.

Erica seufzte genervt. »Glaubst du wirklich, SPIDER hat für diesen Job nur zwei Agenten geschickt?«

Bevor Alexander die Frage beantworten konnte, waren Schüsse vom Berg über uns zu hören. Da waren tatsächlich mehr Agenten. Und jetzt schossen sie alle auf uns.

»Dad! Schieß sie ab!«, brüllte Erica.

Alexander schnitt eine Grimasse. »Das würde ich ja, aber … ich weiß nicht, wie man einen Granatwerfer bedient.«

»Was?!« Ericas sonstige Gelassenheit löste sich in nichts auf. »Ich dachte, Grandpa hätte es dir beigebracht.«

»Er hat es *versucht*«, gab Alexander zu. »Ich hab nur nicht aufgepasst.«

»Gibt es *irgendwas*, das du nicht vermasselst?«, fuhr Erica ihn an.

Wir erreichten die Jochbrücke. Als wir auf sie rannten, wirbelten Kugeln die Erde hinter uns auf.

»Pass auf, wie du mit mir sprichst, junge Dame«, befahl Alexander. »Ich hatte alles wunderbar im Griff, bevor du aufgetaucht bist.«

»Indem du die Person, die du beschützen sollst, raus auf offene Straße in die direkte Schusslinie des Feindes führst?«

Alexander schluckte, da er nicht wusste, was er darauf erwidern sollte. »Äh …«, sagte er. »Na ja … ich … äh … Was hättest *du* denn in dieser Situation getan?«

»Wenn ich das Sagen gehabt hätte, hätte ich dafür gesorgt, dass wir erst gar nicht *in* diese Situation kommen«, blaffte Erica.

Wir rannten über die Brücke. Tief unter uns wichen schroffe Felsen einem wogenden Fluss. Noch mehr Kugeln wühlten den Boden auf. Es war ein langer Weg bis zur anderen Seite.

»Und was, bitte schön, hast *du* jetzt hier vor?«, wollte Alexander wissen. »Hier haben wir noch weniger Deckung als auf der Straße.«

»Wir bleiben nicht lange auf der Brücke«, erklärte Erica.

In dem Moment begriff ich, was sie vorhatte. »Oh nein«, entfuhr es mir. »Bitte sag nicht, dass wir springen …«

»Okay«, sagte Erica. »Ich sag's nicht.«

Dann rannte sie ohne zu zögern von der Seite der Brücke und riss mich mit sich.

Wassersicherheit

Shenandoah-Nationalpark
14. Juni
11:45 Uhr

Unser Zeitempfinden kann abhängig davon, was wir gerade tun, sehr unterschiedlich sein.

Wenn man Spaß hat, vergehen ein paar Stunden wie bloße Sekunden. Und wenn man von einer Brücke in einen wilden Fluss stürzt, während feindliche Agenten auf einen schießen, kommt einem jede Sekunde wie eine Ewigkeit vor.

Auf dem Weg nach unten hatte ich tatsächlich Zeit, mich umzusehen und mich nicht nur darauf zu konzentrieren, ob ich gleich sterben würde. Ich schaute zum Bus auf der explodierten Straße und sah, dass meine Mitschüler jetzt offenbar zu Fuß flüchteten, während der Feind durch Erica, Alexander und mich abgelenkt war. Als ich den Blick hob, stellte ich fest, dass Alexander, der offenbar unsicher war, was er sonst tun sollte, von der Jochbrücke gesprungen war und uns hinterherstürzte. Ich drehte mich zu Erica, die gelassen meinem Blick begegnete, und sagte: »Streck die Zehen und drück die Arme an den Körper, damit sie beim Aufprall nicht brechen.«

Ich tat, was sie sagte – und dann landeten wir im Wasser.

Dank Ericas Rat knallten wir nicht auf die Oberfläche, sondern durchschnitten sie und schossen in die Tiefe. Ich hatte erwartet, dass der Aufprall schmerzhaft sein würde, aber das war nicht wirklich der Fall. Doch dafür traf mich die Kälte des Wassers wie ein Schlag, gefolgt von der schrecklichen Angst davor, zu ertrinken, nachdem ich den Sturz überlebt hatte.

Meine Füße berührten den Grund des Flusses. Ich blickte nach oben und sah die Oberfläche neun Meter über mir. Unter dem Druck des Wassers um mich herum verschlossen sich meine Ohren.

Dann riss mich die Strömung flussabwärts. Ich wurde wie eine Socke in einer Waschmaschine umhergewirbelt und wusste irgendwann nicht mehr, wo oben und unten war. Ich prallte an Felsen ab und fegte durch Strudel.

Während alldem kam mir jede Sekunde ebenfalls wie eine Ewigkeit vor. Ich musste unbedingt Luft holen, aber jedes Mal, wenn ich dachte, ich würde gleich durch die Wasseroberfläche brechen, riss mich die Strömung wieder nach unten. Nachdem das fünfmal passiert war, wurde ich in einen Abgrund gesogen. Dunkelheit umgab mich. Der Wasserdruck war so stark, dass ich das Gefühl hatte, er würde mich zerdrücken. Ich spürte, wie ich langsam das Bewusstsein verlor …

Und dann, wie durch ein Wunder, spuckte mich der Fluss wieder aus. Ich tauchte ins Tageslicht auf und rang nach Luft. Ich befand mich in einem ruhigeren Abschnitt der Stromschnellen und konnte ans Ufer paddeln. Als ich das rettende Land erreichte, kletterte ich aus dem Wasser und brach auf dem Gras zusammen.

Kurz darauf joggte Erica aus dem Wasser. Anstatt wie ein begossener Pudel auszusehen, der beinahe ertrunken wäre, wirkte sie erfrischt, als wäre sie gerade eine Runde geschwommen. »Wow!«, rief sie aus. »Das war heftig!«

»Wir sind fast zehnmal gestorben«, stöhnte ich.

»Sind wir aber nicht«, gab Erica zurück. »Das spricht schon mal für uns.«

Ich versuchte, mich zu orientieren. Wir waren auf der gegenüberliegenden Seite des Flusses wieder aufgetaucht, von wo SPIDER uns angegriffen hatte, doch es gab keine Möglichkeit, zurückzugehen; der Fluss war zu breit und zu tückisch. Wir befanden uns direkt hinter dem Eingang des Canyons. Flussaufwärts ragten auf beiden Seiten steile Felswände auf, aber zumindest waren hier beide Ufer breit genug für einen Streifen Wald. Der Canyon war zu tief und gewunden, um von unserem Standort aus die Jochbrücke zu sehen, von der wir gesprungen waren. Ich fragte mich, wie weit wir flussabwärts geschwemmt worden waren. Eineinhalb Kilometer? Zwei? Es hätten auch genauso gut zehn sein können. Ich wollte gerade Erica nach ihrer Meinung fragen, als wir einen Schrei hörten.

»Hilfe!« Es war Alexanders Stimme, die aus der Nähe zu uns herüberdrang.

Ich rappelte mich hoch. Erica bewegte sich bereits auf die Rufe zu. Sie sprang über ein paar Felsen, und ich folgte ihr.

Alexander klammerte sich an einen Felsen am Ufer, während die Strömung ihn flussabwärts zu ziehen drohte.

Erica erreichte ihn viel schneller als ich. Sie sprang von der Böschung auf den Felsen und kniete über ihrem Vater, doch als sie die Hand nach ihm ausstreckte, um ihm aus dem Wasser zu helfen, schien sie es sich noch einmal zu überlegen und zog sie zurück. »Bevor ich dich rette, musst du mir etwas versprechen«, sagte sie.

Alexander riss die Augen auf. »Jetzt? Ich schwebe in Lebensgefahr!«

»Das scheint mir doch ein ausgezeichneter Moment, um deine ungeteilte Aufmerksamkeit zu bekommen«, antwortete Erica. »Versprich mir, dass ich von jetzt an das Sagen bei dieser Operation habe. Ich treffe die Entscheidungen. Du befolgst meine Befehle, ohne Fragen zu stellen.«

»Okay«, sagte Alexander. »Was auch immer du willst. Bloß hilf mir!«

Erica runzelte die Stirn und musterte ihren Vater mit strengem Blick. »Du sollst es mir *versprechen*«, beharrte sie.

Alexander zögerte tatsächlich, als wäre es schlimmer, dieses Versprechen abzugeben, als flussabwärts mitgerissen zu werden. Dann brandete die Strömung auf und drohte, ihn vom Felsen zu reißen. »Alles klar!«, rief er verzweifelt. »Ich versprech's! Du hast das Sagen bei dieser Operation!«

Ich fragte mich, was ein Versprechen von einem so moralisch beschränkten Menschen wie Alexander überhaupt wert war, aber Erica schien das zu genügen. »Schon besser«, sagte sie und streckte den Arm aus.

Alexander klammerte sich an ihn. Da er so viel größer als Erica war, musste ich ihr helfen, ihn aus dem Wasser zu ziehen.

Er kraxelte auf den Felsen und sah überhaupt nicht mehr wie der höfliche, lässig-elegante Meisterspion aus, als den er sich sonst ausgab. Er war zerzaust und patschnass. Die Perücke und die Latexwangen, die Teil seiner Verkleidung gewesen waren, hatte er im Fluss verloren, und sein falscher Schnurrbart war irgendwie auf seine Stirn gewandert, wo er jetzt wie eine rebellische Augenbraue aussah. Außerdem war er sichtlich erschüttert, dass er gerade dem Tod ins Auge gesehen hatte, und wütend auf Erica, weil sie ihn vor mir so behandelt hatte. »Ich kann nicht fassen, dass du das Leben deines eigenen Vaters so aufs Spiel setzt«, blaffte er sie an, während er seine Ärmel auswrang.

»Du wärst nicht ertrunken«, erwiderte Erica barsch. »Du warst nur drei Meter vom ruhigen Flussabschnitt entfernt.«

Das machte Alexander noch wütender. »Und du hast mich trotzdem Qualen erleiden lassen? Ich dachte, ich hätte dich besser erzogen.«

»Du hast mich überhaupt nicht erzogen«, gab Erica kühl zurück. »Das war Mom.«

Alexander schniefte gekränkt und stürmte von den Felsen ans Ufer. »Komm mit, Benjamin«, sagte er zu mir und blieb stehen, um einen kleinen Fisch aus seiner Hose zu schütteln. »Bringen wir uns in Sicherheit.«

Bevor ich antworten konnte, streckte Erica einen Arm aus und hielt mich davon ab, Alexander zu folgen. »Hast du's schon vergessen?«, fragte sie ihren Vater. »Du gibst hier keine Anordnungen. Du hast versprochen, dass ich das Sagen habe.«

»Diese Abmachung war nicht rechtsverbindlich!«, protestierte Alexander. »Sie wurde unter Zwang gemacht. Als der dienstältere Agent hier befehle ich dir daher, wegzutreten …«

»Du bist unglaublich«, erwiderte Erica. »Es spielt keine Rolle, ob du der dienstältere Agent bist – oder ob die Vereinbarung rechtlich bindend ist oder nicht. Wir hören nicht auf dich.«

Alexander lief puterrot an. »Erica! Ich bin dein Vater! Du bist nur ein Mädchen! Und gut, ich weiß, dass du ein paar kleinere Spionageerfolge hattest …«

»Erfolge, für die du die Lorbeeren eingeheimst hast!«, schrie Erica.

»… aber du bist noch keine voll ausgebildete Agentin«, schloss Alexander. »Du bist hier völlig überfordert!«

Erica schäumte vor Wut. Unter den Umständen sah auch sie kein bisschen wie sie selbst aus. Und das lag nicht nur daran, dass sie genau wie wir klitschnass war, sondern daran, dass ihre unerschütterliche Ruhe zur Abwechslung einmal wie weggeblasen war. »*Ich* bin hier völlig überfordert?«, brüllte sie. »Ich befinde mich nur deshalb in dieser Lage, weil du alles verbockt hast! Ben wäre mittlerweile von

SPIDER gefangen genommen worden, wenn ich nicht gewesen wäre!«

»Das stimmt ganz offensichtlich nicht«, fuhr Alexander sie an. »Ich war gerade dabei, uns in Sicherheit zu bringen, als du wie eine Irre von der Brücke gesprungen bist.«

»SPIDER hat auf der anderen Seite der Brücke gewartet, um uns aus dem Hinterhalt anzugreifen«, sagte Erica. »Sie hätten dich umgebracht und Ben gefangen genommen.«

Alexander stand mit heruntergeklappter Kinnlade da und wusste nicht, was er sagen sollte. Er machte den Mund zu und öffnete ihn dann wieder. Er versuchte verzweifelt, die Fassung wiederzugewinnen. »Das hab ich gewusst«, sagte er.

»Nein, hast du nicht«, gab Erica zurück. »Man könnte eine ganze Bibliothek mit all den Dingen füllen, die du nicht weißt. Komm, Ben. Wenn du wirklich in Sicherheit sein willst, weißt du, auf wen du hören musst.« Damit sprang sie ans Ufer und marschierte auf die Bäume zu.

Ich schaute zu Alexander und hatte ein leicht schlechtes Gewissen. Doch die traurige Wahrheit war, dass ich ihm nicht einmal zugetraut hätte, mir aus einem Schrank zu helfen. Daher folgte ich Erica.

Das war vermutlich der bisher verheerendste Schlag für Alexanders Ego. Er hatte gewusst, wie seine Tochter über ihn dachte, aber es war ein Schock für ihn festzustellen, dass ich genauso über ihn dachte. Seine Augen wurden groß und traurig wie die eines Welpen, den man gerade geschimpft hatte, weil er auf den Teppich gepinkelt hatte. »Du also auch, Benjamin?«, sagte er. »Du auch?«

Ich blieb am Rand des Waldes stehen. »Sie haben uns die ganze Anerkennung für Murray Hills Ergreifung gestohlen«, sagte ich.

»Das war nur zu deinem Besten!«, wehrte Alexander ab. »Ich wollte nicht, dass SPIDER von deiner Rolle bei der ganzen Sache erfährt, aus Angst, dass sie vielleicht zurückschlagen.«

Ich schüttelte den Kopf, weil ich ihm das kein bisschen abkaufte. »SPIDER weiß alles über alles«, gab ich zurück. »Genau deshalb sind wir jetzt hier. Die Einzigen, die Sie wirklich eingewickelt haben, sind die hohen Tiere bei der CIA.«

Alexander zögerte noch einmal, offenbar überrascht, dass ich mir das alles selbst zusammengereimt hatte. Dann wurde sein gekränkter Blick, verraten worden zu sein, auf einmal durch einen angewiderten ersetzt. »Ach, du lieber Himmel«, entfuhr es ihm. »Ich glaube, ich habe einen Blutegel in meiner Unterhose.«

Dann knöpfte er sich schnell die Hose auf und eilte hinter einen Baum.

Erica nutzte diesen Moment, während er abgelenkt war, um mich tiefer in den Wald zu ziehen. Hinter uns konnten wir Alexanders entsetztes Kreischen hören. »Himmelherrgott! Der ist riesig!«

»Glaubst du, dass wir das Richtige tun?«, fragte ich Erica, als wir weiterstapften. »Waldmurmeltier hat uns gerade erst erklärt, dass es keine gute Idee ist, sich aufzuteilen …«

»Wir teilen uns nicht auf«, sagte Erica. »Mein Vater wird in fünf Sekunden wieder bei uns sein.«

Und tatsächlich, fünf Sekunden später kam Alexander durch den Wald gestürmt, während er seinen Gürtel enger schnallte, und sah aus, als hätte er etwas Schreckliches gesehen. »Ihr hättet mal diesen Blutegel sehen sollen«, keuchte er. »Er war so groß wie eine Zigarre. Der hat mir bestimmt zwei Liter Blut abgesaugt.«

Erica warf mir einen Blick zu, der besagte: »Hab ich's nicht gesagt?«

»Wo im Bus warst du?«, fragte ich sie. »Ich hab dich beim Einsteigen nicht gesehen.«

»Ich bin hinten als blinder Passagier mitgefahren«, antwortete sie. »Mit der ganzen Überlebensausrüstung.«

»Hast du gewusst, dass SPIDER uns angreifen würde?«, fragte ich.

»Nein, aber ich hatte so ein Gefühl. Es schien eine zu gute Gelegenheit zu sein, um sie nicht zu nutzen.« Erica seufzte. »Die genialen Köpfe an der Spionageschule haben SPIDER direkt in die Hände gespielt. Sie haben auf die Gefahr, dass du entführt werden könntest, damit reagiert, dass sie dich von einer geschützten Anlage ans Ende der Welt verfrachtet haben – wo du noch einfacher entführt werden kannst. Und dann haben sie auch noch diesen Trottel hier mit der Mission betraut.« Sie zeigte mit dem Kopf auf ihren Vater.

»Ich habe deinen Ton langsam wirklich satt, junge Dame«, entrüstete sich Alexander.

»Und ich habe es langsam wirklich satt, dass du so tust, als wäre das hier nicht deine Schuld«, schoss Erica zurück.

»Es ist nicht meine Schuld, dass SPIDER den Bus aus dem Hinterhalt angegriffen hat«, wandte Alexander ein.

»Irgendwie schon«, erwiderte Erica. »Als sie vorgeschlagen haben, Ben vom Camp wegzubringen, hättest du sofort Nein sagen müssen. Stattdessen hast du es zugelassen – und anstatt gegen SPIDER zu ermitteln, wie du es eigentlich hättest tun sollen, hast du beschlossen, dich Ben anzuschließen, damit du den Helden spielen kannst. Und als es schließlich zum Angriff gekommen ist, hast du einen ganzen Bus voller Schüler im Stich gelassen und Ben fast in einen Hinterhalt geführt. Und deshalb sind wir jetzt dank dir kilometerweit von jeglicher Zivilisation entfernt und patschnass, während alle unsere Waffen und unsere komplette Fernmeldeausrüstung flussabwärts geschwemmt worden sind – und SPIDERs Agenten sind bestimmt immer noch auf der Jagd nach uns.«

Damit schien Erica tatsächlich zu ihrem Vater durchzudringen. Er senkte beschämt den Blick und schwieg peinlich berührt.

Doch mich veranlasste Ericas Einschätzung unserer Lage zu der Frage: »Wir haben keine Waffen?«

Erica schüttelte den Kopf. »Keine einzige.«

»Du hast nicht irgendwo was versteckt?«, hakte ich nach. »Nicht mal ein Fläschchen Gift in deinem Ausrüstungsgürtel?«

»Mein Ausrüstungsgürtel ist in den Stromschnellen an einem Felsen hängen geblieben. Ich musste ihn losmachen, sonst wäre ich ertrunken.« Erica war darüber offenbar aufgebrachter als über die Tatsache, dass wir uns in der Wildnis verirrt hatten und von feindlichen Agenten gejagt wurden. »Grandpa hat mir diesen Ausrüstungsgürtel zu meinem zwölften Geburtstag geschenkt. Da war *alles* drin: mein Handy, Essensrationen, chinesische Wurfsterne ...«

»Aber du hast doch zumindest einen Plan, oder?«, fragte ich hoffnungsvoll. »Du hast immer einen Plan.«

»Natürlich habe ich einen Plan«, sagte Erica.

»Und wie sieht der aus?«

»Zur nächsten menschlichen Siedlung zu gelangen, ohne dass SPIDER uns ergreift oder umbringt.«

Ich wartete auf mehr, aber da kam nichts. »Ähm ... Könntest du das noch etwas weiter ausführen?«

Erica zuckte mit den Schultern. »Mehr weiß ich momentan nicht. Ich hatte nicht viel Zeit, mir Gedanken darüber zu machen. Ich war irgendwie zu sehr damit beschäftigt, von einer Brücke zu springen und nicht zu ertrinken.«

Ich musste jedes bisschen Willensstärke aufbringen, um nicht auszuflippen. In so einer schlimmen Lage hatte ich mich noch nie befunden.

Das Gelände vor uns fing an, scharf anzusteigen. Der dichte Wald wich schon bald einem steilen, felsigen Abhang. Erica lief weiter darauf zu, ohne ein Wort zu sagen.

»Warte«, sagte ich und erinnerte mich an die kurze Überlebenstrainingseinweisung, die ich im Bus erhalten hatte. »Warum verlassen wir den Fluss? Falls uns jemand sucht, werden sie dann nicht dort mit der Suche anfangen?«

»Unter normalen Umständen wäre das die beste Vorgehensweise«, sagte Erica. »Leider ist es am wahrscheinlichsten, dass dieser jemand SPIDER sein wird.«

»Sollten wir dann nicht zumindest flussabwärts gehen?«,

wagte ich zu fragen. »Das wäre der schnellste Weg zurück zur Zivilisation.«

»Stimmt. Aber SPIDER weiß das auch«, erklärte Erica. »Sie werden diesen Fluchtweg als Erstes abschneiden, deshalb werden wir sie überlisten, indem wir kehrtmachen und denselben Weg zurückgehen, den wir gekommen sind.«

»Moment mal«, sagte Alexander. »Das kann nicht funktionieren, SPIDER ist zu gewieft. Wahrscheinlich rechnen sie genau damit. Deshalb sollten wir das Gegenteil tun und flussabwärts gehen.«

»Ich dachte, wir hätten uns darauf geeinigt, dass ich das Sagen habe«, gab Erica zurück. »Und das Gegenteil zu machen, ist schwachsinnig. Wir gehen da lang.«

»Nein«, widersprach Alexander bestimmt. »Wie schon gesagt, wurde die Entscheidung, dass du das Sagen hast, unter Zwang getroffen. Auch wenn ich heute vielleicht ein paar Fehler gemacht habe, ändert das nichts an der Tatsache, dass ich ein hoch dekorierter und professioneller Spitzenspion bin, der für seine Arbeit viermal die Freiheitsmedaille verliehen bekommen hat. Und außerdem bin ich dein Vater. Deshalb solltest du besser auf mich hören. Die Organisation, mit der wir es hier zu tun haben, ist hinterhältig, skrupellos und extrem gefährlich. Sich tiefer in die Wildnis zu begeben als Teil irgendeines Ratespielchens, das du mit ihnen spielst, ist ein schrecklicher Fehler. Daher bitte ich dich nicht, sondern ich *sage* dir, dass wir jetzt kehrtmachen.«

Damit wirbelte er herum, steuerte wieder auf den Wald zu und erwartete, dass wir ihm folgten.

»Dad!«, rief Erica. »Warte! Es gibt noch einen anderen Grund, warum wir in diese Richtung gehen!«

»Ach, ja?«, fragte Alexander. »Und der wäre?«

»Die Bären, die uns folgen.«

»Red keinen Unsinn«, sagte Alexander barsch. »In diesem Teil des Landes gibt es keine Bären.«

Da hallte ein lautes, wütendes Knurren durch die Bäume. Ein riesiger Bär tauchte nur ein paar Meter von Alexander entfernt aus dem Wald auf. Hinter ihm erschienen noch zwei weitere.

Alexander wurde weiß wie ein Gespenst.

Erica seufzte. »Hast du es *nie* satt, immer unrecht zu haben?«, fragte sie.

Große, gefährliche Tiere

```
Shenandoah-Nationalpark
14. Juni
12:10 Uhr
```

Die Bären waren Schwarzbären. Ich hatte über sie gelesen und ein paar im Zoo gesehen, aber ich war noch nie einem in freier Wildbahn begegnet. Ich konnte mich vage daran erinnern, in einem *National-Geographic*-Artikel gelesen zu haben, dass sie im Allgemeinen nicht aggressiv oder gefährlich waren – außer man traf auf eine Mutter mit ihren Jungen.

Die drei Bären, die uns gegenüberstanden, waren eine Mutter mit ihren Jungen. Die Jungen waren süße, kleine, flauschige Kugeln. Beide waren im Teenageralter (zumindest in Bärenjahren). Obwohl keiner von ihnen so groß wie ein Grizzly war, waren sie alle mindestens über hundertdreißig Kilo schwer und hatte scharfe Zähne und lange Klauen, die ernsthaften Schaden anrichten konnten. Außerdem waren sie auf der Hut, als hätten wir sie irgendwie bedroht.

Sie schätzten uns misstrauisch ab, als versuchten sie zu entscheiden, ob sie uns angreifen sollten oder nicht.

Alexander ging rückwärts auf Erica und mich zu und bemühte sich, ruhig zu bleiben. »Keine Sorge«, sagte er, obwohl seine Stimme vor Angst zitterte. »Ich weiß genau, was man in so einer Situation tun muss. Bei drei rennen wir alle so schnell wir können los.«

»Man rennt vor Bären nicht davon!«, zischte Erica leise. »Wir müssen die Nerven behalten und langsam zurückweichen.«

»Langsam zurückweichen?«, wiederholte Alexander. »Wir sind hier nicht auf der Flucht vor Schildkröten. Wie kann es da besser sein, sich langsam anstatt schnell zu bewegen?«

»Weil wegrennen ihren Angriffsinstinkt weckt«, erklärte Erica. »Und du kannst nicht schneller rennen als ein Bär.«

»Natürlich kann ich das«, schnaubte Alexander. »Wo um alles in der Welt hast du diesen Müll gelesen?«

»Im CIA-Handbuch für Agenten«, antwortete Erica.

Alexander konnte seine Überraschung nicht verbergen. »Im CIA-Handbuch für Agenten gibt es ein Kapitel über *Bären*?«

»Im CIA-Handbuch für Agenten gibt es über *alles* ein Kapitel«, klärte Erica ihn auf. »Aber ich bin nicht überrascht, dass du es nicht gelesen hast. Es ist voller komplizierter Wörter.«

Die Bären kamen näher, wobei die Mutter den Jungen voranging. Sie knurrte wütend, auch wenn sie langsamer wurde, während sie sich uns näherte.

»Also gut«, sagte Erica zu uns. »Wie ich schon gesagt habe, bewahrt Ruhe und weicht ganz langsam zurück.«

»Und was tun wir, wenn sie sich auf uns stürzen?«, flüsterte ich.

»Erst versuchen wir, sie zurückzuschlagen – und wenn das nicht funktioniert, stellen wir uns tot.«

»Uns tot stellen?«, fragte Alexander. »Das kann nicht stimmen.«

»Könntest du bitte leiser sprechen?«, fragte Erica. »Dein Geschrei regt die Bären auf.«

»Die Bären sind schon aufgeregt«, protestierte Alexander. »Und wenn wir uns tot stellen, halten sie uns am Ende noch für ein Frühstücksbuffet. Wir müssen wegrennen. *Auf der Stelle*. Bevor sie noch näher kommen.«

»Dad«, flehte Erica. »Bitte hör auf mich, nur einmal in deinem Leben …«

Bevor sie den Satz zu Ende sprechen konnte, knurrte uns die Mutter an. Alexander verlor die Nerven. »Komm nicht näher!«, schrie er und stürmte davon.

Die Bären verfolgten ihn instinktiv.

»So ein Schwachkopf«, murmelte Erica. Dann hob sie einen Stein vom Boden auf und rannte ihnen hinterher.

Ich tat es Erica gleich, weil mir mein Instinkt sagte, ihrem Beispiel zu folgen. Erst ganze drei Sekunden später kam mir der Gedanke, dass drei wütenden Bären hinterherzurennen möglicherweise noch dämlicher war, als vor ihnen davonzulaufen.

Doch Erica ließ sich von solchen Gedanken nicht beirren. So verfolgte sie die Bären nicht nur, sondern versuchte sogar, ihre Aufmerksamkeit auf sich zu ziehen. »Hey!«, rief sie. »Lasst ihn in Ruhe!«

Inzwischen schrie Alexander die Bären ebenfalls an. »Sitz!«, befahl er, als hoffte er, dass es sich um gezähmte Bären handelte, die aus einem Zirkus entkommen waren. »Bleib! Böse Bären! Böse Bären!«

Wie Erica ihn vorgewarnt hatte, konnte er ihnen nicht davonlaufen. Schon bald hatten sie ihn eingeholt. Leider vergaß Alexander Schritt eins – versuchen, sie zurückzuschlagen – und ging direkt zu Schritt zwei über: sich tot stellen. Er warf sich so schnell zu Boden, dass die Bärenmutter sogar über ihn stolperte, als wäre er eine menschliche Temposchwelle.

Ihre Jungen stürzten sich sofort auf ihn. Ich möchte gar nicht darüber nachdenken, was sie mit ihm angestellt hätten, wenn Erica nicht angekommen wäre und mit ihrem Stein einen der Bärenjungen am Ohr getroffen hätte.

Ich warf meinen auch, weil ich vor Erica hilfreich erscheinen wollte. Er sprang vom Schenkel des anderen Bärenjungen ab und traf Alexander an der Schulter.

»Auuuu!«, jaulte er und erinnerte sich dann daran, dass er eigentlich tot sein sollte.

Die Bären wirbelten alle zu Erica und mir herum, als wären sie überrascht, dass wir so dämlich gewesen waren, ihnen zu folgen.

Erica hob ein paar Steine vom Boden auf und fing an, sie damit zu bewerfen. »Verschwindet!«, schrie sie. »Oder ich mach Bettvorleger aus euch.«

Die Bären schienen die Steine nicht besonders zu stören,

die von ihrem dicken Fell abprallten wie Flummis, die man gegen eine Wand warf. Doch sie waren offenbar von Erica verblüfft. Sie starrten sie verwirrt an, während sie scheinbar versuchten, zu entscheiden, ob sie eine echte Bedrohung oder eine harmlose Irre war.

Ich warf auch noch ein paar Steine, ließ Erica aber für uns beide schreien.

»Verschwindet!«, befahl sie ihnen. »Wehe, wenn ich euch hinterherkommen muss!«

Die Bärenmutter hörte auf, um Alexander herumzuschnüffeln, bäumte sich auf und stellte ihre beeindruckenden Muskeln, Klauen und Zähne zur Schau. Sie gab ein so lautes Brüllen von sich, dass es die Bäume erschütterte.

Zu ihren Füßen zitterte Alexander so heftig, dass es aussah, als würde er sein ganz persönliches Erdbeben erleben.

Ich selbst sprang gute eineinhalb Meter zurück, stolperte über einen Stamm und landete auf dem Hintern.

Doch Erica behauptete sich. Sie sah die Bärenmutter fest und streng an und brüllte direkt zurück. Ihr Gebrüll war nicht ganz so laut wie das der Bärenmutter, aber noch furchterregender. Bis zu diesem Augenblick hatte ich nicht gewusst, dass der menschliche Körper so einen Lärm produzieren konnte.

Die Bärenjungen huschten zu Tode erschrocken davon und versteckten sich hinter ihrer Mutter.

Mama Bär legte den Kopf schief, musterte Erica neugierig und schien sich dann respektvoll zu verbeugen. Sie ging wieder auf alle viere, drehte sich um und watschelte in den Wald. Ihre Kinder folgten ihr gehorsam.

Ich sprang auf, noch bevor Erica sehen konnte, dass ich hingefallen war. »Wahnsinn«, sagte ich. »Hast du *das* aus dem CIA-Handbuch?«

»Nein«, erwiderte Erica. »Da bin ich selbst draufgekommen. Bären sind wohl nicht viel anders als Menschen. Wenn du zeigst, dass du Angst hast, gewinnen sie an Selbstbewusstsein. Aber wenn du dich selber selbstbewusst verhältst, bekommen sie Angst.« Damit ging sie zu ihrem Vater, der immer noch auf dem Boden lag und sich tot stellte. »Sie sind weg, Dad. Du musst dich nicht mehr tot stellen.«

Alexander behielt die Augen weiter geschlossen und versuchte zu sprechen, ohne die Lippen zu bewegen. »Bist du sicher? Sie könnten wiederkommen.«

»Ich glaube nicht, dass sie noch irgendwas mit Erica zu tun haben wollen«, meinte ich.

Alexander setzte sich auf. Die Bären hatten seine Kleider stellenweise zerrissen, aber er hatte den Angriff mit lediglich ein paar kleineren Kratzern und einer Menge Bärensabber in den Haaren überlebt. Er sah Erica zugleich respektvoll und total beschämt an. »Danke«, sagte er. »Wenn du nicht gewesen wärst ... Na ja, anscheinend hast du recht, was mich betrifft. Ich bin wirklich ein totaler Versager.«

»Oh, das stimmt nicht ganz«, gab Erica zurück. »Du kannst dich ziemlich gut tot stellen.«

»Im Ernst?«, fragte Alexander.

»Ja«, antwortete Erica. »Aber das kann dir nicht besonders schwergefallen sein. Dein Hirn ist ja schon seit Jahren tot.«

Alexander ließ die Schultern hängen, noch beschämter

als zuvor. Es war erschreckend zu sehen, dass der Mann, der für mich einmal alles Wunderbare und Ruhmreiche an Spionagearbeit dargestellt hatte, jetzt ein so mitleiderregendes Bild abgab, nachdem ihn seine eigene Tochter heruntergeputzt hatte.

Wenn das ein rührseliger Familienfilm gewesen wäre, wären sich Erica und Alexander in dieser lebensgefährlichen Situation wieder nähergekommen, weil Erica plötzlich klar geworden wäre, wie traurig sie der Tod ihres Vaters gemacht hätte, während Alexander von seiner Tochter eine wertvolle Lektion über Ehrlichkeit gelernt hätte. Stattdessen hatte Erica den Vorfall benutzt, um ihrem Vater unmissverständlich klarzumachen, wie wenig sie von ihm hielt – und offenbar war sie mit dem Ergebnis zufrieden. Ein kleines Grinsen umspielte ihre Lippen, als sie sich wieder in Richtung des Berghangs aufmachte.

Ich folgte ihr. Es war vollkommen klar, dass sie die Einzige von uns dreien war, die auch nur die geringste Ahnung hatte, wie man in der Wildnis überlebt.

Alexander hatte das offenbar auch begriffen. Er bildete die Nachhut und suchte sich hinter uns einen Weg den Hügel hinauf, war aber so mürrisch und niedergeschlagen, dass ich mir ernsthaft Sorgen um ihn machte.

Der Aufstieg war beschwerlich – zumindest für Alexander und mich. Erica stieg die Felswand mit erstaunlicher Leichtigkeit hoch. Sie schien beinahe Spaß dabei zu haben. Doch ich kam schneller voran als Alexander. Das lag zum einen daran, dass ich fitter war – ich hatte in den vergangenen Monaten eine Menge Zeit im Fitnessstudio verbracht –, zum anderen war er offenbar zu deprimiert, um sich wirklich für unser Vorankommen zu interessieren.

Als ich schließlich mit schmerzenden Muskeln die Spitze des Hangs erreichte, lag Erica schon unter einem kleinen Baum und kaute auf ein paar Pilzen herum, die sie gesammelt hatte. Sie bot mir eine Handvoll an. »Fungi?«

Ich war in der vergangenen Stunde so damit beschäftigt gewesen, nicht auf die verschiedensten Arten zu sterben, dass ich kein bisschen an Essen gedacht hatte. Ich war noch nie ein Fan von Pilzen gewesen, aber bei ihrem Anblick knurrte mein Magen jetzt hungrig. »Danke«, sagte ich und schlang sie hinunter. Sie waren überraschend lecker. »Gibt es noch mehr?«

»Nicht hier«, erwiderte Erica. »Aber wir werden unterwegs bestimmt noch mehr finden.« Sie klopfte neben sich auf den Boden, damit ich mich hinsetzte und ausruhte.

Bevor ich mich zu ihr gesellte, warf ich einen Blick über den Rand der Felswand. Alexander war immer noch fünfzehn Meter weiter unten. »Hast du ein paar Pilze für deinen Vater aufgehoben?«, fragte ich.

»Nein. Er hat mir sein ganzes Leben lang erzählt, wie großartig er ist. Ich bin sicher, dass er selber welche finden kann.«

Ich setzte mich neben Erica in das Stückchen Schatten und bemerkte sofort, dass ich unangenehm nach Schweiß roch. Sie hingegen duftete fantastisch. Als hätte sie einen Rundgang durch eine Parfümfabrik gemacht. »Ich glaube, dein Vater könnte ein bisschen Ermutigung gebrauchen«, sagte ich.

»Tu dir keinen Zwang an.«

»Ich meinte von dir.«

Erica musterte mich mit dem für sie typischen eiskalten Blick.

»Warum bist du so wütend auf ihn?«, fragte ich.

Erica zuckte zusammen, als hätte ich gerade den Finger in eine frische Wunde gesteckt. Sie wandte sich ab. »Ich will nicht darüber reden.«

Ich war so schlau, nicht weiterzubohren. Wenn Erica einem etwas nicht sagen wollte, würde sie es auch nicht tun. Sie hatte Bestnoten in Einführung zum Durchhalten von Folter. Daher wechselte ich das Thema. »Hast du irgendeine Idee, wohin wir gehen?«

»Ich habe mehr als eine Idee. Ich weiß *genau*, wohin wir gehen.«

»Sogar ohne Globales Positionsbestimmungssystem?«

»Leute haben lange Zeit ohne GPS in der Wildnis überlebt. Sie haben diese Dinger namens ›Karten‹ benutzt.«

»Haha. Was das betrifft, haben wir aber ein kleines Problem.«

»Und das wäre?«

»Wir haben keine Karten.«

Erica drehte sich wieder zu mir. »Na ja, wir haben zwar keine physischen Karten. Aber wir haben geistige.« Sie tippte sich an den Kopf. »Als ich gehört habe, dass wir hierherfahren, hab ich mir jede Karte der Gegend besorgt, die ich finden konnte. Im Spionagecamp gibt es eine Menge davon.«

»Hast du sie im Bus zurückgelassen?«, fragte ich.

Erica nickte. »Ich hatte während des Angriffs nicht wirklich Zeit, zu packen. Zum Glück habe ich sie auf der Fahrt hierher ziemlich genau studiert. Daher habe ich eine recht gute Vorstellung von der Gegend hier. Soweit ich das sagen kann, befinden wir uns auf dem östlichen Grat des Mount Sukoff. Zweieinhalb Kilometer in diese Richtung müsste sich ein verlassener Feuerwachturm befinden.« Sie zeigte nach Westen.

Ich sah sie fragend an. »Du kannst dich so genau an die Karte erinnern?«

»Warum überrascht dich das so sehr? Wenn ich mich richtig erinnere, hast du auch ein extrem gutes Gedächtnis.«

»Nur für Zahlen. Das ist was anderes. Hast du ein fotografisches Gedächtnis?«

»Ich glaube, der korrekte Begriff ist ›vollkommene Erinnerung‹. Und nein, hab ich nicht. Es ist mehr wie deins. Ich kann mich nicht an *alles* erinnern, was ich sehe. Nur an bestimmte Dinge.«

»Wie was?«

»Karten. Fotos. Bücher.«

»Du kannst dich an ganze *Bücher* erinnern?«

Jetzt sah Erica mich fragend an. »Kannst du das nicht?«

»Nein!«

»Wie schade. Das macht es auf jeden Fall einfacher, für Prüfungen zu lernen.«

Ich starrte Erica einen Moment lang an. Es hätte mich nicht überraschen sollen, dass ihr Gedächtnis so gut war. Es erklärte, wie sie so viel wissen und sich die ganze Zeit ihrer so sicher sein konnte. Und trotzdem war ich da nicht von selbst draufgekommen.

Alexander erschien schnaufend am Rand der Felswand. Er legte sich auf den Boden und keuchte wie ein Hund an einem heißen Tag.

»Schön, dass du auch endlich da bist«, sagte Erica. »Los. Wir haben keine Zeit zu verlieren. Wir haben noch eine weite Strecke vor uns.« Sie sprang auf, wobei sie nach ihrer Pause und ihrem Imbiss völlig erholt aussah, und machte sich auf den Weg über den Grat.

Alexander stöhnte. »Bitte. Gib mir nur fünf Minuten, um mich auszuruhen.«

»Wir haben schon genug Zeit verloren«, erwiderte Erica. »Jede Minute, die wir verschwenden, ist eine Minute, in der SPIDER uns näher kommt. Wenn du da im Freien mit feindlichen Heckenschützen in der Nähe herumliegen willst, ist das deine Entscheidung, aber wir gehen weiter.«

Als er ›feindliche Heckenschützen‹ hörte, sprang Alexander auf. Obwohl er erschöpft war, holte er uns schnell ein.

Ich war selbst noch recht müde von dem Aufstieg und all den anderen Anstrengungen des Tages, kämpfte mich aber weiter und blieb an Erica dran. Den größten Teil des Wegs entlang des Grats boten uns Bäume Deckung – da waren aber auch ein paar ungeschützte Abschnitte, die wir so schnell wie möglich durchqueren mussten. Zum Glück sahen wir unterwegs keine SPIDER-Leute … und noch viel wichtiger: Sie sahen uns nicht.

»Wie viele von denen, glaubst du, sind da draußen?«, fragte ich Erica, nachdem wir einen dieser ungeschützten Bereiche durchquert hatten.

»Ich hab keine Ahnung«, gab sie zu. »Tatsache ist, dass wir so gut wie nichts über SPIDER wissen: Wie groß die Organisation ist, über wie viel Geld sie verfügen, wie viele Leute sie für eine Operation wie diese zur Verfügung haben. Benutzen sie ihre eigenen Leute – oder Söldner? Für wen arbeiten sie? Wer leitet die Organisation? Wie lange gibt es sie schon? Das sind alles riesige Fragezeichen.«

»Hat die CIA nicht so was wie einen SPIDER-Experten?«, fragte ich.

»Ja«, antwortete Erica. »*Dich*.«

Ich stolperte über meine eigenen Füße. »Mich? Wie könnte *ich* der Experte sein? Ich hab mich bloß einmal mit einem SPIDER-Agenten unterhalten …«

»Und das ist einmal mehr als sonst jemand bei der CIA. So gut wie alles, was die CIA über SPIDER weiß, ist das, was Murray dir erzählt hat. Alles andere ist bloße Spekulation. Dieses Gespräch war sogar der erste direkte Beweis, den die CIA je hatte, dass es SPIDER überhaupt gibt.«

Ich lief ein Stück weiter und versuchte, das zu begreifen. »Also … Wenn die CIA sagt, dass sie versucht, mich vor SPIDER zu beschützen, weiß sie nicht mal, wer das ist?«

»Nein. Bisher ist Murray Hill der einzige SPIDER-Agent, der je ergriffen worden ist – und du bist der Einzige, mit dem er gesprochen hat. Die CIA hat ihre Spitzenvernehmungsprofis auf ihn angesetzt. Aber er hat kein Wort gesagt.«

»Das stimmt nicht ganz«, sagte Alexander.

»Okay, genau genommen hat er ein Wort gesagt«, gab Erica zu. »Eigentlich hat er eine Menge gesagt. Er hat seinen Vernehmern alles Mögliche über SPIDER erzählt. Aber wie sich herausgestellt hat, war das alles gelogen. Leider hat die CIA das erst bemerkt, als es zu spät war. Wegen Murray sind Agenten für nichts überall auf der Welt herumgeschickt worden. Die CIA hat Millionen Dollar und weiß Gott wie viele Stunden Arbeitskraft verschwendet, bevor ihr aufgegangen ist, dass man sie hinters Licht geführt hat.«

»Und was bedeutet das jetzt?«, fragte ich.

»Ich bin mir nicht sicher«, erwiderte Erica. »Theoretisch müsste diese Sache eine wahre Goldgrube für die CIA sein. Jetzt da sie wissen, dass SPIDER aktiv ist, würde man denken, dass sie alle verfügbaren Leute hierherschicken würden, um die Organisation zu konfrontieren und mindestens einen feindlichen Agenten zu ergreifen. Aber SPIDER hat der CIA heute schon ein blaues Auge verpasst. Vielleicht hält sich die Agency deshalb zurück und versucht, sich zu überlegen, was sie als Nächstes tun soll, bevor sie sich noch mal blamiert.«

»Dann sind wir also hier draußen möglicherweise auf uns allein gestellt?«, fragte ich.

»Fürs Erste«, sagte Erica. »Obwohl es recht wahrscheinlich ist, dass die CIA nicht *weiß*, dass wir hier draußen sind. Vermutlich glauben alle, dass wir entweder gefangen genommen worden oder tot sind. Wir müssen so schnell wie möglich mit ihr in Kontakt treten. Und das ist der Grund, warum wir *dorthin* unterwegs sind.«

Wir traten aus den Bäumen und entdeckten den alten Feuerwachturm auf einer kleinen Anhöhe in der Nähe. Es war ein kleines Zimmer, das vier Stockwerke hoch auf einer Stahlkonstruktion ruhte, gerade hoch genug, um über die umgebenden Bäume sehen zu können. Man hatte den Turm offensichtlich seit Jahren nicht mehr benutzt. Der Anstrich war größtenteils abgeblättert, und der Stahl war mit Rost überzogen.

»Die Forstverwaltung hat früher Leute hier abgestellt, um nach Feuern Ausschau zu halten«, erklärte Erica, »aber sie können das jetzt mit Satelliten machen. Wahrscheinlich haben sie vergessen, dass es diesen Ort überhaupt gibt. Hoffen wir einfach, dass sie sich nicht die Mühe gemacht haben, den Turm auszuräumen, bevor sie ihn stillgelegt haben.« Sie eilte die kleine Anhöhe zum Turm hinauf.

»Warte«, sagte Alexander. Es war ihm offenbar mittlerweile nahezu peinlich, seiner Tochter zu widersprechen. »Wenn du von diesem Ort weißt, was spricht dann dagegen, dass es SPIDER auch tut? Möglicherweise warten sie gerade dort oben, um uns in einen Hinterhalt zu führen.«

Erica verlangsamte ihren Schritt nicht mal für einen Moment. »Hier gibt es über ein Dutzend von diesen alten Dingern. Ich bezweifle, dass selbst SPIDER sich die Mühe machen würde, in allen auf der Lauer zu liegen.«

»Aber wenn *doch* …«, setzte Alexander an.

»Das ist ein Risiko, das ich bereit bin, einzugehen«, erwiderte Erica. »Wir müssen Kontakt zur CIA herstellen.«

»Vielleicht nicht«, wandte Alexander ein. »Sie haben Goldrausch aktiviert.«

Erica blieb am Fuß der Feuerwachturmtreppe stehen. Es war eine der sehr seltenen Gelegenheiten, bei denen ich sie überrascht gesehen hatte. »Wann?«

»Vor ein paar Tagen.«

»Warum hat mir das niemand gesagt?«

»Weil du ein *Teenager* bist«, gab Alexander zurück. »Nur Agenten mit höchster Sicherheitsfreigabe sollten davon wissen.«

Erica runzelte wütend die Stirn. Dann marschierte sie trotzdem die Treppe hoch.

Ich blieb unten. »Was ist Goldrausch?«, fragte ich.

»Eine sehr schlechte Idee«, antwortete Erica.

Ich sah zu Alexander, um mehr zu erfahren, doch da kam nichts. »Erica!«, brüllte er. »Bitte komm wieder hier runter!«

Erica beachtete ihn nicht und stieg weiter nach oben. Die Treppe endete unterhalb des kleinen Zimmers. Über uns war eine Falltür, die mit einem Vorhängeschloss verschlossen war, aber das Schließband war so verrostet, dass Erica es mit lediglich zwei Karatetritten abbrechen konnte. Die Falltür öffnete sich, und Erica kletterte, den ununterbrochenen Protesten ihres Vaters zum Trotz, in das kleine Zimmer hoch. Eine Sekunde später rief sie hinunter: »Du kannst aufhören, dir Sorgen zu machen! Hier oben ist niemand!«

Alexander und ich liefen schnell die Treppe hoch.

Der Ausguck auf der Spitze des Turms war vier Quadratmeter groß und hatte auf allen Seiten Fenster, die Ausblicke auf einen Umkreis von über dreißig Kilometern boten. Man hatte ihn nicht ausgeräumt. Man hatte einfach alles zurückgelassen, als man den Turm stillgelegt hatte. Es war zwar seit Jahren kein Mensch mehr hier gewesen, dafür aber alle möglichen anderen Besucher. Zwei der Fensterscheiben waren herausgefallen und ließen alle Waldtiere herein, die sich durch die Lücke quetschen konnten. Die Dachsparren waren voller Vogelnester, und der Großteil der Logbücher war von Nagetieren aufgefressen worden. Der Boden war mit dem Tierkot mehrerer Jahre bedeckt. Ein kurzer Blick durch den Raum verriet uns, dass alle möglichen Tiere von Fledermäusen bis hin zu Rotluchsen den Feuerwachturm als Klo benutzt hatten.

Dennoch waren die beiden Dinge, die wir brauchten, voll funktionsfähig.

Das eine war die Wasserversorgung. Auf dem Dach fing eine Zisterne Regenwasser auf, das durch eine Leitung zu einem kleinen, mit einem Filter versehenen Wasserhahn lief. Wir hatten alle seit Stunden nichts getrunken und waren schrecklich durstig. Wir tranken jeder knapp vier Liter Wasser.

Da war auch eine Amateurfunkanlage. Sie war uralt und sah aus, als würde sie jeden Augenblick auseinanderfallen, aber als Erica den Hebel an der Seite drehte, erwachte sie zum Leben. Erica stellte schnell die Frequenz der CIA ein. Alexander kam ihr zuvor und schnappte sich das Funksprechgerät.

»Mayday«, sagte er. »Das ist Agent 2364, Codename Großer Hund, bitte dringend um Verstärkung …«

»Hallo, Agent Hale!« Die Stimme war elektronisch entstellt, sodass wir nicht mal sagen konnten, ob es ein Mann oder eine Frau war. »Wir hatten gehofft, von Ihnen zu hören!«

Alexander seufzte erleichtert. »Es tut auch gut, Ihre Stimme zu hören«, sagte er.

»Was ist Ihr Standort?«, fragte die Stimme.

Alexander wollte gerade antworten, aber Erica riss ihm das Funkgerät aus der Hand. Sie blickte besorgt. »Wie lautet der Code Ihrer Sicherheitsfreigabe?«, fragte sie.

Eine Pause trat ein, und dann lachte die Stimme am anderen Ende. »Ah. Das muss die berühmte Erica Hale sein. Ich wusste, dass wir *dich* nicht mit einer so einfachen List reinlegen könnten.«

»Moment mal«, sagte Alexander. »Sie sind nicht die CIA?«

»Nein«, antwortete die Stimme fröhlich. »Ich gehöre zu SPIDER. Ist Ben Ripley bei euch?«

»Nein«, log Erica. »Wir wurden im Fluss von Ben getrennt. Wir glauben, dass er weiter flussabwärts gespült wurde.«

»Dann finde ihn mal lieber«, antwortete der SPIDER-Agent. »Du musst ihn zu uns bringen.«

»Und warum sollte ich das tun?«, fragte Erica.

»Weil wir ein paar seiner Freunde gefangen genommen haben«, sagte der Agent. »Und wir werden sie umbringen, wenn du es nicht tust.«

Verhandlung

Shenandoah-Nationalpark
Feuerwachturm 14
14. Juni
14:30 Uhr

Besorgte Stille legte sich über den Raum. Alexander und ich waren zu schockiert, um etwas zu sagen. Erica hingegen schien in Gedanken vertieft zu sein, als würde sie sich schnell durch den Kopf gehen lassen, was wir als Nächstes tun sollten.

»Bist du noch da?«, fragte die Stimme. Sie klang ein wenig spöttisch, als hätte der Sprecher einen Wahnsinnsspaß bei der Sache. Das erinnerte mich an Murray Hill, und ich fragte mich, ob vielleicht er es war. »Hallo? Erica? Hallo?«

Die Worte rissen Erica aus ihren Gedanken. Ihr Blick war jetzt selbstsicher, was hoffentlich bedeutete, dass sie einen Plan hatte. »Ich bin hier«, sagte sie. »Aber ich frage mich, ob Sie mir die Wahrheit sagen.«

»Du glaubst, das mit den Geiseln ist gelogen?«, fragte die Stimme.

»Eure Organisation ist nicht gerade für ihre Ehrlichkeit bekannt«, antwortete Erica.

»Touché«, sagte der SPIDER-Agent. »Wie wär's mit diesem Beweis?«

Ein Handgemenge war zu hören, als der Hörer an jemand anderen gereicht wurde. »Erica? Bist du das?«, fragte eine Stimme.

Zoe.

Sie klang so verängstigt, und ich wollte ihr zurufen und sagen, dass alles gut werden würde. Aber mich zu verraten, hätte natürlich Ericas Plan zunichtegemacht.

»Ja, ich bin's«, antwortete Erica. »Wie behandeln sie euch?«

»Nicht zu schlecht«, sagte Zoe. »Sie haben uns nicht gefoltert oder so was.«

»Wer ist sonst noch bei dir?«, fragte Erica.

»Warren, Jawa, Chip, Claire und Hank.«

»Geht es ihnen gut?«

»Ja. Na ja, Warren heult viel, aber sonst ist alles in Ordnung.«

»Was ist mit allen anderen, die im Bus waren?«

»Keine Ahnung«, antwortete Zoe. »Die sind wohl alle noch in der Wildnis. SPIDER hat nur uns mitgenommen.«

Erica nahm den Daumen vom Sprechschalter, damit wir unter uns reden konnten. »Das ergibt alles einen Sinn«, sagte sie. »Unnötig, sich mit vierzig Geiseln rumzuärgern, wenn es sechs auch tun. Mit den anderen müsste alles in Ordnung sein. Waldmurmeltier kann sie in Sicherheit bringen.«

»Vorausgesetzt, er steckt nicht mit SPIDER unter einer Decke«, wandte ich ein.

Erica nickte und räumte ein, dass das der Fall sein könnte. Dann sprach sie wieder ins Funkgerät. »Zoe, wie viele SPIDER-Agenten sind da?«

»Ich weiß nicht. Sie haben uns die Augen verbunden. Aber ich hab mindestens vier verschiedene Stimmen gehört …«

Plötzlich wurde ihr der Hörer aus den Händen gerissen. Die entstellte Stimme meldete sich wieder. »Okay, das reicht erst mal. Du hast das Mädchen gehört. Du weißt also, dass ich die Wahrheit sage. Und das Ganze wird jetzt folgendermaßen ablaufen: An der Kreuzung der Virginia-Bundesstraßen 522 und 37 gibt es eine Farm mit einer großen roten Scheune. Wir werden in genau sechs Stunden mit euren Freunden bei der Scheune sein. Wenn du dann nicht mit Ben Ripley dort bist, bringen wir die erste Geisel um …«

»Moment mal«, sagte Erica. »Sechs Stunden? Seien wir vernünftig.«

»Das versuche ich«, sagte die Stimme.

»Sechs Stunden ist nicht mal ein annähernd vernünftiger Zeitrahmen«, wandte Erica ein. »Ich weiß nicht mal, wo Ben ist. Er könnte den halben Weg bis nach Washington, D.C., gespült worden sein.«

Auf einer Seite des Ausgucks stand ein Kartentisch. Früher hätte ihn der Turmwärter benutzt, um den genauen Standort eines Feuers zu bestimmen. Seine Schublade war voller angekauter Karten und uralter Nagetierköttel. Ich fing an, schnell die Karten nach einer von Virginia durchzusehen, die nicht aufgefressen worden war.

»Verkauf mich nicht für dumm«, sagte der SPIDER-Agent. »Ben steht direkt neben dir, oder?«

»Nein«, erwiderte Erica. »Aber selbst wenn es der Fall *wäre*, bin ich dank euch fernab von jeglicher Zivilisation. Ich habe keine Nahrung, kein Wasser und kein anderes Transportmittel als meine eigenen Füße. Es ist ein Wunder, dass ich überhaupt dieses Funkgerät gefunden habe. Daher würde ich nur zu gern die CIA anfunken, damit sie jemanden schicken und mich hier abholen, aber ich nehme mal an, dass ihr das nicht wollt.«

Am anderen Ende trat Stille ein. Als sich die Stimme wieder meldete, klang sie wesentlich weniger spöttisch als zuvor. »Du hast recht. Das wollen wir nicht. Und wenn du die CIA – oder irgendeine andere Strafverfolgungsbehörde kontaktierst …«

»Bringt ihr eine Geisel um«, beendete Erica den Satz trocken. »Ich weiß, wie das läuft. Na schön, dieses Zugeständnis mache ich, aber ohne Hilfe habe ich eine Menge Arbeit vor mir. Mit sechs Stunden kommen wir nicht ins Geschäft. Ich brauche sechs Tage.«

»Sechs Tage?«, fragte die Stimme. »Inakzeptabel. Wir geben dir achtzehn Stunden.«

»Ach, kommt schon«, sagte Erica. »Wo glaubt ihr, dass ich bin? Im Ritz-Hotel? Ich bin hier in der Wildnis. Es ist nicht so, als würde es hier in der Nähe eine Rotwildherde mit einer Autovermietung geben. Ich brauche mindestens eineinhalb Tage, um Ben zu finden, und weitere vierundzwanzig Stunden, um zur nächsten Stadt zu gelangen.«

»Warte mal kurz«, sagte der Agent. Dann war er weg, auch wenn ich dachte, ich könnte hören, wie er die verschiedenen Optionen mit jemandem im Hintergrund besprach.

Ich fand eine Karte von Virginia, die noch in gutem Zustand war, und breitete sie auf dem Tisch aus. Alexander und ich überflogen sie schnell und versuchten den Ort zu finden, von dem der SPIDER-Agent gesprochen hatte. Alexander fand ihn als Erster. Triumphierend drückte er den Finger auf die Kreuzung der Bundestraßen 522 und 37. Sie befand sich gleich nördlich von einer Stadt namens Winchester, die gute hundertsechzig Kilometer entfernt zu sein schien.

Der Agent meldete sich wieder über Funk. »Ich kann dir bestenfalls zwei Tage anbieten.«

»Das ist lächerlich«, sagte Erica. »Ich brauche drei Tage.«

»Du hast zwei Tage, und das ist unser letztes Angebot. Und es sollten lieber nur du, dein Vater und Ben dort auftauchen. Wenn du irgendjemand anderen kontaktierst – die CIA, das FBI, die Armee, die Polizei –, werden wir davon erfahren.«

»Zwei Tage von jetzt an?«, fragte Erica.

»Ja«, sagte die Stimme. »Sagen wir, halb zwei Uhr nachmittags am 16. Juni.«

»Habe ich überhaupt keinen Spielraum? Ich möchte nicht, dass ihr meine Freunde umlegt, weil ich fünf Minuten zu spät bin.«

Die Stimme seufzte. »Okay. Halb zwei plus minus fünfzehn Minuten. Wie wär's damit?«

»Immer noch ziemlich übel«, sagte Erica knapp, »vor allem, da ihr Ben umbringen werdet, sobald wir ihn mit den anderen ausgetauscht haben, oder?«

Der SPIDER-Agent zögerte einen Moment lang, bevor er antwortete. Auf so eine direkte Frage war er offenbar nicht vorbereitet gewesen. »Na ja … ähm … Das liegt ganz an Ben. Er kann immer noch gerne das sehr großzügige Angebot annehmen, das wir ihm gemacht haben. Aber um ehrlich zu sein, haben wir es langsam ein bisschen satt, auf seine Entscheidung zu warten.«

»Könntet ihr mich an seiner statt nehmen?«, fragte Erica. »Ich bin ein viel besserer Spion als er. Ehrlich gesagt, hat der Junge die Kampffähigkeiten eines Meerschweinchens.«

Alexander sah Erica an, unfähig den Schock darüber zu verbergen, was sie da sagte. Erica schüttelte den Kopf und ließ ihn wissen, dass sie das nicht wirklich ernst meinte.

»Stimmt«, antwortete der SPIDER-Agent. »Und ich muss sagen, dass das ein sehr verlockendes Angebot ist. Aber Tatsache ist, dass Ben ein paar sehr besondere Fähigkeiten besitzt, die du nicht hast. Fähigkeiten, denen er sich möglicherweise selbst nicht bewusst ist.«

»Zum Beispiel?«, fragte Erica.

Der SPIDER-Agent lachte. »Netter Versuch, Hale. Aber so dumm bin ich nicht. Jetzt geh und finde Ben. Wir sehen dich in zwei Tagen.«

Daraufhin war die Funkverbindung tot.

Erica sah mich fragend an. »Ich nehme an, du hast noch nicht herausgefunden, was diese unglaublich fantastischen Fähigkeiten sind?«

»Nein«, gab ich zu und hatte das Gefühl, dass ich sie hängenließ. Ich zermarterte mir das Hirn und versuchte an alle unglaublichen Dinge zu denken, die ich je vollbracht hatte. Ja, ich konnte recht komplizierte Multiplikationen und Divisionen im Kopf durchführen, aber wie Erica schon gesagt hatte, konnte jeder mit einem Taschenrechner zum gleichen Ergebnis kommen. Soweit ich wusste, konnte ich weder instinktiv Codes knacken noch Computer hacken noch Ninjas unschädlich machen. »Was ich nicht verstehe, ist, wie SPIDER von dieser Fähigkeit wissen kann, wenn nicht mal ich von ihr weiß?«

»Murray Hill«, sagte Alexander. »Er hat dich offensichtlich genauestens beobachtet, während er als Maulwurf gearbeitet hat.«

Erica sah ihren Vater verwundert an.

Er schenkte ihr ein stolzes Lächeln. »Siehst du? Dein alter Vater ist vielleicht doch kein so großer Trottel, wie du glaubst.«

»Sogar eine kaputte Uhr zeigt zweimal am Tag die richtige Uhrzeit an«, gab Erica zurück, und Alexanders Stimmung war sofort wieder im Keller.

Erica nahm die Karte vom Tisch und kletterte schnell durch die Falltür. »Kommt schon«, sagte sie. »Wir müssen los.«

Alexander und ich hasteten ihr die Treppe hinunter hinterher. »Wie schwer wird es werden, in zwei Tagen beim Treffpunkt für den Austausch der Geiseln zu sein?«, fragte ich.

»Oh, gar nicht schwer«, sagte Erica. »Es ist gar nicht so

weit. Ich hab nur geblufft. Wir könnten locker in einem Tag dort sein, wenn wir müssten.«

»Warum hast du dann um zwei Tage gebeten?«, fragte Alexander.

»Weil wir nicht gleich dort hingehen«, erwiderte Erica in einem Tonfall, in dem man einem Zweijährigen etwas erklären würde. »Wir müssen vorher noch woanders vorbei.«

»Und ist das der Grund, warum wir es so eilig haben?«, fragte ich.

»Nein«, sagte Erica. »Jetzt verschwinden wir erst mal aus dem Feuerwachturm, bevor SPIDER ihn angreift.«

Alexander schnappte überrascht nach Luft und legte einen Zahn zu. »Glaubst du, das könnte wirklich passieren?«

»Wenn es um SPIDER geht, könnte alles passieren.« Erica erreichte das Erdgeschoss als Erste und führte uns in die Sicherheit des Waldes. »Mit einem Amateurfunkgerät einen genauen Standort zu bestimmen, ist nicht so einfach wie mit einem Handy, aber es ist machbar. Oder zumindest könnten sie sich denken, dass sich in der Nähe nicht viele Funkgeräte befinden, und daraus schließen, dass wir eins davon benutzt haben.«

»Aber sie *wussten*, dass wir ein Funkgerät benutzen würden, oder?«, warf ich ein. »Sie haben unseren Anruf bei der CIA im selben Moment abgefangen, in dem wir ihn getätigt haben.«

»Ich glaube nicht, dass sie mit Sicherheit wussten, dass wir ein Funkgerät benutzen würden«, erklärte Erica. »Ich glaube, SPIDER war wie immer auf alle Eventualitäten vorbereitet. Sie haben bestimmt alle Kommunikationskanäle überwacht. Ich wette, dass sie unsere Nachricht auch abgefangen hätten, wenn wir ein Handy benutzt hätten. Oder einen Münzfernsprecher. Oder eine E-Mail.«

»Wie viel Zeit, glaubst du, haben wir, bevor sie hier auftauchen?«, fragte Alexander.

»Das hängt davon ab, wen sie uns hinterherschicken«, antwortete Erica. »Wenn es eine Sturmtruppe ist, dann etwa eine halbe Stunde. Wenn es ein Helikopter ist, dann ein oder zwei Minuten …«

Plötzlich war aus der Ferne ein lautes Röhren zu hören. Durch die Bäume erspähte ich etwas, das durch den Himmel auf uns zuraste und eine schwarze Rauchspur hinter sich herzog. Es legte die Kilometer, die uns voneinander trennten, in Sekunden zurück.

»Aber wie es aussieht, verfügen sie über eine Fernlenkrakete«, sagte Erica. »Wir sollten rennen.«

Sie preschte blitzartig los. Alexander und ich folgten ihr.

Die Rakete sauste kreischend über unsere Köpfe hinweg, krachte in den Ausguck und explodierte.

Die Druckwelle der Explosion warf uns nach vorne und riss uns beinahe von den Füßen. Ein Schwall ofenheißer Luft schmorte meinen Hintern an. Flammende Trümmer regneten auf uns herab. Verbogene rotglühende Metallstücke krachten auf die Erde um uns herum.

Ein toter Baum, den die Explosion umgeknickt hatte, wurde durch einen Blitzschlag zersplittert, als wir daran vorbeirannten.

»Passt auf!«, schrie ich.

Wir sprangen alle in Deckung, als der Baum umfiel. Der Stamm prallte genau an der Stelle auf die Erde, an der ich noch vor einer Sekunde gestanden hatte.

Und dann war alles vorbei. Oder zumindest das große Feuerwerk. Alle großen Trümmer waren auf dem Boden gelandet, auch wenn noch Tausende brennende Papierstücke vom Himmel herunterflatterten. Der Wachturm bestand jetzt nur noch aus vier enthaupteten, verkohlten und krummen Stützbalken, die wie ein sehr schlechtes modernes Kunstwerk aussahen. Obwohl es mir von der Explosion immer noch in den Ohren schallte, war es danach erstaunlich still.

Erica und Alexander tauchten unverletzt neben dem umgefallenen Baum auf – auch wenn Alexander in einen Busch gesprungen war und nun Blätter ausspuckte.

Etwas, das Erica gesagt hatte, kurz bevor wir den Turm verlassen hatten, war endlich zu mir durchgedrungen. »Hast du gesagt, dass wir noch woandershin müssen, bevor wir die Geiseln austauschen?«

»Ja.«

»Wohin?«

»Ist das nicht völlig klar?«, fragte Erica. »Wir müssen herausfinden, ob Murray Hill wirklich noch im Gefängnis sitzt oder nicht.«

Aber bevor ich sie bitten konnte, mir zu erklären, warum wir das tun mussten, fing der Wald an zu brennen.

Transport

Wardensville, West Virginia,
und Umgebung
14. Juni
15:00 Uhr

Der Wald um uns herum war ein Pulverfass, das nur noch auf ein Streichholz wartete. Es brauchte lediglich ein brennendes Stück Papier, das auf genau der richtigen Stelle landete, und schon waren wir von Flammen umgeben.

Etwas Gutes hat ein Waldbrand aber: Jede Rettungsmannschaft in einem Umkreis von hundertsechzig Kilometern wird auf einen aufmerksam.

Zum Glück handelte es sich bei dem Waldstück, das in Brand geraten war, um ein relativ kleines Fleckchen, das von viel Freifläche umgeben war. Wir entkamen den Flammen mit nur leicht angesengten Haaren und kampierten dann in einiger Entfernung auf einem kahlen Gipfel im Freien. Der erste Rettungshelikopter erschien schon bald am Horizont.

»Warum ist es so wichtig, Murray gerade jetzt zu überprüfen?«, fragte ich und wedelte wild mit den Armen, um den Helikopter auf uns aufmerksam zu machen. »Sollte unsere Priorität nicht erst mal sein, die anderen zu retten?«

»Nein, unsere Priorität ist, SPIDER unschädlich zu machen. Wir müssen herausfinden, was sie vorhaben: Warum brauchen sie dich so unbedingt? Und was geht da mit Murray Hill ab?« Erica machte einen Reißverschluss an ihrem Tarnanzug auf. Im Innern war ein großes Stück silbernes Material eingenäht, das sie benutzte, um die Sonne zum Helikopter zurückzuwerfen. Es war viel effektiver, als mit den Armen zu wedeln. Der Helikopter bemerkte es schnell und drehte in unsere Richtung ab.

»Murray könnte der Schlüssel zu der ganzen Sache sein«, fuhr Erica fort. »Und wenn wir herausbekommen, was SPIDERs Pläne sind, müssen wir dich vielleicht erst gar nicht gegen deine Freunde austauschen.«

»Klingt gut«, sagte ich. Ich war nicht sonderlich scharf darauf, an SPIDER ausgeliefert zu werden.

»Noch eine Sache«, warnte uns Erica, als der Helikopter sich senkte. »Erzählt niemandem, was hier los ist.«

»Ich bin mir nicht sicher, ob das die beste Vorgehensweise ist«, erwiderte Alexander. »Wenn bei der Sache mit Murray Hill nichts herauskommt, werden wir eine Menge Hilfe brauchen, um deine Freunde zu retten …«

»Erstens sind sie nicht meine Freunde, sondern meine Mitschüler«, blaffte Erica ihn an. »Und zweitens bist du ein Idiot. SPIDER hat gesagt, dass wir allein kommen sollen, weil sie sonst alle umbringen. In dem Moment, in dem wir jemandem auch nur ein Wort von der ganzen Sache erzählen, verlieren wir die Kontrolle über die Situation. Sie werden die Polizei anrufen, die dann den Sheriff anrufen wird, der wiederum das FBI einschalten wird, und bevor wir wissen, was los ist, wird es hier nur so von Leuten wimmeln. SPIDER hat überall Augen und Ohren. Wenn wir uns nicht an ihre Befehle halten, werden sie es herausfinden.«

»Wenn wir die richtigen Leute bei der CIA kontaktieren, wird SPIDER überhaupt nichts mitbekommen«, gab Alexander zurück.

»Soweit wir wissen, überwacht SPIDER momentan jegliche Kommunikation mit der CIA. Wir haben keine Möglichkeit, die Agency zu kontaktieren, ohne dass SPIDER davon erfährt.«

»Dann werden wir uns wohl darauf einigen müssen, dass wir uns uneinig sind«, erwiderte Alexander.

Erica konnte sich nicht weiter mit ihm darüber streiten, weil der Helikopter jetzt so nah war, dass der Lärm ohrenbetäubend war. Er landete in der Nähe und wirbelte Kies und Erde auf, die unsere Haut sandstrahlte. Wir sprangen in den Helikopter, der uns schnellstens wegbrachte.

In der Helikopterkabine kam einem das Dröhnen der Rotoren so vor, als hätte man einen Presslufthammer in jedem Ohr. Wir setzten alle Kopfhörer auf, um den Lärm zu dämpfen, mussten aber trotzdem schreien, um uns gegenseitig zu verstehen.

»Ist mit euch alles in Ordnung?«, brüllte der Pilot.

»Ja!«, brüllten wir zurück.

»Ihr seid schrecklich weit entfernt von jeglicher Zivilisation«, sagte der Pilot. »Was habt ihr hier draußen gemacht?«

»Wir sind gewandert!«, erwiderte Erica, bevor Alexander irgendetwas anderes sagen konnte.

»Wisst ihr, was das Feuer verursacht hat?«, fragte der Pilot.

»Nein …«, setzte Erica an, doch dann legte ihr Alexander eine Hand über den Mund.

»Es war eine feindliche Fernlenkrakete!«, sagte er. »Ich arbeite für die CIA, und in diesen Bergen wimmelt es nur so von Feinden der Demokratie. Ich muss Ihr Funkgerät benutzen, um sofort das Hauptquartier zu kontaktieren … Uff!«

Er verstummte, als Erica ihm den Ellbogen in den Solarplexus rammte, was ihm den Atem verschlug.

»Leider wurde mein Vater von einem brennenden Trümmerteil am Kopf getroffen«, erklärte Erica dem Piloten. »Seitdem erzählt er nur wirres Zeug. Er ist nicht bei der CIA. Er ist Kieferorthopäde.«

Da dies nach einer viel plausibleren Geschichte klang, als dass Feinde der Demokratie wahllos Feuerwachtürme mit Fernlenkraketen in die Luft jagten, kaufte der Pilot ihr das ab. »Keine Sorge!«, beruhigte er Erica. »Sobald wir landen, wird dein Vater medizinisch versorgt!«

Obwohl wir acht Stunden gebraucht hatten, um den Wachturm mit dem Bus, schwimmend und wandernd zu erreichen, waren wir durch die Luft nur zehn Minuten von der nächsten Stadt entfernt. Der Helikopter landete neben einem Wasserspeicher, wo die Bemühungen, den Waldbrand zu löschen, bereits in vollem Gang waren. Tankflugzeuge schöpften Wasser und flogen los, um das Feuer damit zu bombardieren. Anderes Rettungspersonal war ebenfalls vor Ort: Feuerspringer, Parkaufseher und eine ganze Reihe von Gesetzeshütern von Deputy Sheriffs bis hin zu örtlichen Polizisten. Der Pilot hatte über Funk Ericas Bitte um medizinische Hilfe gemeldet, sodass bereits ein Krankenwagen mit zwei Rettungssanitätern auf uns wartete. Sie eilten an Alexanders Seite, als er aus dem Helikopter kletterte.

»Wie geht es Ihrem Kopf, Sir?«, fragte einer, während er Alexanders Vitalfunktionen überprüfte.

»Meinem Kopf geht es gut«, erwiderte Alexander. »Es ist die Sicherheit unseres Landes, die in Gefahr ist. Ich muss mir Ihr Telefon ausleihen, um sofort die CIA anzurufen.«

»Er sagt so ein Zeug, seit ihn das Trümmerteil getroffen hat«, sagte Erica und tat dann so, als würde sie in Tränen ausbrechen.

»Mach dir keine Sorgen, Kleine«, beruhigte sie der zweite Rettungssanitäter. »Es wird ihm bald wieder gut gehen. Er scheint keine Gehirnerschütterung zu haben. Manchmal kann so eine traumatische Erfahrung zu vorübergehenden Wahnvorstellungen führen.«

Dann packten die Rettungssanitäter Alexander bei den Armen und schleppten ihn zum Krankenwagen.

»Ich habe keine Wahnvorstellungen!«, brüllte Alexander. »Ich bin ein hochdekorierter CIA-Agent!«

»Natürlich sind Sie das«, sagte der erste Rettungssanitäter besänftigend. »Ich bin sicher, Sie haben die Welt schon mehrmals gerettet.«

»Beschwichtigen Sie mich nicht!«, blaffte Alexander ihn an. »Ich kann beweisen, dass ich ein Agent bin.«

»Echt?«, fragte Erica. »Hast du irgendeinen offiziellen Ausweis?«

»Das weißt du ganz genau«, antwortete Alexander und lief dann rot an, als ihm etwas bewusst wurde. »Er ist bloß im Fluss weggespült worden. Aber wenn wir die CIA anrufen, kann dort jemand bestätigen, wer ich bin.«

Die Rettungssanitäter tauschten skeptische Blicke und steckten Alexander dann hinten in den Krankenwagen.

»Würde es Sie stören, wenn wir mit ihm hinten mitfahren?«, fragte Erica und setzte ihr bestes Besorgte-Tochter-Gesicht auf.

»Überhaupt nicht«, sagte der zweite Rettungssanitäter. »Fasst nur nichts an.«

»Würde mir im Traum nicht einfallen«, erwiderte Erica.

Wir hüpften hinten in den Krankenwagen, und die Rettungssanitäter schlossen uns ein. Alexander rief ihnen weiter lauthals zu, als sie sich vorne reinsetzten, und flehte sie an, die CIA anzurufen. Während alle abgelenkt waren, öffnete Erica hinten im Krankenwagen schnell eines der Schränkchen, fand eine Ampulle mit einem Beruhigungsmittel, füllte eine Spritze damit und stieß sie flugs in Alexanders Hintern.

»Au!«, brüllte er und wirbelte zu Erica herum. »Hast du mich gerade mit etwas gestochen?«

»Es war ein Moskito«, sagte Erica und schlug sich dann auf den Hals, als hätte sie gerade ein Insekt erwischt, das sie gestochen hatte. »Autsch. Mich hat auch gerade einer erwischt.«

Alexander schwankte. Das Beruhigungsmittel wirkte schnell. »Du *hast* mir etwas gespritzt«, sagte er und konnte nur noch lallen. »Wie kannst du es wagen, Erica? Ich bin dein … dein … Vatttttmmmmpf.« Er schlief ein, bevor er den Satz zu Ende sprechen konnte, und fiel nach vorne in unsere Arme. Wir legten ihn auf eine Krankentrage und schnallten ihn für die Fahrt fest.

»Ist hinten alles in Ordnung?«, rief der erste Rettungssanitäter uns zu.

»Ja«, antwortete Erica. »Mein Vater ist gerade eingeschlafen. Ich glaube, der ganze Stress war zu viel für ihn.«

»Keine Panik«, sagte der Rettungssanitäter. »Wir sind schon bald im Krankenhaus.«

Die Stadt war klein, und der Krankenwagen brachte uns mit heulender Sirene in weniger als zehn Minuten zur örtlichen Ambulanz. Die Rettungssanitäter rollten die Krankentrage mit Alexander darauf hinein und stellten sie im Flur neben der Notaufnahme ab. Dann stellten sie Erica ein paar Fragen über die Krankenversicherung ihres Vaters, und sie tat so, als könnte sie keine einzige beantworten. Dann gab sie ihnen einen falschen Namen und eine falsche Sozialversicherungsnummer für ihren Vater an. Sie reichten ihr die Unterlagen, ließen uns mit einer Krankenschwester allein und gingen.

Für so eine kleine Gemeinde war in der Ambulanz überraschend viel los. »Die Sommerferien haben gerade angefangen«, erklärte uns die Krankenschwester. »Junge Leute kommen zu den Zeltlagern. Die Leute aus der Stadt fahren raus in ihre Sommerhütten. Und alle verletzen sich auf die einfallsreichsten Arten. Wir haben Verstauchungen, Verbrennungen, Knochenbrüche, Sonnenbrände, von giftigem Efeu verursachte Ausschläge, Fälle von Dehydrierung, zwei Leute, die beinahe ertrunken wären, und einen Mann, der von einem tollwütigen Streifenhörnchen angegriffen wurde. Da dein Vater bloß an Wahnvorstellungen leidet, kann es eine Weile dauern, bis wir ihn untersuchen können.« Damit eilte sie davon, um sich um einen Mann zu kümmern, der sich auf seinem eigenen Angelhaken aufgespießt hatte.

Erica sah sich auf dem Flur um. Alle waren mit ihren eigenen Verletzungen beschäftigt oder versuchten, eine Krankenschwester abzufangen, sodass uns niemand beachtete. »Nimm die Füße meines Dads«, sagte sie zu mir. »Wir verschwinden von hier.«

Bevor ich auch nur anfangen konnte, zu protestieren, hatte sie Alexander bereits von der Trage losgemacht und ihre Arme unter seine gehakt. Ich packte seine Füße, und wir schleppten ihn den Flur hinunter. »Wie sieht denn dein Plan aus?«, fragte ich.

»Im Moment hab ich keinen«, gab Erica zu. »Ich hatte gehofft, Dad nicht betäuben zu müssen, aber manchmal ist der Mann einfach uneinsichtig.«

Einer der Krankenhausrollstühle stand unbenutzt um die nächste Ecke. Wir ließen Alexander hineinplumpsen, und Erica rollte ihn schnell auf den Ausgang zu. »Soweit ich das sagen kann, sind wir in Wardensville, West Virginia«, sagte sie.

»Woher weißt du das …?«

Erica reichte mir die Unterlagen, die man ihr gegeben hatte. Oben stand: VICEROY AMBULANZ. WARDENSVILLE, WEST VIRGINIA. Erica führte mich durch die Schiebeglastüren hinaus auf den Parkplatz. »Jetzt brauchen wir erst mal ein Transportmittel. Steh Schmiere.« Erica stellte den Rollstuhl hinter einem klapprigen alten Auto ab. In Sekundenschnelle hatte sie die Fahrertür aufgebrochen und war unter dem Lenkrad abgetaucht.

Ich ließ den Blick über den Parkplatz schweifen, um sicherzugehen, dass uns niemand beobachtete. Was niemand tat. Die einzigen anderen Leute in der Nähe eilten alle zur Notaufnahme. »Stiehlst du etwa dieses Auto?«, flüsterte ich.

»Ich borg es mir«, berichtigte Erica. »Vorübergehend. Ich weiß, dass es moralisch ein wenig fragwürdig ist, aber wie Alexander schon gesagt hat: Die Sicherheit unseres Landes ist in Gefahr.« Der Motor erwachte mit einem Dröhnen zum Leben, als Erica ihn kurzschloss. »Okay, schaff Dad ins Auto.«

»Erica, bist du sicher, dass wir das Richtige tun?«

»Hundertprozentig. Jetzt hör auf, so viele Fragen zu stellen. Ich hab eine große Menge Betäubungsmittel aus dem Krankenwagen mitgehen lassen. Wenn ich muss, setz ich dich auch außer Gefecht.«

Ich öffnete die Hintertür, kippte Alexander aus dem Rollstuhl auf den Rücksitz und sprang dann vorne neben Erica auf den Beifahrersitz. Es hatte keinen Zweck, sie zu fragen, ob sie fahren konnte. Erica hatte einmal drei SPIDER-Agenten unschädlich gemacht, während sie gleichzeitig einen fahrenden Kleinbus lenkte. Sie drückte aufs Gas, bevor ich mich überhaupt angeschnallt hatte.

»Weißt du noch, wo Murray eingesperrt ist?«, fragte sie.

»Die Apple-Valley-Besserungsanstalt für jugendliche Straftäter.«

»Gut. Die befindet sich in einer Stadt namens Vaughn, Virginia. Ist da eine Karte im Auto?«

Ich öffnete das Handschuhfach. Da war eine Karte, zusammen mit etwas Kleingeld und einem halb aufgegessenen Schokoriegel. Ich war so hungrig, dass ich mir sogar überlegte, den Riegel zu essen. Ich ließ es schließlich bleiben, was aber weniger mit Selbstbeherrschung zu tun hatte, als vielmehr damit, dass ich vor Erica nicht wie ein Schwein erscheinen wollte. Ich schaute mir die Karte an. »Wie's aussieht, liegt das ein, zwei Stunden von hier.«

Erica nahm die Karte und prägte sich die Strecke in wenigen Sekunden ein. Dann fuhr sie vorsichtig durch die Stadt und achtete darauf, die Geschwindigkeitsbeschränkung nicht zu überschreiten oder irgendwelche Stoppschilder zu überfahren. Alexander schnarchte auf dem Rücksitz.

»Hast du eine Ahnung, wie lange er weggetreten bleiben wird?«, fragte ich.

»Auf jeden Fall, bis wir Vaughn erreichen, denke ich.«

»Glaubst du, SPIDER weiß, dass wir den Raketenangriff überlebt haben?«

»Bestimmt. Daran besteht kein Zweifel.«

»Warum?«

»Weil sie nicht versucht haben, uns umzubringen.«

»Sie haben eine Rakete auf uns losgelassen!«

»Die Geschwindigkeit einer Rakete dieses Typs beträgt etwa achthundert Meter pro Sekunde – ihre Reichweite hingegen beträgt nur etwa fünfzig Kilometer. Daher kann sie nicht länger als sechzig Sekunden in der Luft bleiben. Und doch hat sie den Turm erst über eine Minute, nachdem ich den Funkspruch beendet hatte, getroffen …«

»Was bedeutet, dass sie wussten, wo wir sind, lange bevor sie sie abgefeuert haben«, schloss ich.

»Genau. Sie haben uns Zeit gegeben, zu entkommen.«

»Warum haben sie die Rakete dann überhaupt abgefeuert?«, fragte ich.

»Um uns wissen zu lassen, dass sie es ernst meinen«, erwiderte Erica. »Es ist eine Warnung: Sie können uns aus dem Weg räumen, wann immer sie wollen, egal, wo wir sind. Deshalb sollten wir lieber tun, was sie sagen, und nicht versuchen, sie hinters Licht zu führen.«

Wir erreichten die Stadtgrenze von Wardensville. Die Hauptstraße wurde zu einer Bundesautobahn, und Erica drückte aufs Gas.

Ich fragte: »Wenn SPIDER weiß, dass wir noch am Leben sind, glaubst du, dass sie dann auch wissen, wo wir jetzt sind?«

Erica starrte ein paar Sekunden lang nachdenklich durch die Windschutzscheibe, bevor sie antwortete. »Das bezweifle ich – obwohl ich nichts mit Sicherheit sagen kann, was diese Organisation betrifft. Aber sie können nicht *überall* Leute haben. Sie könnten wissen, dass wir mit dem Helikopter geflogen sind, aber aller Wahrscheinlichkeit nach hatten sie niemanden vor Ort, als wir gelandet sind. Wir haben uns sehr schnell fortbewegt – und im Moment scheint uns niemand zu verfolgen.«

Ich blickte instinktiv in den Rückspiegel, um mich zu vergewissern. Die Straße war lang und leer. Hinter uns war niemand.

Trotzdem konnte ich mich nicht entspannen. Von einer feindlichen Organisation Todesdrohungen zu erhalten, hat diese Wirkung. Ich fragte mich ununterbrochen, was das Ganze sollte. Aus welchem Grund brauchte SPIDER mich so unbedingt, dass sie bereit waren, all diesen Ärger auf sich zu nehmen? Was konnte ich für sie tun? Was um alles in der Welt hatten sie vor? Ich setzte dazu an, Erica eine weitere Frage zu stellen, aber sie schnitt mir das Wort ab.

»Ich versuche, hinter die ganze Sache zu kommen, Ben. Ich brauche nur etwas Zeit zum Nachdenken. Sobald ich mir etwas überlegt habe, sag ich Bescheid.«

Ich nickte und richtete meine Aufmerksamkeit wieder auf die Straße vor uns, während ich selbst auch versuchte, das Ganze zu verstehen. Ehrlich gesagt, wollte ich nicht nur einfach herausfinden, warum SPIDER mich wollte; ich wollte es *vor* Erica herausfinden. Ich wollte sie beeindrucken. In den letzten paar Stunden war sie der Held und ich das Fräulein in Nöten gewesen, das ständig gerettet werden musste. Es wäre nett gewesen, sie daran zu erinnern, dass ich nicht bloß Ballast war.

Leider wollte mir einfach nichts einfallen. Schlimmer noch, Erica auch nicht – oder wenn doch, behielt sie es für sich. Sie sagte während der restlichen Fahrt kein Wort.

Wir erreichten Vaughn in einer Stunde und dreißig Minuten. Wie sich herausstellte, war es eine ländliche Farmergemeinde, die in ein Tal zwischen zwei bewaldeten Bergkämmen geschmiegt war. Es gab nur einen Ort in der Stadt, an dem man übernachten konnte, ein kleines Motel, das aussah, als hätte es gerade nur für den Sommer geöffnet. »Behalt meinen Vater im Auge«, sagte Erica zu mir. »Ich besorge uns ein Zimmer.«

»Wie?«, fragte ich. »Wir haben kein Geld.«

»Nein«, antwortete sie. »*Du* hast kein Geld. Ich schon.« Sie zog ein Bündel Scheine hervor.

»Wo hast du das her?«, wollte ich wissen.

»Von unseren Rettungssanitätern«, erwiderte sie.

»Du hast sie bestohlen?«

»Ich musste, Ben. Das ist eine Krisensituation.« Erica schenkte mir ein Lächeln und verschwand im Büro des Motels.

Ich beobachtete sie durchs Fenster. Der Motelangestellte schien ein wenig misstrauisch, dass ein junges Mädchen ein Zimmer mietete, aber sein Misstrauen verschwand, als Erica durch das Fenster auf ihren Vater auf dem Rücksitz zeigte. Innerhalb von zwei Minuten war Erica wieder beim Auto mit einem Zimmerschlüssel und einer Rolle Klebeband. »Die hat mir der Mann am Empfang gegeben«, erklärte sie. »Ich hab gesagt, wir bräuchten Klebeband, um die Stoßstange festzumachen.«

»Und wozu ist es wirklich?«, fragte ich.

»Ist das nicht offensichtlich?«, erwiderte sie. »Sicherheit.«

Befragung

Vaughn, Virginia
14. Juni
18:00 Uhr

Viele Spione werden einem versichern, dass es nichts Nützlicheres und Effektiveres gibt als Klebeband. Man kann damit Knochenbrüche schienen, Waffen reparieren, Beweismaterial aufsammeln, Kleidung flicken, Blutungen stillen, Sprengstoff befestigen, elektrische Schaltungen versiegeln, Warzen entfernen, Zelte wasserdicht machen und ja, sogar Dinge kleben. Professor Crandall, mein Lehrer in Selbsterhaltung, hatte einmal gesagt, dass man sich mit Klebeband kugelsicher machen könnte, wenn man genug davon um seinen Körper wickelt. (Es war unhandlicher als Kevlar, aber wesentlich leichter aufzutreiben, falls Leute versuchten, einen umzubringen.)

Erica und ich verwendeten es, um Alexander Hale an einen Stuhl in unserem Motelzimmer zu binden. Ich hatte ein schlechtes Gewissen deswegen, doch Erica beharrte darauf. »Ich muss die Gegend ein wenig auskundschaften, und ich will nicht, dass Alexander ohne meine Erlaubnis irgendwohin geht«, erklärte sie. »Er wird nur noch mehr Ärger machen.«

Also setzten wir ihn auf den Stuhl, machten seine Fußgelenke an jeweils einem Stuhlbein fest und wickelten dann den Rest des Klebebands um seinen Oberkörper und die Rücklehne, sodass er die Arme nicht bewegen konnte. Währenddessen schlief er tief und fest.

»Bewach ihn«, befahl mir Erica. »Ich bin bald wieder da.« Damit steuerte sie auf die Tür zu.

»Warte!«, sagte ich. »Wohin gehst du?«

Erica hielt inne. »Wohin glaubst du denn?«

»Die Apple-Valley-Besserungsanstalt für jugendliche Straftäter.«

»Gut geraten.«

»Kann ich nicht mitkommen? Dein Vater kann sich nicht vom Fleck rühren.«

»Nein, aber er könnte trotzdem zum Problem werden. Er könnte um Hilfe rufen. Oder versuchen, sich zu befreien, indem er wild durch die Gegend hüpft, und sich dabei verletzen. Außerdem wird er wahrscheinlich Hunger und Durst haben, wenn er aufwacht, und dann wird ihn jemand füttern müssen.«

»Na ja, solltest du das nicht tun? Du bist immerhin seine Tochter. Und es war deine Idee, ihn zu betäuben und mit Klebeband festzubinden, nicht meine.« Die Wahrheit war, dass ich nicht in der Nähe sein wollte, wenn Alexander wieder zu sich kam und feststellte, dass er ein Gefangener war. »Ich könnte mich um das Auskundschaften kümmern, und du könntest mit deinem Vater hierbleiben, dich ausruhen und … äh … dich mal richtig mit ihm aussprechen.«

Erica kniff die Augen zusammen. »Hast du auch nur die geringste Ahnung, wie man unauffällig in eine Haftanstalt der Sicherheitsstufe vier eindringt?«

»Nicht wirklich«, gab ich zu.

»Das ist genau der Grund, warum *ich* das Auskundschaften übernehme. Keine Sorge, ich werde nichts Lustiges ohne dich machen. Ich werde nicht lange weg sein.« Erica drückte mir ein paar zerknitterte Scheine in die Hand. »Das sollte reichen, um eine Pizza und ein paar Getränke zu kaufen. Mein Vater wird wahrscheinlich alles tun, um dich zu überzeugen, ihn loszuschneiden. Egal, wie nett er ist, lass ihn nicht frei.«

»Was ist, wenn er aufs Klo muss?«, fragte ich.

»Alexander hat behauptet, dass er einmal bei einer Mission in Djakarta drei Tage lang nicht aufs Klo gegangen ist. Er sollte es also locker ein paar Stunden aushalten können. Warte nicht auf mich und geh schlafen.«

Bevor ich auch nur ein weiteres Wort des Protests von mir geben konnte, war Erica aus der Tür.

Ich betrachtete meine Umgebung. Unser Motelzimmer war nicht unbedingt eine Absteige, aber schrecklich nah dran. Anscheinend fuhren Leute nicht nach Vaughn in den Urlaub. Stattdessen machten sie hier auf ihrem Weg woandershin nur einen Zwischenstopp, weil sie zu müde waren, um weiterzufahren. Da waren zwei Betten mit uralten

Matratzen, die in der Mitte so stark durchhingen, als hätten Nashörner darauf geschlafen. Dann gab es noch eine kleine Holzkommode, wobei zwei der drei Schubladen klemmten. (Was nicht wichtig war, da wir sowieso keine Kleider zum Wechseln dabeihatten.) Und auf einem dünnen Tischchen stand ein kleiner Fernseher, der älter war als die Erfindung der Fernbedienung.

Das Bad war so klein, dass man sich kaum darin drehen konnte. Da war eine angeschlagene Toilette, über der ein Streifen mit der Aufschrift ZU IHREM SCHUTZ DESINFIZIERT klebte, was eindeutig gelogen war. Die Dusche sah nicht viel besser aus, aber da ich schmutzig und meine Kleidung immer noch etwas feucht war, und ich auch sonst nichts zu tun hatte, benutzte ich sie. Etwa vier Minuten lang war es sogar nett und beruhigend. Dann gab es plötzlich kein heißes Wasser mehr, und ich wurde sofort mit einem eiskalten Strahl übergossen, der sich anfühlte, als hätte man ihn direkt vom Nordpol hierhergepumpt. Ich sprang aus der Dusche und stellte zu meinem Entsetzen fest, dass das Personal es versäumt hatte, Handtücher in unser Zimmer zu legen.

Ich trocknete mich mit der Bettdecke ab. Dann rief ich den Empfang an und erfuhr, dass es in der Stadt keinen Pizzalieferservice gab. In der Lobby standen aber Verkaufsautomaten, und ich konnte Kleingeld am Empfang wechseln. Daher bestand das Abendessen schließlich aus einer willkürlich zusammengestellten Auswahl an Chips, Nüssen und Kräckern, von denen viele noch lange nach ihrem Verfallsdatum im Automaten gesteckt hatten.

Ich hatte nichts zu lesen und kein Handy, mit dem ich mir die Zeit vertreiben konnte. Das Motel behauptete, es hätte Kabelfernsehen, aber auch wenn das der Wahrheit entsprach, konnte der Fernseher in unserem Zimmer es nicht zeigen. Jeder Kanal sendete bloß weißes Rauschen.

Also beschloss ich, dass ich genauso gut ins Bett gehen konnte. Es war noch nicht so spät, aber es war ein anstrengender Tag gewesen und morgen versprach, genauso zu werden. Ich schmiegte mich in den Krater in der Mitte einer der durchhängenden Matratzen und schlief sofort ein.

Einige Zeit später wurde ich von Alexanders Stöhnen geweckt.

»Ohhh. Mein Kopf.«

Ich kam langsam zu mir und stellte fest, dass es fast vier Uhr morgens war. Zu meiner Überraschung lag Erica nicht in ihrem Bett.

Alexander war noch nicht ganz wach. Er fing gerade erst an, aus dem benebelten Zustand seiner Betäubung herauszukommen. »Mein Kopf bringt mich um. Was ist passiert?«

»Sie, äh … wurden außer Gefecht gesetzt.« Ich fand, dass das im Grunde genommen stimmte und daher nicht unbedingt gelogen war.

Alexander schlug die Augen auf, obwohl es ihn offenbar einige Anstrengung kostete. Er sah sich verwirrt im Raum um. »Wo bin ich?«

»In einem Motel in Vaughn, Virginia.«

»Ist das in der Nähe von Washington?«

»Nein. Eigentlich ist es in der Nähe von nirgendwo.«

Alexander gähnte. Als er versuchte, sich die Hand vor den Mund zu halten, bemerkte er schließlich, dass sein Arm an seinen Oberkörper geklebt war. Plötzlich war er hellwach, doch er schien jetzt noch verwirrter zu sein als in seinem benommenen Zustand. »Was zum …? Was ist los? Warum bin ich festgebunden? Benjamin! Bist du ein Doppelagent von SPIDER?«

»Nein«, sagte ich.

»Genau das würde jemand von SPIDER sagen«, erwiderte Alexander höhnisch. Er kämpfte wild gegen das Klebeband an. Es hielt. »Schneid mich sofort los! Oder ich lasse die volle Macht der US-Streitkräfte auf dieses Motel los!«

»Alexander, ich weiß, dass das nicht stimmt. Und ich bin kein Doppelagent. Ich bin auf Ihrer Seite.«

»Warum hast du mich dann an den Stuhl gefesselt?«

»Es war die Idee Ihrer Tochter. Sie dachte, dass Sie so weniger Ärger verursachen würden.«

Alexander hörte auf, sich zu sträuben. Jeglicher Kampfgeist verließ ihn auf der Stelle. Die Wut in seinen Augen wurde schnell durch Traurigkeit und Scham ersetzt. »Das hat sie? Wirklich?«

»Wirklich.«

»Warum?«

Ich überlegte krampfhaft, wie ich das alles mit Feingefühl erklären könnte, aber vergeblich. Mir fiel nichts Besseres ein als: »Ich glaube, Sie wissen, warum.«

Alexander wurde noch etwas trauriger. »Wo ist Erica jetzt?«

»Sie kundschaftet Apple Valley aus.«

Alexander sah mich verständnislos an.

»Murray Hill sitzt dort theoretisch im Gefängnis.«

»Wie lange ist sie schon weg?«

»Schon ziemlich lange.«

»Sie könnte in Schwierigkeiten stecken. Mach mich los, damit wir nach ihr suchen können.«

»Ich glaube nicht, dass sie in Schwierigkeiten steckt«, erwiderte ich, obwohl ich mir insgeheim nicht sicher war. Erica war schon viel länger weg, als sie gesagt hatte.

»Na ja, mach mich trotzdem los«, forderte Alexander. »Ich versichere dir, dass ich keinen Ärger machen werde.«

»Tut mir leid. Ich kann nicht. Erica hat es mir befohlen.«

»Ich muss aufs Klo.«

»Ich hab gehört, Sie hätten es in Djakarta einmal drei Tage lang ausgehalten.«

Alexander schluckte. »Äh, ja. Na ja, das war was anderes. Verstehst du, da habe ich ein paar Wochen zuvor eine besondere Kur gemacht, damit meine Nieren lange Wasser halten können …«

»Bevor Sie weiterreden, sollten Sie wissen, dass mir Erica alles über Sie erzählt hat.«

Alexander guckte, als hätte ich ihn geschlagen. Er brauchte eine Weile, um sich zu überlegen, was er als Nächstes sagen sollte. »Was meinst du damit?«

»Sie sagt, dass Sie ein Hochstapler sind.«

»Und das glaubst du ihr?«

»Ja.«

»Warum?«

»Erstens haben Sie mir die Anerkennung für die Ergreifung von Murray gestohlen.«

»Das stimmt nicht. Es war ein sogenannter doppelter Bluff. Es hat nur so *ausgesehen*, als würde mir die CIA glauben, um den Feind hinters Licht zu führen.«

»Alexander, wenn Sie mich weiter so anlügen, kleb ich Ihnen den Mund zu.«

»Hat dir meine Tochter gesagt, dass du mir damit drohen sollst?«

»Nein, das habe ich mir gerade selbst einfallen lassen. Könnten Sie einmal in Ihrem Leben einfach ehrlich sein?« Meine Wut auf Alexander überraschte mich. Vermutlich hatte sie tief in mir geköchelt, seit er die Lorbeeren für Murrays Gefangennahme eingeheimst hatte. Und nachdem er auch noch mein Leben in Gefahr gebracht hatte, kochte sie über.

Alexander dachte über seine Optionen nach. »Machst du mich los, wenn ich ehrlich bin?«

»Nein. Erica würde mich umbringen.«

Alexander nickte und gab mir recht. »Meine Tochter ist ziemlich eigensinnig.«

»Warum ist sie so wütend auf Sie?«, fragte ich.

»Na ja, die Beziehung zwischen Teenagermädchen und ihren Vätern kann sehr schwierig sein. Ich war wohl nicht viel da, als sie klein war, und deshalb ist sie mir gegenüber vielleicht ein wenig feindselig …«

»Das ist der Grund, warum sie allgemein von Ihnen angenervt ist«, sagte ich. »Aber momentan ist das was ganz anderes. Sie *hasst* Sie. Warum?«

»Ich weiß nicht, wovon du sprichst«, gab Alexander zurück, konnte mir aber nicht in die Augen sehen, als er es sagte.

»Ich bin mir ziemlich sicher, dass Sie es wissen«, erwiderte ich. »Bitte. Ich muss es wissen. Da draußen versuchen Agenten von SPIDER, mich in ihre Gewalt zu bringen. Die CIA hat Sie geschickt, um mich zu beschützen, und Erica versucht das auch. Es wäre nett, wenn Sie beide zusammenarbeiten könnten.«

Alexander runzelte die Stirn. Sein Wunsch, das Richtige zu tun, schien mit seiner Neigung, um jeden Preis nach außen gut dastehen zu wollen, im Widerstreit zu stehen. Schließlich lenkte er ein. Er starrte auf den Boden und sagte: »Vor ein paar Wochen ist mir irgendwie eine Aktentasche voller wichtiger, streng geheimer Unterlagen abhandengekommen.«

»Wie? Hat der Feind sie Ihnen gestohlen?«

»Äh … Nein. Ich glaube, ich habe sie in der Toilette von McDonald's stehen lassen. Diese Unterlagen waren recht wichtig, und ich, na ja … Es hätte nicht gut ausgesehen, wenn ich einfach zugegeben hätte, was wirklich passiert war. Deshalb habe ich … ähm … den Verlust mehr oder weniger Erica in die Schuhe geschoben.«

Ich zuckte um Ericas willen zusammen. »Was haben Sie gesagt?«

Alexander begegnete meinem Blick. Er sah kein bisschen aus wie sonst. Anstatt abgebrüht-cool wirkte er jämmerlich-mitleiderregend. Und sein üblicher aalglatter Tonfall war nur noch ein kleinlautes Stottern. »Ich, äh, ich … ich habe der Chefetage erzählt, dass sie meine Aktentasche geknackt hätte, um zu sehen, was drin war, und dann, ähm … ein Glas Milch über die Unterlagen verschüttet und sie zerstört hat.«

Ich hätte nicht gedacht, dass ich noch wütender auf Alexander sein könnte. Aber jetzt spürte ich, wie ich an Ericas Stelle fuchsteufelswild wurde. Ich musste mich wahnsinnig anstrengen, um ruhig zu bleiben. »Und was hat die Chefetage daraufhin getan?«

»Sie, äh … Sie haben einen Tadel in Ericas Schulakte vermerkt.«

»Und das bedeutet?«

»Es bedeutet, dass ihre Chance nach dem Abschluss als Agentin zu arbeiten, … ähm … erheblich gesunken sind.«

Ich ballte die Faust so fest zusammen, dass meine Knöchel weiß wurden. »Also zuerst reißen Sie die Anerkennung für Murrays Gefangennahme an sich, obwohl eigentlich Erica und ich den Löwenanteil getan haben …«

»Na ja, ich hab euch beiden im Anhang meines Berichts eine besondere Belobigung gegeben.«

»Und dann statt die Schuld für Ihr Versagen auf sich zu nehmen, haben Sie die Zukunft Ihrer eigenen Tochter versaut.«

»Mir war nicht klar, dass sie ihr einen Tadel geben würden!«, jammerte Alexander. »Ich dachte, sie würden es ihr durchgehen lassen.«

»Das hast du überhaupt nicht gedacht!« Die Stimme erschreckte Alexander und mich, da sie aus dem Zimmer kam. Wir wirbelten herum und entdeckten Erica, die in der Ecke in der Dunkelheit stand. Sie war gegenüber der Tür auf der anderen Seite des Raums. Wir hatten sie nicht einmal hereinkommen hören. »Du hast genau gewusst, was sie machen würden, aber weil du unbedingt deinen eigenen Ruf schützen wolltest, hast du mich trotzdem geopfert. Dein eigen Fleisch und Blut.«

»Wie bist du reingekommen, ohne dass wir dich gesehen haben?«, fragte ich.

»Ich bin schon seit Stunden hier«, sagte Erica. »Ich habe auf dem Boden geschlafen, bis ihr zwei mich geweckt habt.«

»Warum hast du auf dem Boden geschlafen?«, fragte ich.

»Weil dieses Bett stinkt«, antwortete Erica.

»Schatz«, flehte Alexander sie an. »Ich hab dir doch gesagt, dass es mir leidtut …«

»Und ich hab dir gesagt, dass du mich nicht ›Schatz‹ nennen sollst. Oder ›Kleines‹. Oder sonst irgendwas Süßes und Vertrautes. Wenn dir deine Karriere wichtiger ist als ich, brauchst du erst gar nicht den Vater spielen.«

»Es war ein Fehler«, bettelte Alexander. »Ich bemühe mich, es wieder in Ordnung zu bringen. Es steht auf meiner Prioritätenliste ganz oben.«

»Das ist total gelogen«, schoss Erica zurück. »Denn wenn es ganz oben auf deiner Prioritätenliste stehen *würde*, dann hättest du schon zugegeben, was wirklich passiert ist, und der Tadel wäre in *deiner* Akte. Und vielleicht hätte die CIA dann jemand Kompetenteren als *dich* hierhergeschickt. Aber jetzt haben wir dich am Hals und können nichts dagegen tun.« Damit zog sie das Messer heraus, das immer an ihr Fußgelenk geschnallt war, und marschierte auf Alexander zu.

Alexander kreischte vor Angst, weil er dachte, sie würde sich wie eine Psychopathin auf ihn stürzen, aber stattdessen zerschnitt sie das Klebeband, das seinen Oberkörper an den Stuhl fesselte.

»Du machst mich los?«, fragte Alexander.

»Leider brauchen wir dich«, gab Erica zu.

»Ah«, sagte Alexander. »Siehst du? Ich bin also doch nicht so inkompetent, wie du sagst.«

»Doch, das bist du«, klärte Erica ihn auf. »Wir brauchen dich nicht wegen deiner Fähigkeiten als Spion. Wie brauchen dich, weil du alt bist. Die Besserungsanstalt lässt uns nur in Begleitung eines Erwachsenen rein.«

»Oh.« Alexander schaute so niedergeschlagen, dass er mir fast leidtat.

Erica hielt mitten im Zerschneiden des Klebebands inne. »Allerdings gibt es für deine Freilassung ein paar Bedingungen. Sonst lassen wir dich hier und finden jemand anderen, der uns hilft. Erstens: Du akzeptierst, dass ich das Sagen habe. Du tust nur, was ich dir sage. Du sprichst nur, wenn ich es sage.«

Alexander senkte wieder den Blick auf den Boden, beschämt darüber, was er gezwungen war, zu tun. »Alles klar. Was sonst noch?«

Erica schob das Kinn ihres Vaters hoch, damit er ihr in die Augen sehen konnte. »Wenn das alles vorbei ist, rufst du den Leiter der CIA persönlich an und gibst zu, was du mir angetan hast.«

Alexander brauchte viel länger, sich in dieser Sache geschlagen zu geben. Anscheinend konnte er eher damit leben, von seiner Tochter wie ein Untergebener behandelt zu werden, als damit, zuzugeben, was er getan hatte. »Na schön«, sagte er schließlich. »Mach ich.«

»Gut, in Ordnung«, erwiderte Erica. »Gehen wir dieser Murray-Hill-Geschichte auf den Grund.«

Besserung

Apple-Valley-Besserungsanstalt
für jugendliche Straftäter
15. Juni
08:00 Uhr

Vor meinem Besuch in Apple Valley war das einzige Gefängnis, in dem ich je gewesen war, Alcatraz. Ich hatte mir Apple Valley so ähnlich vorgestellt: viele eiserne Tore und Beton. Ich erwartete, dass Häftlinge an den Fußgelenken aneinandergekettet waren und Steine mit Vorschlaghammern zerbrachen, während Wachen sie fertigmachten. Aber das war überhaupt nicht der Fall. Eigentlich sah die Anstalt viel netter aus als die Spionageschule.

Sie befand sich in einem wunderschönen grünen Tal an einer langen, bewaldeten Straße. Eine Ansammlung von schicken, modernen weißen Gebäuden stand inmitten von gepflegten Gärten. Jungs und Mädchen in T-Shirts und kurzen Hosen rannten völlig frei herum. Sie spielten Fußball, Softball und Kricket. Und ich war mir ziemlich sicher, dass ich in der Ferne Tennisplätze und ein Polofeld ausmachen konnte.

Das Einzige, was auch nur annähernd an eine Haftanstalt erinnerte, war die Umzäunung, und selbst die bestand bloß aus einem einfachen, alten Maschendrahtzaun ohne Stacheldraht obendrauf. Sie schien auch nicht mal unter Strom zu stehen. Auf der Straße, die zur Anstalt führte, war ein Schlagbaum und ein Wachhäuschen, aber statt eines bewaffneten Wachpostens war da nur ein fröhliches College-Mädchen, das hier offenbar während der Sommerferien arbeitete. Als wir herangefahren kamen, legte sie die Hochglanzmodezeitschrift weg, die sie gerade las.

»Hallo!«, trällerte sie. »Wie geht's euch heute so?«

»Gut, danke«, erwiderte Alexander. Um nicht unnötig Aufmerksamkeit zu erregen, hatte Erica ihm widerwillig erlaubt, zu fahren. »Wie geht es Ihnen?«

»Mir geht's fantastisch, danke.« Das Mädchen schenkte Alexander ein leicht verknalltes Lächeln und wurde rot. »Was kann ich für Sie tun?«

»Ich bin Alexander Hale. CIA-Agent Nummer 2364. Ich bin hier, um einen der Insassen zu sehen. Einen gewissen Murray Hill.«

»Murray!«, strahlte das Mädchen. »Oh, das ist so ein lieber Kerl. Er hat mir letztens im Töpferkurs einen wunderschönen Briefbeschwerer gemacht. Ich sag im Büro Bescheid, dass Sie kommen.« Das Mädchen streckte die Hand nach einem roten Knopf auf ihrem Pult aus, zögerte aber dann bei dem Anblick von Erica und mir auf dem Rücksitz.

Zum ersten Mal kam ihr der Gedanke, dass unsere Anwesenheit ein wenig merkwürdig sein könnte. »Ähm, liefern Sie diese Kinder in der Haftanstalt ab?«

»Nein, das sind *meine* Kinder«, antwortete Alexander. »Heute ist bei der CIA-Kindertag.« Bevor das Mädchen das infrage stellen konnte, schenkte er ihr ein strahlendes Lächeln, von dem sie weiche Knie bekam. Alexander war vielleicht nicht der kompetenteste Spion, doch wenn es ums Flirten ging, war er außerordentlich talentiert.

»Oh, das ist so süß!«, gurrte das Mädchen. »Okay, fahren Sie durch. Viel Spaß, Kinder!« Sie drückte den roten Knopf, und das nicht sonderlich robuste Tor öffnete sich.

Alexander fuhr aufs Gelände. Wir überquerten den breiten offenen Rasen in Richtung des Hauptgebäudes und kamen an einer großen Gruppe Häftlinge vorbei, die Frisbee spielten.

»Ich dachte, du hättest gesagt, dieser Ort wäre eine Haftanstalt der Sicherheitsstufe vier«, murmelte ich Erica zu.

»Nein, hab ich nicht«, erwiderte sie. »Ich hab dich nur gefragt, ob du weißt, wie man in eine Haftanstalt der Sicherheitsstufe vier eindringt. Ich hab gestern Abend beim Auskundschaften aber herausgefunden, dass dieser Ort eine Sicherheitsstufe von minus drei hat.«

»Wie können sie einen so schlimmen Verbrecher wie Murray Hill *hier* unterbringen?«, fragte ich. »Das ist keine Bestrafung. Das ist, als würden sie ihn für fünf Jahre in ein Wellnesscenter schicken.«

»Murray ist erst vierzehn«, meinte Erica mit einem Schulterzucken. »Es gibt nicht viele Hochsicherheitsgefängnisse für Jugendliche. Deshalb haben sie ihn einfach hier reingesteckt. Die meisten Häftlinge haben wahrscheinlich nichts Schlimmeres begangen als Ladendiebstahl. Aber ich vermute, dass Murray unter etwas mehr Beobachtung steht als die anderen.«

Alexander parkte auf dem Gästeparkplatz, und wir liefen zum Haupteingang, der von sprudelnden Springbrunnen und einem Gemüsegarten umgeben war. Als wir die Eingangstüren erreichten, kam eine fröhliche Frau heraus. Sie trug einen knallpinken Hosenanzug mit dazu passenden Stöckelschuhen und war so lebhaft, dass ich schon fast erwartete, kleine süße Zeichentrickvögel auf ihrer Schulter landen zu sehen. »Hallo, Agent Hale!«, rief sie. »Hallo, Kinder! Ich bin Brandi Russell! Danke, dass Sie nach Apple Valley gekommen sind! Man hat mir gesagt, Sie wären hier, um Murray zu sehen.«

»Das ist richtig«, sagte Alexander. »Ich bin von der CIA und …«

»Oh, ich weiß genau, wer Sie sind«, erwiderte Brandi.

»Wirklich?«, fragte Alexander.

»Wir leben hier doch nicht hinterm Mond«, sagte Brandi mit einem Lachen. »Wir haben Computer, Herrgott noch mal. Ich habe Sie überprüft, während Sie die Auffahrt hochgekommen sind, nur um sicherzugehen, dass Sie die richtige Sicherheitsfreigabe haben. Es ist uns eine Ehre, dass uns ein Agent Ihres Rufs besucht.«

Alexander lächelte über das Kompliment. Jetzt, da er jemandem etwas vorspielen konnte, war er wieder ganz der Alte, charmant und locker-lässig. »Na ja, es ist mir eine Ehre, diese herausragende Einrichtung zu besuchen. Und eine Freude, eine Frau kennenzulernen, die sich so hingebungsvoll um Kinder kümmert, die vom rechten Weg abgekommen sind. Leider bleiben wir nicht lange. Ich habe nur ein paar Fragen an Mr Hill.«

»Natürlich«, sagte Brandi. »Ich habe ihn bereits ins Besucherzentrum bringen lassen. Ich glaube, Sie werden von seinen Fortschritten sehr beeindruckt sein. Er hat sich hier gut entwickelt. Und er hat kein bisschen Ärger gemacht. Aber Murray war auch nie wirklich schwierig. Eigentlich ist es schwer zu glauben, dass der Junge all die Dinge gemacht hat, die man ihm vorwirft. Möchte eins von euch Kindern einen Lolli?« Sie hielt Erica und mir welche hin.

Erica funkelte Brandi böse an, als hätte sie ihr Rattengift am Stiel angeboten, aber ich nahm einen. Wir hatten an dem Morgen nicht gefrühstückt. Das einzige Lokal in der Stadt war geschlossen gewesen.

Brandi ließ uns rein. Die Gebäude der Einrichtung waren offen und geräumig, mit vielen Fenstern und einer Menge Licht. Wir gingen durch einen Glaskorridor, der auf beiden Seiten von Zen-Gärten gesäumt war. In einem Garten machte ein Dutzend Schüler gerade Yoga. In dem anderen meditierte ein weiteres Dutzend.

»Für eine Besserungsanstalt scheint hier nicht viel Besserung stattzufinden«, sagte ich.

»Oh, doch, das kann ich dir versichern!«, trällerte Brandi. »Du bist sogar gerade Zeuge davon. Hier in Apple Valley glauben wir fest an ›Besserung durch innere Einkehr‹. Mit der Peitsche macht man aus einem Kind kein produktives Mitglied der Gesellschaft. Das macht man mit Liebe.« Brandi strahlte freudig bei diesem Gedanken, und einen Moment lang dachte ich, dass sie gleich anfangen würde zu singen.

»Ich sehe Murray in keiner dieser Klassen«, wandte Erica ein.

»Na ja, nein. Murray ist ein besonderer Fall«, erklärte ihr Brandi. »Er nimmt auch am Meditations- und Yoga-Unterricht sowie an ein paar weiteren Kursen teil – er hat sich übrigens als ein sehr talentierter Bildhauer herausgestellt –, aber aufgrund der Art seiner Verbrechen müssen wir bei ihm die Zügel stärker anziehen als bei den meisten anderen unserer Gäste.«

Ich war froh, das zu hören. Der Gedanke hatte mich wahnsinnig gemacht, dass Murray nach allem, was er getan hatte, es sich gut gehen ließ, während ich mich durch die Spionageschule quälte.

»Was bringt das ›stärker die Zügel anziehen‹ mit sich?«, fragte Erica.

»Meine Güte, Ihre Kinder stellen aber viele Fragen«, sagte Brandi. »Na ja, zunächst mal wohnt Murray in unserem Hochsicherheitstrakt, er steht unter ständiger Videoüberwachung und darf den Pool nur an Wochenenden benutzen.«

»Dann … ist Ihnen also in letzter Zeit nie aufgefallen, dass er weg war?«, fragte ich.

Brandi sah mich schief an und lachte dann. »Was für eine merkwürdige Frage. Du hoffst bestimmt, ein genauso großer Agent wie dein Vater zu werden.«

»Oh, ja«, sagte Alexander und wuschelte mir väterlich durchs Haar. »Der Apfel fällt nicht weit vom Stamm, fürchte ich. Aber Benjamin hat eine gute Frage gestellt. Ist Murray irgendwann, seit er hier ist, verschwunden?«

»Um Himmels willen, nein!«, schnaubte Brandi theatralisch. »Er hat das Gelände nicht verlassen, seit man ihn vor fünf Monaten hierhergebracht hat. Außer an unserem jährlichen Ausflug in den Six-Flags-Vergnügungspark natürlich. Davon abgesehen war er nicht mal in der Nähe der Umzäunung. Ich sage Ihnen, der Junge hat sich hier praktisch wie ein Heiliger benommen.«

»Heiliger Murray?«, murmelte Erica leise. »So weit kommt's noch!«

Wir blieben neben einer mit Zugangscode versperrten Tür stehen. »Da sind wir!«, verkündete Brandi. »Der Besuchsraum! Warten Sie nur, bis Sie Murray sehen. Sie werden ihn kaum wiedererkennen!«

Sie tippte den Code ein und warf die Tür auf.

Und wieder entsprach der Raum nicht dem, was ich mir vorgestellt hatte. Nach den vielen Gefängnisfilmen, die ich gesehen hatte, hatte ich einen Raum mit einer dicken durchsichtigen Glasscheibe in der Mitte erwartet und dass wir auf beiden Seiten sitzen und uns über Telefonhörer unterhalten würden. Stattdessen sah der Besuchsraum wie der Freizeitraum eines reichen Kindes aus. Da waren eine Menge gemütlicher Sessel, Regale voller Spiele und Bücher sowie ein Tischfußball-, Tischhockey- und Billardtisch. Das Einzige, was nicht hierherzupassen schien, war der Wachposten. Zur Abwechslung schien aber endlich jemand zu wissen, wie eine Person auszusehen hat, die in einem Gefängnis arbeitet. Der Wachposten trug eine Khakiuniform und einen Gürtel voller Waffen. Er stand stocksteif da und behielt seinen Schützling genau im Auge: einen vierzehnjährigen Jungen, der auf einem der Sofas saß und ein Lifestyle-Magazin las.

»Da ist er!«, quietschte Brandi und zeigte auf den Jungen. »Unser Murray!«

Sie hatte recht. Ich erkannte ihn nicht.

Denn es war nicht Murray Hill.

Sie hatten beide lockiges braunes Haar, doch damit war es mit der Ähnlichkeit auch schon vorbei.

»Äh … Das ist nicht Murray«, sagte ich.

Brandi und Alexander sahen mich erstaunt an. »Nicht?«, fragte Alexander.

»Das weißt du nicht?«, fragte Erica bissig. »Das ist aber komisch. Ich dachte, du hättest ihn gefangen genommen.«

Alexanders Ohren wurden rot. »Na ja, ich hab in meinem Leben so viele Leute gefangen genommen«, sagte er um Brandis willen. »Da ist es schwer, den Überblick zu behalten.« Er wirbelte zu mir herum und flüsterte: »Bist du sicher, dass das nicht Murray ist?«

»Todsicher«, erwiderte ich. »Erst mal ist dieser Typ etwa acht Zentimeter zu klein. Außerdem haben seine Augen eine andere Farbe, sein Gesicht ist runder, seine Ohren sind größer, er hat einen Leberfleck am Hals und, ehrlich gesagt, ist seinem ausdruckslosen Blick nach zu urteilen sein IQ auch fünfzig Punkte niedriger.«

Während der ganzen Zeit saß der Junge-der-nicht-Murray-war auf dem Sofa und strahlte uns an, als fände er unsere Verwirrung amüsant.

Brandi schien indes am Rande eines Nervenzusammenbruchs zu stehen. Ihre Augen schnellten hektisch zwischen Murray und uns hin und her. Schweiß brach auf ihrer Stirn aus. Ich hatte den Direktor der Spionageschule sich oft genug so verhalten sehen, um die Zeichen zu erkennen: Es war die Standardreaktion von Regierungsangestellten, denen gerade bewusst wurde, dass sie einen ernsten Fehler begangen hatten, und die verzweifelt nach einer Möglichkeit suchten, die Schuld jemand anderem in die Schuhe zu schieben. »Soweit ich weiß, ist das Murray Hill«, sagte sie und zeigte auf den Jungen. »Das haben mir die Regierungsvertreter gesagt, die ihn hierhergebracht haben.«

»Aber Sie haben es nie überprüft, um auf Nummer sicher zu gehen?«, fragte Erica.

»Wie sollte ich das machen?«, wollte Brandi wissen.

»Sie hätten seine Fingerabdrücke überprüfen können«, schlug Erica vor. »Oder ein Foto von Murray Hill in der CIA-Datenbank aufrufen können. Wie Sie schon sagten, leben Sie hier ja nicht hinterm Mond. Sie haben hier einen Computer.«

Brandi wurde noch nervöser. Sie wedelte wild mit der Hand vor ihrem Gesicht herum, um sich abzukühlen. »Warum sollte überhaupt irgendjemand auf den Gedanken kommen, das zu tun? Die CIA hat ihn hierhergebracht. Die Agenten haben mir gesagt, er wäre Murray Hill. Soll ich etwa die CIA infrage stellen?«

»Ja«, sagte Erica knapp. »Sie ist dafür bekannt, gelegentlich Sachen zu verpfuschen. Haben Sie auch nur die Ausweise der Agenten überprüft, als sie diesen Typen hier abgeliefert haben? Denn uns hat gerade keiner überprüft.«

»Das ist lächerlich!« Brandi schnappte nach Luft und wich der Frage völlig aus. »Wenn dieser Junge nicht Murray Hill ist, warum hat er dann nie etwas gesagt? Warum hat er sich nie beschwert? Schlägst du allen Ernstes vor, dass er willentlich den Platz eines Häftlings eingenommen und nie ein Wort darüber verloren hat?«

Ich sah wieder zu dem Jungen-der-nicht-Murray-war. Mittlerweile hatte er den totalen Lachkrampf.

»Es scheint ihm hier nicht schlecht zu gehen«, sagte ich.

Erica stürmte durchs Zimmer und sah Nicht-Murray fest in die Augen. »Was hat SPIDER dir angeboten, damit du Murrays Platz einnimmst?«

»Ich weiß nicht, wer SPIDER ist«, antwortete Nicht-Murray.

»Stell dich nicht dumm«, drohte ihm Alexander.

»Ich glaube nicht, dass er sich dumm stellt«, meinte Erica. »Ich glaube, er ist wirklich dumm.« Dann fragte sie den Jungen: »Was hat dir *jemand* angeboten, damit du hierherkommst?«

Der Junge kicherte: »Hunderttausend Dollar.«

»Das ist alles?«, fragte ich, unfähig, mich zu beherrschen. »Murray ist zu fünf Jahren verurteilt worden! Du hast dich für gerade mal zwanzigtausend Dollar im Jahr einsperren lassen?«

Der Junge zuckte mit den Schultern. »Für mich ist das immer noch eine Menge Geld. Und dieser Ort ist viel netter als die Jugendstrafanstalt, in der sie mich gefunden haben.«

Alexander packte Erica und mich am Arm und zerrte uns von Nicht-Murray und Brandi weg. »Ich bin jetzt etwas verwirrt«, gab er zu. »Was genau ist hier los?«

»Wie es aussieht, haben unsere Freunde von SPIDER die CIA wieder einmal ausgetrickst«, seufzte Erica. »Sobald sie herausgefunden haben, dass Murray in dieser laschen Einrichtung untergebracht werden sollte, haben sie sich in irgendeiner Jugendhaftanstalt einen Trottel gesucht, ihn sich gekrallt und mit Murray ausgetauscht.«

»Aber wie?«, fragte Alexander.

»Am einfachsten wäre es gewesen, die Agenten zu bestechen, die Murray hier abliefern sollten«, erklärte Erica. »Vielleicht waren diese Typen Maulwürfe von SPIDER. Oder SPIDER hat ihnen einfach nur viel Geld bezahlt. Egal wie, Apple Valley hat fünf Monate lang den falschen Typen gebabysittet, während der *echte* Murray Hill frei wie ein Vogel war.«

Ich schaute noch einmal zu Nicht-Murray. Der Typ lachte immer noch, was ich merkwürdig fand. Ich konnte zwar verstehen, warum man es lustig finden könnte, die CIA fünf Monate lang hinters Licht geführt zu haben, aber *so* lustig war es dann auch wieder nicht. Es war, als wüsste der Junge, dass an der ganzen Sache irgendwie noch mehr dran war …

Mir kam ein Gedanke, bei dem es mir den Magen umdrehte.

Ich wirbelte wieder zu Erica herum. »Murray Hill *wollte*, dass ich ihn vorher sehe. Er wollte, dass wir wissen, dass er draußen ist. Er muss also auch gewollt haben, dass wir herausfinden, wie er das hingekriegt hat. Und da SPIDER uns immer einen Schritt voraus ist …«

Erica riss die Augen auf. »Wissen sie wahrscheinlich, dass wir hier sind.«

Damit machte sie auf dem Absatz kehrt und stürmte auf die Tür zu, durch die wir gekommen waren. Ich war direkt hinter ihr.

Doch Alexander war nicht ganz so schnell. Er rührte sich nicht vom Fleck und verzog konzentriert das Gesicht, als versuche er immer noch, sich einen Reim auf die ganze Sache zu machen.

»Komm, Dad!«, schrie Erica. »Wir müssen hier raus. Sofort!«

Sie riss die Tür auf.

Bei den Zen-Gärten am anderen Ende des Gangs stürmten sechs schwer bewaffnete Männer auf uns zu.

Wir waren zu spät. SPIDER war schon hier.

Konfrontation

```
Apple-Valley-Besserungsanstalt
für jugendliche Straftäter
15. Juni
08:30 Uhr
```

Ich hatte noch nie so viele feindliche Agenten auf einmal gesehen. Eigentlich hatte ich noch nie mehr als einem SPIDER-Agenten gegenübergestanden. Was mich am meisten an ihnen überraschte, war ihre Kleidung.

Ich hatte offensichtlich zu viele Spionagefilme gesehen. In Filmen tragen Spione immer Anzüge – und die waren auch noch maßgeschneidert. Aber Anzüge sind nicht wirklich praktisch, wenn man sich viel bewegen muss, vor allem die Schuhe, in denen man so gut wie nicht rennen kann.

Diese Typen trugen Kleidung, die für richtige Action geeignet war. Sie hatten kurze Hosen, T-Shirts und Turnschuhe an. Die Hälfte von ihnen hatte Baseballkappen auf dem Kopf. Wenn sie keine Waffen dabeigehabt hätten, hätten sie wie das Trainingsteam einer Baseballmannschaft ausgesehen.

Doch mit den Waffen sahen sie richtig furchterregend aus. Als sie uns sahen, legten sie einen Gang zu und stürmten den Flur hinunter.

Erica sprang zurück in den Besuchsraum, schlug die Tür zu und schob den Sicherungsbolzen vor. »Helft mir, etwas vor die Tür zu schieben!«, befahl sie.

Alexander und ich traten hinter ein Sofa und schoben es durch das Zimmer, um die Türen zu versperren. Es machte ein schreckliches, quietschendes Geräusch, als es über den Boden schrabbte.

Brandi gab einen fürchterlichen Schrei von sich. »Passt auf den Boden auf!«, schrie sie. »Das ist importiertes Teakholz! Wir haben es gerade erst beizen lassen!«

»Gute Frau, reißen Sie sich zusammen!«, sagte Alexander. »Es hat einen Sicherheitsverstoß gegeben!«

»Überraschung!«, brüllte Nicht-Murray und lachte noch heftiger als zuvor.

Hinter ihm war eine weitere Tür, der einzige andere Ausgang aus dem Zimmer. Der bewaffnete Wachposten, der viel mehr Verstand zu haben schien als Brandi – sowie wesentlich weniger Hingabe für seinen Job –, rannte schon darauf zu. Erica, Alexander und ich folgten dicht hinter ihm. Brandi bildete das Schlusslicht, weil sie in ihren Stöckelschuhen nur kleine abgehackte Schrittchen machen konnte. »Das alles ist nicht meine Schuld!«, verkündete sie abwehrend. »Ich bin nicht für die Sicherheit dieser Einrichtung zuständig!«

Hinter uns rammten die SPIDER-Agenten die Tür. Das Sofa, das wir davorgeschoben hatten, blockierte sie, rutschte aber einen Zentimeter über den Boden. Es würde den Feind offensichtlich nicht lange aufhalten.

Ich rannte aus der anderen Tür direkt in Erica hinein. Wir fanden uns in einem weiteren mit Fenstern gesäumten Flur wieder, der nach draußen auf einen perfekt gepflegten Rasen führte, wo jugendliche Häftlinge Tai-Chi machten. Hinter ihnen konnten wir die Berge sehen, die das Ende des Tals bildeten. Sie waren nicht groß, aber ziemlich steil. SPIDER hatte sich für seinen Hinterhalt den perfekten Ort ausgesucht. Das Tal war eine natürliche Sackgasse, und SPIDER-Leute versperrten die einzige Straße, die hinausführte.

Der Wachposten eilte den rechten Flur hinunter. Erica rannte ihm hinterher und blieb dann so abrupt stehen, dass ich beinahe mit ihr zusammenprallte.

»Was ist los?«, fragte ich.

Erica antwortete nicht. Sie starrte auf etwas, das ans Fenster geklebt war.

Es war ein weißer Umschlag mit einem roten Pfeil darauf, der nach links zeigte. Darunter stand eine mit rotem Filzstift geschriebene Nachricht: »E – Geh da lang. – G.«

Erica riss den Umschlag vom Fenster und ging nach links.

Offensichtlich vertraute sie der Person, die ihn dort zurückgelassen hatte. Ich blieb an ihr dran. Alexander ebenso. Brandi eilte hinter uns her. »Ich erwarte von der CIA eine vollständige Rückerstattung der Kosten für jeglichen, während dieses Angriffs angerichteten Schaden!«, brüllte sie.

Hinten aus dem Besuchsraum konnte ich weiterhin Nicht-Murray lachen hören – und dann wie die Tür auf der anderen Seite aus den Angeln gerissen wurde, gefolgt von dem Geräusch, wie die sechs SPIDER-Agenten die Verfolgung aufnahmen.

Wir erreichten noch eine Verzweigung. Ein weiterer auf die Wand gemalter roter Pfeil zeigte diesmal nach rechts.

Also gingen wir nach rechts. Das führte uns einen weiteren Flur hinunter, an der Töpferwerkstatt und den Squash-Plätzen vorbei.

Erica riss im Rennen den Umschlag auf. Es steckte ein Brief darin. Sie nahm ihn heraus und las. Es dauerte nicht lange, weil es nur ein paar Sätze waren, doch was auch immer da stand, zauberte Erica ein Lächeln aufs Gesicht.

»Von wem ist der?«, fragte ich.

»Von einem Freund«, antwortete sie. Dann zog sie etwas aus dem Umschlag. Es war ein kleiner Plastikbeutel mit einer Flüssigkeit darin.

Brandi war weit zurückgefallen. Wir konnten unmöglich auf sie warten. Und außerdem war SPIDER sowieso nicht hinter ihr her. Unsere Feinde kamen um die Ecke und überholten sie schnell, ohne sie eines Blickes zu würdigen.

»Bitte feuern Sie Ihre Waffen nicht in diesem Gebäude ab!«, flehte sie. »Wir haben gerade erst die Wände streichen lassen!«

»Warum greifen sich uns jetzt an?«, schnaufte Alexander. »Der Geiselaustausch ist für morgen vorgesehen!«

»Der Überraschungsmoment«, sagte Erica. »Warum bis morgen warten, wenn sie sich Ben heute schnappen können?«

Ein weiterer roter Pfeil führte uns durch eine Tür, auf der *Treppe* stand. Im Treppenhaus zeigte der nächste Pfeil nach unten.

Als wir die Stufen hinuntereilten, biss Erica das Ende des Plastikbeutels auf und spritzte den Inhalt auf die Stufen hinter uns. Die Flüssigkeit, die herauskam, schimmerte im Licht, doch sobald sie den Boden berührte, war sie transparent und daher so gut wie unsichtbar.

»Das ist DG-7«, erklärte Erica, als wir das Erdgeschoss erreichten. Ein roter Pfeil schickte uns durch eine Doppeltür. »Es ist ein flüssiges Kunststoff-Schmieröl. Die Navy hat es entwickelt, um Flugzeugmotoren zu ölen …«

Hinter uns drang der überraschte, gellende Schrei der zwei vorderen SPIDER-Agenten, die auf dem Öl ausrutschten und dann schmerzvoll die Treppe hinunterpurzelten.

»… aber man kann damit auch sehr effektiv seine Feinde außer Gefecht setzen«, fuhr Erica mit einem Grinsen fort.

Das Erdgeschoss war das genaue Gegenteil der Etage darüber. Während oben alles sonnig, sauber und hell gewesen war, erwartete uns unten ein düsteres, verworrenes Labyrinth von tropfenden Leitungen und ächzenden Maschinen. Nur ein paar vereinzelte Neonleuchten durchbrachen die Dunkelheit, wobei die Hälfte der Leuchten kaputt war und unstetig flackerte. Überall machten Wasserpfützen den Zementboden glitschig. Um uns herum stießen Ventile wahllos Dampfwolken aus.

Kurz gesagt, es war ein sehr unsympathischer Ort, an den wir uns da begaben, aber da war wieder ein roter Pfeil auf dem Boden, der uns weiterschickte, und so folgten wir seiner Anweisung.

Hinter uns erreichten die vier übrigen SPIDER-Agenten das Ende der Treppe, teilten sich in zwei Gruppen auf und schwärmten in das Labyrinth aus. Zwei blieben hinter uns, während die anderen nach einem Weg suchten, um uns herumzugehen und beim Durchgang abzufangen.

Da waren noch mehr rote Pfeile, die wahllos auf Maschinenteile aufgekritzelt waren. Wir folgten gehorsam dem angewiesenen Weg und begaben uns tiefer und tiefer in das Labyrinth. Wir schlängelten uns durch die Leitungen, patschten durch die Pfützen und umrundeten einen puffenden Heißwasserheizer …

Plötzlich blieb Erica stehen.

Diesmal rannte ich in sie hinein. Und Alexander in mich.

»Warum …?«, setzte ich an.

Aber Erica legte einfach einen Finger auf die Lippen und zeigte nach unten.

Wer auch immer die ganzen Pfeile für uns hinterlassen hatte, hatte BLEIBT HIER STEHEN in Rot auf den Boden geschrieben.

Ich sah mich besorgt um. Wir schienen einen Knotenpunkt mehrerer Tunnel erreicht zu haben, was jedoch nur schwer zu erkennen war, weil die Neonlichter über uns so heftig flackerten, dass es ein Blitzlichtgewitter verursachte. Mit dem ganzen Dampf, der um uns herum abgelassen wurde, und dem flackernden Licht, hatte man das Gefühl, im gespenstischsten Nachtclub der Welt zu sein. Die Person, die uns hier runtergeführt hatte, hätte sich keinen zermürbenderen Ort aussuchen können, an dem wir ausharren mussten, während feindliche Agenten uns auf den Leib rückten. Ich wollte Erica unbedingt nach unserem Helfer ausfragen – wer er war, warum sie ihm so fest vertraute und was ihrer Meinung nach wohl sein Plan war –, nur wollte ich keinen Lärm machen und unsere Feinde auf uns aufmerksam machen.

Nicht dass sie nicht sowieso schon wussten, wo wir waren. Sie konnten den roten Pfeilen genauso gut folgen wie wir. Aber dennoch schien es die Sache nicht wert, es ihnen noch einfacher zu machen. Ich beobachtete hilflos, wie das Licht zweier Taschenlampen die Dunkelheit hinter uns durchschnitt und uns wissen ließ, dass SPIDER gleich um die Ecke war. Agenten eins und zwei. Dann erschienen zwei weitere Lichtkegel direkt vor uns. Agenten drei und vier. Jetzt waren wir eingekesselt.

Ich sah mich nach etwas um, das ich als Waffe benutzen konnte. Da waren viele schwere Metallgegenstände, die aber alle miteinander verbunden waren.

Erica packte mich am Arm und zog mich in eine kleine Lücke zwischen zwei ächzende Maschinen. Alexander zwängte sich in eine andere Lücke in der Nähe. Auch wenn wir jetzt nicht mehr völlig ungeschützt waren, waren es dennoch keine sehr guten Verstecke. Unsere Feinde würden nicht lange brauchen, um uns zu finden, vor allem da in der Nähe BLEIBT HIER STEHEN hilfreich auf dem Boden geschrieben stand.

Die Lücke, in die Erica und ich uns zwängten, war extrem eng. Wir waren einander zugewandt und aneinandergepresst. An einem romantischen Ort, wie einer mondbeschienenen Wiese oder einem schicken Restaurant, hätte ich mich mit Erica unheimlich gerne in dieser Position wiedergefunden, aber nicht in einem düsteren Raum voller tuckernder Maschinen und mit vier bewaffneten feindlichen Agenten, die uns auf den Fersen waren. Es machte mich jetzt eher noch nervöser, Erica so gegenüberzustehen. Abgesehen davon, dass ich große Angst hatte, musste ich auch noch so tun, als wäre das nicht so, weil ich sonst wie ein Feigling dastehen würde. Ich gab mir alle Mühe, ruhig und gefasst zu erscheinen, obwohl ich mich am liebsten zu einer Kugel zusammengerollt und gewinselt hätte. Außerdem hoffte ich inständig, dass ich keinen Mundgeruch hatte.

Wir beobachteten, wie das Licht der Taschenlampen immer heller wurde, während sich die feindlichen Agenten von beiden Seiten näherten. Ihre Schritte wurden lauter und lauter. Und dann tauchten sie alle zusammen direkt vor uns auf. Ich konnte ihre Gesichtszüge immer noch nicht richtig ausmachen, obwohl sie jetzt weniger als dreißig Zentimeter von uns entfernt waren. Denn ihre Gesichter lagen fast komplett im Schatten.

Sie bemerkten alle gleichzeitig das BLEIBT HIER STEHEN auf dem Boden. Ich sah flüchtig die Augen von einem der Männer, den die Anweisung offenbar überraschte. Doch dann verhärtete sich sein Blick, und die feindlichen Agenten fingen an, die unmittelbare Umgebung abzusuchen, und ließen ihre Taschenlampen durch die Dunkelheit schweifen.

Ich hielt die Luft an und betete, dass uns unsere kleine Nische zwischen den Maschinen in der Dunkelheit verbergen würde.

Vergeblich. Die SPIDER-Agenten entdeckten uns etwa eine halbe Sekunde später.

Das Licht ihrer Taschenlampen fiel auf uns. Ich sah, wie sich die Lippen des Agenten, der uns am nächsten stand, zu einem grausamen Lächeln verzogen.

Und dann fiel jemand von der Decke auf sie herab.

Der Angreifer hatte in der Dunkelheit in einem Gewirr von Leitungen gewartet. Er oder sie – das konnte ich nicht genau erkennen, weil die Person von Kopf bis Fuß schwarz angezogen war wie ein Ninja – schwang sich wie ein olympischer Turner nach unten und trat zwei feindlichen Agenten gleichzeitig in den Rücken, die daraufhin mit dem Gesicht voran in die Maschinen flogen. Sie prallten mit den Köpfen gegen Eisen und brachen auf dem Boden zusammen. Bevor die anderen beiden Agenten überhaupt wussten, was los war, hatte sich unser Retter auch schon auf sie gestürzt.

Es war schwer zu sagen, was genau vor sich ging, da das Licht schrecklich war und der Ninja sich unheimlich schnell bewegte. Obwohl ich nur einen knappen Meter entfernt war, verschwamm alles vor meinen Augen. Ich hörte, wie die SPIDER-Agenten vor Schmerz aufstöhnten, als sie wie aus dem Nichts von Schlägen getroffen wurden, und sah, wie sie auf den Boden knallten, als plötzlich ihre Füße unter ihnen weggerissen wurden. Die Agenten versuchten, sich zu wehren, aber unser Retter schien überall gleichzeitig zu sein. Er setzte einen Bösewicht mit einem Tritt in den Solarplexus schachmatt, beförderte einen anderen auf den Rücken und schlug dann ihre Köpfe zusammen. Dreißig Sekunden später lagen alle vier ausgestreckt auf dem Boden: Zwei waren bewusstlos, und zwei konnten sich vor Schmerz nicht mehr rühren.

Der Ninja drehte sich zu uns, nahm seine schwarze Maske ab und gab seine Identität preis.

Zu meiner Verwunderung war er mindestens siebzig Jahre alt.

Obwohl er sich mit der Schnelligkeit und Anmut eines viel jüngeren Mannes bewegt hatte, war sein Haar weiß und sein Gesicht voller Falten. Er hatte einen gepflegten Schnurrbart, eine alte Narbe, die sich quer über seine linke Schläfe zog, und blaue Augen, die vergnügt funkelten, als hätte er gerade einen Heidenspaß. »Keine Sorge«, beruhigte er uns. »Ihr seid jetzt in Sicherheit.«

Erica zwängte sich aus unserem Versteck. Sie war über das Alter des Mannes kein bisschen überrascht. Stattdessen freute sie sich riesig, ihn zu sehen, und schenkte ihm das strahlendste Lächeln, das ich je auf ihrem Gesicht gesehen hatte.

»Hi, Grandpa«, sagte sie.

17

Wiedersehen

Apple-Valley-Besserungsanstalt für jugendliche Straftäter und Umgebung
15. Juni
09:00 Uhr

»Grandpa, das ist Ben Ripley«, sagte Erica und schob mich nach vorne, damit ich unseren Retter kennenlernte. »Ben, das ist mein Großvater, Cyrus Hale.«

»Alias Agent Goldrausch«, fügte Alexander hinzu.

Cyrus' Blick schnellte zu Alexander und verhärtete sich kurz. Er war nicht halb so erfreut, seinen Sohn anzutreffen, wie er es war, seine Enkelin zu sehen. Dann wandte er sich wieder mir zu.

»Es freut mich, Sie kennenzulernen«, sagte ich. »Danke, dass Sie uns geholfen haben.«

Cyrus musterte mich von oben bis unten. Sein Lächeln war verschwunden. »Ich hoffe für dich, dass du den ganzen Ärger wert bist, den du uns bereitest«, erwiderte er.

Dann konzentrierte er sich auf einen der beiden SPIDER-Agenten, der noch bei Bewusstsein war. Er rollte ihn auf den Rücken und kniete sich auf seine Rippen, um ihm noch mehr Schmerzen zu bereiten. Dann packte er den Kerl am T-Shirt und zog ihn auf Augenhöhe hoch. »Was wollt ihr von dem Jungen?«, wollte Cyrus wissen.

Der SPIDER-Agent lachte bloß. »Es sind noch eine Menge mehr von unseren Leuten hierher unterwegs, alter Mann. Ich sage kein Wort.«

Wut flackerte in Cyrus' Augen auf. Er packte den Mann noch fester am T-Shirt. Aber dann legte Erica besänftigend eine Hand auf die Schulter ihres Großvaters. »Er blufft nicht«, sagte sie. »Hör mal.«

Cyrus legte den Kopf schief und stellte das Hörgerät ein, das in seinem rechten Ohr steckte.

Wir konnten hören, wie sich in der Ferne irgendwo auf der Apple-Valley-Anlage weitere Schritte näherten.

»Verflixt und zugenäht!«, murrte Cyrus. Er ließ den Kopf des SPIDER-Agenten so schmerzhaft wie möglich wieder auf den Zementboden knallen. »Folgt mir«, befahl er und verschwand dann in dem Maschinenlabyrinth.

»Es hat keinen Zweck, wegzulaufen!«, rief uns der SPIDER-Agent spöttisch hinterher. »Dieses Tal ist eine Sackgasse. Ihr sitzt in der Falle.«

»Das werden wir ja sehen!«, brüllte Cyrus zurück. Er führte uns schnell durch das Untergeschoss und bewegte sich für einen Großvater mit erstaunlicher Geschwindigkeit. Obwohl er gerade erst vier ausgewachsene Männer zu Brei geschlagen hatte, war er nicht mal außer Atem.

Im Gegensatz zu Alexander, der jetzt das Schlusslicht bildete und hörbar nach Luft rang. »Könnten wir vielleicht einen Gang runterschalten?«, schnaufte er. »Ich hab Seitenstechen.«

»Klingt so, als müsste da jemand weniger Zeit damit verbringen, seinen Vorgesetzten Honig um's Maul zu schmieren, und dafür öfter mal im Fitnessstudio trainieren«, murrte Cyrus.

»Ich bin topfit, Dad!«, gab Alexander zurück. »Ich hab nur gerade noch mit einer Verletzung zu kämpfen, die ich mir bei meiner letzten Mission zugezogen habe. Ein Terrorist hat mir in Afghanistan mit einem Universalschlüssel aufgelauert …«

»Red keinen Quatsch«, blaffte Cyrus ihn an. »Ich bin dein Vater, Alexander, kein schwachköpfiger CIA-Direktor. Ich weiß, wenn du lügst.«

Alexander hielt daraufhin gekränkt den Mund und sagte eine Weile kein Wort mehr. Niemand redete. Es schien eine gute Idee zu sein, so wenig Lärm wie möglich zu machen, während wir dem Feind zu entkommen versuchten.

Cyrus lotste uns aus dem Untergeschoss durch ein abgelegenes, schmutziges Treppenhaus, von dem bestimmt nicht einmal die meisten Angestellten in Apple Valley wussten. Es führte in einen Wartungsraum des Schwimmbads. Das Schwimmbad war recht weit vom Hauptgebäude entfernt – und somit auch unsere Feinde – und war gleichzeitig dem umgebenden Wald näher als alle anderen Gebäude auf dem Grundstück. Cyrus öffnete die Tür einen Spaltbreit und schaute hindurch, um einen Blick aufs Gelände zu werfen.

Über seine Schulter konnte ich in der Ferne auf der anderen Seite des riesigen Rasens die Hauptstraße ausmachen. Drei Kleinbusse versperrten sie. Das war mit Sicherheit SPIDER. In jeden Minibus passten sieben Personen, was bedeutete, dass möglicherweise einundzwanzig Agenten Apple Valley nach uns durchkämmten, auch wenn nur drei zu sehen waren. Sie standen alle um die Fahrzeuge herum und hielten nach uns Ausschau, konzentrierten sich aber alle auf das Hauptgebäude, in der entgegengesetzten Richtung vom Schwimmbad. Ich konnte niemand anderen sehen.

Cyrus ebenfalls nicht. »Wie's aussieht, ist die Luft rein«, flüsterte er. »Erica, nimm das hier, für alle Fälle.« Dann drückte er ihr eine kurzläufige halbautomatische Waffe in die Hand.

»Warum bekomme *ich* keine Waffe?«, beklagte sich Alexander.

»Das letzte Mal, als ich dir eine Waffe gegeben habe, hast du mir aus Versehen ins Bein geschossen«, antwortete Cyrus.

»Da war ich acht Jahre alt!«, protestierte Alexander. »Und es war ein Luftdruckgewehr …«

»Genau. Ich werde mich hüten, dir irgendwas zu geben, mit dem du mich ernsthaft verletzen könntest.« Bevor Alexander noch irgendetwas einwenden konnte, legte Cyrus einen Finger auf die Lippen und stürmte aus dem Wartungsraum in Richtung Wald.

Wir folgten ihm und duckten uns tief, um nicht gesehen zu werden. Es war ein nervenaufreibender Sprint, denn wir mussten ein großes Stück Rasen überqueren. Obwohl Cyrus sorgfältig die Route ausgewählt hatte, die von den anderen Gebäuden am wenigsten sichtbar war, waren wir dennoch auf offenem Gelände und schrecklich ungeschützt. Ich wartete die ganze Zeit darauf, dass die SPIDER-Agenten Alarm schlugen – oder einfach das Feuer auf uns eröffneten. Aber wir erreichten den Schutz des Waldes ohne weiteren Zwischenfall. Die feindlichen Agenten bemerkten uns nicht. Die Leute von SPIDER, die fast alles, was wir bisher getan hatten, vorausgesehen hatten, hatten nicht mit Cyrus Hale gerechnet.

Cyrus führte uns ohne zu zögern durch den Wald, als hätte er sich diesen Fluchtweg schon im Vorfeld eingeprägt.

»Es wird nicht lange dauern, bis sie merken, dass wir einen Weg aus der Anlage gefunden haben«, sagte Alexander. »Hast du irgendwo in der Nähe einen Fluchtwagen?«

»Mehr oder weniger«, antwortete Cyrus. »Er ist etwa eine Stunde Fußmarsch von hier entfernt.«

»Eine Stunde?«, jammerte Alexander.

»Mehr konnte ich so kurzfristig nicht tun«, fuhr Cyrus ihn an. »Ihr habt euch hier wirklich direkt zur Zielscheibe gemacht, Alex. Ihr hättet euch keinen besseren Ort aussuchen können, um vom Feind aus dem Hinterhalt angegriffen zu werden.«

»Das war nicht *meine* Idee«, sagte Alexander abwehrend. »Es war Ericas!«

»Schiebst du mal wieder deiner Tochter die Schuld in die Schuhe?«, fragte Cyrus spitz.

Alexander zuckte zusammen.

»Sie ist bloß ein Teenager«, fuhr Cyrus fort und dann, bevor Erica irgendetwas sagen konnte, fügte er hinzu: »Ein sehr talentierter und fähiger Teenager, aber trotzdem ein Teenager. Als ihr Vater solltest du auf sie aufpassen! Stattdessen lässt du sie direkt in eine Falle laufen. Wenn ich euch nicht im Auge behalten hätte, wärt ihr jetzt erledigt.«

»Wie lange hast du uns schon beschattet, Grandpa?«, fragte Erica.

»Seit ihr aus dem Helikopter gestiegen seid«, erwiderte Cyrus. »Ich bin dir gestern Abend gefolgt, als du die Anlage ausgekundschaftet hast. Deshalb hatte ich eine recht gute Vorstellung davon, was du vorhattest. Das hat mir ein wenig Zeit gegeben, einen Notfallfluchtweg zu planen.«

»Wenn Sie sich solche Sorgen um uns gemacht haben, warum haben Sie uns dann nicht aufgehalten, *bevor* wir nach Apple Valley gekommen sind?«, fragte ich.

Cyrus sah mich eiskalt an. »Ziehst du etwa meine Entscheidung in Zweifel? Du, ein Schüler aus dem ersten Jahr an der Akademie. Hast du auch nur die geringste Ahnung, wer ich bin?«

»Es tut mir leid«, erwiderte ich. »Ich wollte Sie nicht beleidigen …«

»Ich bin Cyrus Hale, Herrgott noch mal! Ich habe diesem Land schon gedient, da haben deine Eltern noch in den Windeln gelegen. Ich habe während des Kalten Krieges die Russen bekämpft. Ich habe höchstpersönlich das Schweinebucht-Fiasko beendet. Wenn ich nicht gewesen wäre, hätte es schon mehr als einen Atomkrieg gegeben …«

Cyrus sah so aus, als würde er noch ein paar Minuten so weiter wüten, aber dann sagte Erica: »Eigentlich, Grandpa, war das keine schlechte Frage.«

Cyrus hörte sofort mit seiner Schimpftirade auf und lenkte ein. »Ah, du hast wohl recht, mein Schatz. Erstens hatte ich den Befehl, nur im äußersten Notfall mit euch in Kontakt zu treten. Zweitens dachte ich, dass du auf deiner Mission ein paar wichtige Informationen sammeln könntest, auch wenn du nicht die angemessenen Vorsichtsmaßnahmen getroffen hast, um euch zu schützen.«

»Du meinst, du hast zugelassen, dass wir uns opfern?«, fragte Alexander.

»Wenn ich euch geopfert hätte, hätte ich zugelassen, dass man euch gefangen nimmt«, knurrte Cyrus. »Natürlich habe ich nichts dergleichen getan. Ich bin seit drei Uhr morgens auf und plane diesen Fluchtweg. Und habe ich bisher auch nur ein Dankeschön dafür erhalten? Nein. Bisher habe ich nur Frechheiten zu hören bekommen.«

»Danke, dass Sie uns gerettet haben«, sagte ich.

Cyrus wandte sich wieder mir zu und nickte dann anerkennend. »Schon besser«, erwiderte er.

»Wir *haben* doch ein paar nützliche Informationen gesammelt, oder?«, fragte Erica.

»Habt ihr, Prinzessin«, stimmte Cyrus zu. »Ihr habt herausgefunden, dass SPIDER das System unterwandert hat, um sicherzugehen, dass man diesen Murray Hill nie nach Apple Valley schickt. Und das bedeutet, dass SPIDER sich viel tiefer in der CIA eingenistet hat, als wir vermutet haben. Wir dachten, sie hätten allerhöchstens ein oder zwei Doppelagenten. Aber jetzt vermute ich, dass sie viel mehr als das haben.« Plötzlich blieb er auf einer kleinen Lichtung stehen und ließ den Blick von Baum zu Baum schnellen.

»Was ist los?« fragte Alexander.

»Nichts«, sagte Cyrus. »Ich versuche nur, mich an den Weg zum Auto zu erinnern.«

»Soll das heißen, dass wir uns verirrt haben?«, schrie Alexander.

»Nein, wir haben uns nicht verirrt. Ich orientiere mich nur.« Cyrus zeigte auf eine Lücke zwischen zwei Eichen. »Das Auto ist in der Richtung.«

Wir brachen wieder auf.

»Dad«, sagte Alexander, »du müsstest dir den Weg durch den Wald nicht einprägen, wenn du dir einfach ein Smartphone besorgen würdest …«

»Bah!«, gab Cyrus zurück und klang genau wie mein Großvater, wenn ich versuchte, ihm zu zeigen, wie man einen Computer benutzt. »Smartphones! Ihr jungen Leute verlasst euch heutzutage viel zu sehr auf Technologie. Zu meiner Zeit hatten wir keine Smartphones, um die Russen zu bekämpfen. Wir brauchten nichts weiter als Mumm, Grips und halbautomatische Waffen.«

»Für den modernen Geheimagenten sind sie unerlässlich«, wandte Alexander ein. »Wenn du eins hättest, könntest du GPS benutzen, um das Auto zu finden …«

»Du musst mir nichts vom Globalen Positionsbestimmungssystem erzählen«, sagte Cyrus. »Ich weiß mehr als genug über GPS. Glaub mir, es ist nicht so genau, wie alle glauben.«

»Komm schon, Grandpa, sei nicht so ein Dinosaurier«, warf Erica ein. »Dad hat bei dieser Sache wirklich recht.«

»Es gibt für alles ein erstes Mal«, murrte Cyrus.

»Es gibt eine Menge nützlicher Apps für Spione«, fuhr Erica fort. »Es gibt zum Beispiel eine sehr gute App, mit der man Fingerabdrücke scannen kann. Dann hätten wir die Fingerabdrücke von einem dieser SPIDER-Agenten nehmen und sie der CIA schicken können.«

Cyrus schüttelte den Kopf. »Das hätte uns nichts genutzt, Mäuschen. Ich garantiere dir, dass die Fingerabdrücke dieser Männer nicht im System sind.«

»Warum glauben Sie das?«, fragte ich.

»Weil die CIA nicht die Fingerabdrücke jedes einzelnen Menschen auf der Welt in ihrer Datenbank hat«, erklärte Cyrus. »Nur die von bekannten Verbrechern. Und SPIDER ist zu schlau, um bekannte Verbrecher anzuheuern. Und wenn wir Smartphones hätten, könnten sie jetzt unsere Position bestimmen. Es würde uns vielmehr schaden als nützen.«

Erica lächelte Cyrus beeindruckt an. »Du hast recht, Grandpa. Wie immer.«

Der Boden hatte angefangen, anzusteigen. Der Wald wurde lichter, und wir mussten über Gestein kraxeln und zum Teil steile Abschnitte erklimmen, die einige Kletterkünste erforderten. Wir schwiegen alle und konzentrierten uns auf den Aufstieg.

Nach einer Weile fiel mir auf, dass Cyrus mich anstarrte. Er musterte jede Bewegung, die ich machte, und schien mit keiner einzigen zufrieden zu sein. Ich hatte das Gefühl, dass er und Erica sich sehr ähnelten. Beide waren coole Typen, deren Respekt man nur sehr schwer verdienen konnte. »Stimmt was nicht?«, fragte ich.

»Ich versuche nur herauszufinden, was an dir so verdammt besonders ist«, erwiderte Cyrus.

»Was meinst du?«, fragte Alexander.

Cyrus verdrehte die Augen, als wäre das die dämlichste Frage aller Zeiten. »SPIDER war jahrelang damit zufrieden, im Verborgenen zu bleiben. Sie sind sogar so sehr im Verborgenen geblieben, dass wir bis vor ein paar Monaten nicht einmal mit Sicherheit wussten, dass sie existieren. In dieser ganzen Zeit haben sie die CIA unterwandert, unsere Agenten bestochen und unsere Computer gehackt. Und was tun sie schließlich, nachdem sie sich all diese Mühe gemacht haben? Sie versuchen, sich diesen Jungen zu krallen. Einen Schüler aus dem ersten Jahr, der noch grün hinter den Ohren ist. Warum?« Cyrus sah mich mit zusammengekniffenen Augen an. »Was ist so verdammt besonders an dir?«

»Ich weiß es nicht«, gab ich zu.

Cyrus schnaubte verärgert.

Wir erreichten die Lücke zwischen den Bäumen, durch die wir hinunter ins Tal blicken konnten. Cyrus gab uns allen ein Zeichen, stehen zu bleiben, dann holte er einen Feldstecher heraus und ließ den Blick über die Haftanstalt schweifen. »Anscheinend haben sie bemerkt, dass wir ihnen entwischt sind«, sagte er kichernd. »Sie rennen alle herum wie ein Haufen kopfloser Hühner. Wahrscheinlich werden sie schon bald dahinterkommen, dass wir durch den Wald geflohen sind.«

»Glaubst du, sie werden die Verfolgung aufnehmen?«, fragte Alexander.

»Das bezweifle ich.« Cyrus steckte den Feldstecher zurück in seinen Ausrüstungsgürtel und lief weiter den Hang hinauf. »Wir haben einen zu großen Vorsprung. Außerdem wissen sie, dass wir uns sowieso noch einmal mit ihnen treffen müssen.«

»Sie halten immer noch unsere Freunde gefangen«, sagte ich. In der ganzen Aufregung hatte ich das beinahe vergessen.

»Genau«, stimmte Cyrus zu. »Wir müssen sie immer noch rausholen. Plan A hat vielleicht nicht so gut für SPIDER funktioniert, aber sie haben immer noch Plan B. Sie müssen nichts weiter machen, als sich zurückzulehnen und auf uns zu warten.«

»Was sollen wir also tun?«, fragte ich.

»Was können wir tun?«, fragte Erica ebenfalls. »Wir müssen sie befreien.«

»Obwohl es genau das ist, was SPIDER will?«, wandte ich ein.

»Ja, aber das heißt nicht, dass wir nach SPIDERs Regeln spielen müssen«, erwiderte Erica. Sie und ihr Großvater tauschten ein Lächeln, was darauf hindeutete, dass sie auf derselben Wellenlänge lagen.

»Ganz meine Enkelin«, sagte Cyrus stolz. »Ich habe ihr alles beigebracht, was sie weiß.«

»Was meinst du damit?«, fragte ich Erica.

»Diesmal sind *wir* im Vorteil«, antwortete sie.

Simulation

Winchester, Virginia
15. Juni
15:00 Uhr

Wir erreichten Cyrus Hales Fluchtwagen, der auf einem alten Forstbetriebsweg im Wald geparkt war, nach einer weiteren Stunde Fußmarsch. Die Fahrt nach Winchester dauerte daraufhin noch ein paar Stunden, weil Cyrus einen großen Umweg nahm. »SPIDER überwacht bestimmt die Hauptstraßen«, erklärte er. Unterwegs besorgten wir uns in einem Burger-Drive-in etwas zu essen und kamen in Winchester fast einen Tag früher an, als wir SPIDER gesagt hatten, dass wir es bewerkstelligen konnten – was schon die ganze Zeit Ericas Plan gewesen war.

»Du triffst dich nie mit dem Feind zu seinen Bedingungen«, erklärte sie, als wir in die Stadt fuhren. »Man stimmt ihren Bedingungen bloß zu, um sie dann zu überraschen.«

»Ich hätte in dieser Situation genau dasselbe getan«, sagte Cyrus mit einem Glucksen. »Wo soll der Austausch stattfinden?«

»In einer alten Scheune nördlich der Stadt an der Kreuzung der Bundesstraßen 37 und 522«, antwortete Erica. »Aber das ist nicht, wo sie die Geiseln festhalten.«

»Woher weißt du das?«, fragte ich.

»Weil ich mich dort gestern Abend umgesehen habe«, antwortete Erica.

»Ich dachte, du hättest gestern Abend Apple Valley ausgekundschaftet«, sagte ich.

»*Hab* ich auch«, erwiderte Erica. »Und dann bin ich hierhergekommen und habe die Gegend hier ausgekundschaftet. Deshalb war ich auch so lange weg. Es gibt keinen besseren Weg, seinen Feind mit heruntergelassenen Hosen zu erwischen, als lange vor der vereinbarten Zeit aufzutauchen.«

Cyrus kicherte wieder. »Gut gemacht, Schätzchen. Also, was hast du herausgefunden?«

»SPIDER war schon in der Scheune«, sagte Erica. »Und hat wohl eine Falle für uns vorbereitet. Ich bin ein paar SPIDER-Typen zu einer anderen Farm auf der westlichen Seite der Stadt gefolgt. Ich *glaube*, unsere Mitschüler werden dort im Haupthaus festgehalten. SPIDER hat dort eine Menge Sicherheitsvorkehrungen getroffen. Aber ich hatte keine Zeit, mir das richtig anzusehen.«

»Na, dann lass uns das jetzt machen«, schlug Cyrus vor. »Wo müssen wir hin, Erica?«

Erica nannte ihm die Adresse des neuen Standorts, der sich am Stadtrand befand. Ich hatte mit einer ländlichen und friedlichen Idylle gerechnet, aber stattdessen fanden wir Chaos vor. Auf den Straßen reihten sich Fahrzeuge Stoßstange an Stoßstange. In jedem Feld, an dem wir vorbeifuhren, waren Hunderte Menschen versammelt. Die eine Hälfte trug typische Touristenoutfits – T-Shirts, kurze Hosen, Baseballkappen und einen Fotoapparat um den Hals –, während die andere Hälfte viel ungewöhnlicher gekleidet war. Sie schien im falschen Jahrhundert zu sein. Die Frauen trugen Reifröcke und Sonnenschirme, während die meisten Männer in blauen oder grauen Uniformen steckten.

»Was um alles in der Welt ist hier los?«, fragte Alexander.

»Das ist eine historische Nachstellung des Sezessionskriegs«, stöhnte ich.

»Eine Nachstellung der Schlacht von Winchester, um genau zu sein«, präzisierte Erica. »Es war eine der wichtigsten Schlachten des amerikanischen Bürgerkriegs. Die Feiern fangen heute an und gehen übers ganze Wochenende.«

»Sehr schlau von SPIDER«, bemerkte Cyrus, der sich keine Mühe machte, seine Bewunderung zu verbergen.

»Warum?«, fragte ich.

»Schau dich um«, erwiderte Cyrus. »Totales Chaos. Tausende Ablenkungen, die SPIDER für sich nutzen kann. Hunderte Menschenmengen, in denen sie untertauchen können …«

»Aber dann ist es für uns auch einfacher unterzutauchen«, wandte Erica ein.

Cyrus grinste seine Enkelin an. »Ja«, stimmte er ihr zu. »Das kann man wohl sagen.«

Er fuhr auf ein Feld, aus dem man vorübergehend einen

Parkplatz gemacht hatte. Ein Jugendlicher, der ein Gedenk-T-Shirt mit der Aufschrift »Der Süden wird wieder auferstehen« trug, hielt uns an. »Der Parkplatz kostet zehn Dollar«, erklärte er. »Seid ihr Yankees, Konföderierte oder unparteiische Beobachter?«

»Yankees, natürlich«, antwortete Cyrus und bezahlte. »Gibt es hier in der Nähe einen Marketender?«

»Am nördlichen Ende des Felds«, sagte der Junge. »Der wird euch richtig gut ausstatten.«

Wir parkten und betraten eine surreale Kombination aus Gegenwart und Sezessionskriegsvergangenheit. Männer in authentischen Bürgerkriegsuniformen standen Schlange vor hochmodernen Dixiklos. Ein Pick-up rumpelte mit einer echten Kanone auf einem Anhänger vorbei. Draußen auf den Feldern trainierten Soldaten, wie sie es 1862 getan hätten, doch sie waren von Touristenhorden umgeben, die Fast Food aßen und mit ihren Handys Fotos schossen. Ein Kavallerieregiment führte Manöver vor einer brandneuen Wohnsiedlung aus, während ein Feldlazarett voller Männer, die so taten, als wären sie verletzt, richtig echt hätte aussehen können, wenn sich dahinter nicht ein Schnellrestaurant befunden hätte.

»Wo ist die Farm, von der du gesprochen hast?«, fragte Cyrus.

Erica zeigte auf die andere Seite des Schlachtfelds, wo hinter einer Reihe Kanonen ein zweistöckiges Bilderbuch-Farmhaus stand. Es hatte einen weißen Lattenzaun, eine umlaufende Veranda und einen großen Baum, an dessen Ästen eine Schaukel baumelte.

»Es scheint sich hinter den Linien der Nordstaaten zu befinden«, sagte Cyrus. »Wir sollten uns lieber entsprechend anziehen.«

Am nördlichen Ende des Felds gab es tatsächlich einen Marketender. Wie sich herausstellte, war ein Marketender ein Sezessionskriegshändler – oder zumindest ein Händler, der so tat, als stamme er aus der Zeit des Sezessionskriegs. In einem riesigen Zelt hatte man einen ganzen Laden aufgebaut, in dem man alles Nötige erwerben konnte, um wie ein echter Soldat von damals auszusehen: Uniformen, Hüte, Musketen, Messer, Stiefel, Tornister, Feldflaschen, Fernrohre, Blechgeschirr und sogar Hartkekse, die man so gebacken hatte, dass sie genauso schrecklich schmeckten wie während des Bürgerkriegs.

Ein Mann in zeitgenössischem Händlergewand, der gerade eine Muskete polierte, als wir eintraten, sah auf. Er hatte einen so buschigen Bart, dass es aussah, als hätte er sich den Schwanz eines Eichhörnchens ans Kinn geklebt. »Guten Tag, gute Bürger«, sagte er. »Kann ich Ihnen zu Diensten sein?«

»Das hoffe ich doch«, antwortete Cyrus. »Wir machen schon seit Jahren bei historischen Nachstellungen mit, aber leider ist unser Haus dieses Jahr abgebrannt und wir haben alle unsere Kostüme verloren. Wir brauchen vier komplette Nordstaatenuniformen, von den Hüten bis zu den Stiefeln, und man hat uns gesagt, das wäre hier genau der richtige Ort, um Ware in bester Qualität zu erwerben.«

Ein strahlendes Lächeln breitete sich unter dem Schnurrbart des Händlers aus. »Da ist zutreffend, Sir. Ich kann Sie alle im Handumdrehen ausstatten, aber« – er zeigte mit dem Kopf auf Erica – »ich komme nicht umhin, festzustellen, dass Sie nicht alle für den Dienst in dieser Armee von Männern qualifiziert sind.«

Erica kniff die Augen zusammen. »Haben Sie je von Sarah Emma Edmonds gehört? Sie hat sich als Mann verkleidet und nicht nur tapfer im Krieg gekämpft, sondern auch als Spionin für die Union gearbeitet.«

»Natürlich habe ich von ihr gehört«, antwortete der Händler.

»Na ja, ich bin zufälligerweise ihre Ur-Ur-Urenkelin«, teilte Erica ihm mit. »Und ich meine, dass mir das das Recht gibt, als Mann in jeder Schlacht meiner Wahl zu kämpfen.«

Der Händler wurde knallrot. »Es tut mir schrecklich leid, wenn ich Sie beleidigt habe, Ma'am«, sagte er. »Ich hatte keine Ahnung, dass Sie die Nachfahrin einer so wichtigen Person sind. Ich werde Sie umgehend ausstatten.« Er eilte davon, um ein paar Kleider für uns zu finden.

Ich wandte mich überrascht an Erica: »Bist du wirklich die Nachfahrin von Sarah Edmonds?«

»Nein«, erwiderte sie. »Ich kenne sie nur aus Geschichte der Amerikanischen Spionage. Aber ich hatte ein paar Vorfahren, die Spione für die Union waren.«

»Natürlich hattest du die«, sagte ich.

Eine halbe Stunde später überreichte Cyrus dem Mann ein Bündel Geldscheine, das er in seinem Ausrüstungsgürtel aufbewahrt hatte, und wir verließen den Marketender von Kopf bis Fuß authentisch wie Soldaten aus dem Sezessionskrieg eingekleidet. Ich stellte schnell fest, dass in der Welt der historischen Nachstellung, »authentisch« »unglaublich unbequem« bedeutete. Meine Uniform war billig gemacht, kratzte und saß schlecht. Sie war auch dreckig, voller Löcher, schrecklich heiß und stank. Trotz der Sommersonne, die auf uns runterknallte, trug ich drei Schichten – lange Unterhosen, die normale Uniform und einen schweren Mantel. Außerdem schleppte ich schwer an einer Muskete, einem Bajonett, einem Munitionsgürtel und einem Tornister voller alter Kleider und ein paar Vorräten. Auf halber Strecke über das Schlachtfeld schwitzte ich schon in Strömen. »Mussten wir wirklich komplett authentisch sein?« fragte ich Erica. »Ich werde noch an Dehydrierung sterben.«

»Du willst da draußen nicht wie ein Amateur aussehen«, sagte Erica zu mir. »Du würdest nur unnötig auffallen, und das können wir uns nicht leisten.«

Ich nickte und seufzte. Der Marketender hatte mir erklärt, dass Leute als »Amateure« angesehen wurden, die bei Nachstellungen mitmachten, ohne sich um Authentizität zu bemühen – also zum Bespiel die Leute, die so schlau waren, nette, bequeme Baumwollunterwäsche unter ihrer Uniform zu tragen.

In diesem Sinne hatte Erica jeglichen Hinweis darauf, dass sie eine Frau war, versteckt, genau wie Sarah Edmonds es vermutlich getan hatte. Sie hatte ihr Haar unter ihre blaue Mütze gesteckt und trug dieselben Klamotten wie ich. Ich hatte mir zunächst Sorgen gemacht, dass wir wegen unseres Alters auffallen würden, aber wie sich herausstellte, liefen da viele Jugendliche in Soldatenuniformen herum. Anscheinend hatten viele Kinder am Sezessionskrieg teilgenommen, weshalb viele Väter mit ihren Söhnen da waren, um ein spaßiges Familienwochenende voller nachgestellter Gewalt und Blutvergießen zu verbringen.

Im Gegensatz zu Ericas Familie, die ein Wochenende voller *echter* Gewalt und Blutvergießen miteinander verbrachte.

Wir erreichten die Unionsbrigade, die dem Farmhaus am nächsten war, in dem sich SPIDER vermutlich verkrochen hatte. Ein Wachposten richtete seine Muskete auf uns. »Was ist euer Begehr?«, wollte er wissen.

Cyrus salutierte stramm. »Cyrus Hale und Familie, wir möchten uns euren Streitkräften anschließen, um die Union von der Geißel der Konföderierten zu befreien.«

Der Unionssoldat entspannte sich und lächelte. »Das Vierunddreißigste Regiment unter dem ehrenwerten General Robert Milroy schätzt eure Hilfe. Wir haben in der Schlacht heute Morgen eine schreckliche Abreibung bekommen und könnten ein paar zusätzliche Männer gebrauchen.« Er zeigte auf das »Schlachtfeld«, wo sich Dutzende Männer immer noch in der Sommersonne entweder tot stellten oder so taten, als wären sie verletzt, während sie darauf warteten, dass Krankenschwestern, Ärzte und Leichenbeschauer sie wegbrachten.

»Wo könnten wir am nützlichsten sein?«, fragte Cyrus.

»Na ja, die leichte Infanterie braucht immer Verstärkung«, erklärte der Soldat. »Aber ihr wisst nicht zufällig, wie man eine Kanone bedient? Einer unserer Kanoniere ist heute Morgen von der Wassersucht befallen worden.«

»Wassersucht?«, fragte ich. »Im Ernst?«

»Na ja, nein«, vertraute uns der Soldat an. »Eigentlich leidet er unter einem schlimmen Reizdarm, aber ›Wassersucht‹ klingt authentischer.«

»Ich weiß, wie man eine Kanone bedient«, sagte Cyrus mit einem Lächeln.

»Wirklich?«, fragte der Soldat aufgeregt.

»Wirklich?«, wiederholte Alexander.

»Natürlich«, antwortete Cyrus beiden. »Mein Großvater hat es mir beigebracht.«

Der Soldat brachte uns schnell zu den Kanonen, wo die Neuigkeit, dass Cyrus wusste, wie man eine abfeuerte, für große Aufregung sorgte. Nachdem Cyrus ausführlich befragt wurde, um sicherzugehen, dass er tatsächlich wusste, was er tat, übertrug man uns vieren eine funktionierende Kanone. Cyrus war der Chefkanonier, während wir anderen fürs Laden und Abfeuern verantwortlich waren. Es gab keine echte Munition – selbst die Nachstellungsfanatiker verschrieben sich der Authentizität nicht bis ins allerkleinste Detail –, doch es gab Schießpulverladungen, damit die Kanonen genau wie die echten Dinger knallten und rauchten, sowie Kanonenkugeln aus Kork, die auf den Feind abgefeuert werden konnten.

Man hatte zehn Kanonen, von denen wir eine bedienten, entlang des westlichen Schlachtfeldrands aufgestellt und auf die konföderierten Streitkräfte gerichtet. Das Farmhaus, das SPIDER in Beschlag genommen hatte, befand sich weiter westlich von uns hinter unseren Linien, aber die Unionsbrigade, der wir uns angeschlossen hatten, war sehr groß, sodass wir das feindliche Territorium studieren konnten, ohne Angst haben zu müssen, bemerkt zu werden. Wir benutzten unsere brandneuen Bürgerkriegsfernrohre, die eigentlich ganz gut funktionierten. Sie besaßen nicht die digitale Scharfeinstellung der Feldstecher, die wir in der Spionageschule verwendeten, doch ich konnte trotzdem alles ziemlich deutlich in der Ferne erkennen.

Das Schlachtfeld fiel leicht ab, sodass wir ein wenig höher als das Farmhaus lagen. Daher konnte ich direkt durch die Fenster im zweiten Stock in das sehen, was das Schlafzimmer zu sein schien. Da war ein hauchdünner Vorhang, der in der Brise flatterte, und ich erhaschte einen Blick auf eine Person, die stocksteif auf einem Stuhl saß, genau wie jemand, dessen Handgelenke hinter dem Rücken gefesselt waren. Die Augen der Person waren verbunden.

»Ich habe Zoe gefunden«, sagte ich.

»Wo?«, fragten alle Hales gleichzeitig.

»Zweiter Stock, südlichstes Zimmer«, antwortete ich, und sie schwangen alle ihre Fernrohre in diese Richtung.

»Chip ist auch da«, sagte Erica. »Und Jawa.«

»Anscheinend haben sie die ganze Gang«, meinte Alexander. »Ich zähle sechs Geiseln.«

Das tat ich auch. Claire, Hank und Warren waren ebenfalls in dem Zimmer, an Stühle gefesselt und mit verbundenen Augen. Sie waren nicht allein.

»Da sind auch Wachen im Zimmer«, meldete ich. »Zwei Männer, beide bewaffnet.«

»Und das bedeutet, dass da etwa noch ein Dutzend mehr sind, die wir nicht sehen können«, erklärte Cyrus. »Ich werde näher rangehen und mich auf dem Gelände umsehen.«

»Alles klar!«, rief Erica aufgeregt, aber Cyrus hob eine Hand und bedeutete ihr, zu bleiben, wo sie war.

»Ich hab gesagt, dass *ich* gehe«, sagte er zu ihr. »Du hast heute schon oft genug deinen Kopf riskiert, junge Dame.«

»Ach, Grandpa …«, fing Erica an, zu protestieren.

»Nein«, sagte Cyrus bestimmt. »Erstens ist es gefährlich. Zweitens müssen wir uns hier unverdächtig verhalten. Ein alter Kauz, der in Uniform übers Schlachtfeld wandert, wird hier heute nicht viel Aufmerksamkeit auf sich ziehen. Ein alter Kauz, der mit seiner Enkelin umherwandert, schon.«

»Ich werde vorsichtig sein«, wandte Erica ein. »Sie werden uns nicht sehen.«

»*Natürlich* werden sie das«, wies Cyrus sie zurecht. »Diese Typen sind keine Amateure. Rühr dich also nicht vom Fleck, bis ich wieder da bin.« Cyrus wandte sich an Alexander. »Kümmere dich darum, dass sie auf mich hört.«

»Soll das heißen, dass ich auch nicht mitkommen darf?«, beklagte sich Alexander.

»Nein. Wir können es uns nicht leisten, das jetzt zu vermasseln«, teilte Cyrus ihm mit. »Und niemand vermasselt Dinge so gut wie du.«

Alexander fuhr zusammen, als hätte ihn sein Vater geschlagen.

Cyrus beachtete die verletzten Gefühle seines Sohnes nicht weiter. Er reichte Erica seinen Rucksack. »Da sind zwei Walkie-Talkies drin. Ich hab das dritte«, sagte er. Dann mischte er sich unter die Menge von Unionssoldaten und verschwand.

Erica öffnete den Rucksack und nahm die Walkie-Talkies heraus. Es amüsierte sie, wie altmodisch sie waren. »Funkkommunikation«, sagte sie mit einem Lächeln. »Ich bin überrascht, dass er uns nicht einfach eine Blechdose mit einer Schnur gegeben hat.«

Alexander ließ sich gegen die Kanone sacken und schaute unglücklich. Er tat mir doch ein wenig leid. Ja, Alexander war ein Schuft, ein Schwindler und ein Schleimer, aber ich hatte das Gefühl, dass er fast sein ganzes Leben lang versucht hatte, seinen Vater zu beeindrucken, und dafür nicht einmal ein Lächeln von ihm bekommen hatte.

Erica befand sich hingegen offenbar gerade am anderen Ende des Gefühlsspektrums. Während die wenigen Stunden mit Cyrus Alexander völlig deprimiert hatten, war Erica so fröhlich, wie ich sie noch nie gesehen hatte. Sie hatte wieder die Überwachung des Feindgeländes aufgenommen und pfiff glücklich, während sie durch ihr Fernrohr sah.

»Du scheinst gar nicht besonders sauer darüber zu sein, dass er dich hiergelassen hat«, sagte ich.

Erica zuckte mit den Schultern. »Ich bin nicht gerade begeistert darüber, aber Grandpa hat recht, dass wir uns unverdächtig verhalten müssen. Er hat bei solchen Dingen immer recht. Er war wahrscheinlich der beste Spion, den die CIA je hatte.«

»Je *hatte*?«, wiederholte ich. »Für mich sieht es so aus, als würde er immer noch arbeiten.«

Erica schüttelte den Kopf. »Nein, er ist schon seit Jahren im Ruhestand. Er ist ab und zu noch in einer beratenden

Funktion tätig, aber er hat bis jetzt nie zugestimmt, wieder aktiviert zu werden.«

»Echt?«, fragte ich. »Er scheint auf jeden Fall eine Menge Spaß dabei zu haben.«

»Oh, ich weiß, dass es ihm Spaß macht«, sagte Erica. »Aber er sagt, Spionagearbeit wäre was für junge Leute.«

»Wenn du mich fragst, kriegt er das ganz gut hin«, erwiderte ich. »Er hat sich heute gegen diese Typen in Apple Valley gut geschlagen.«

Erica lächelte. »Er meinte nicht körperlich. Er meinte, je länger man im Geschäft bleibt, umso mehr Feinde hat man. Und Grandpa hat sich im Laufe der Jahre eine Menge Feinde gemacht. Außerdem kann man seine Identität nicht ewig geheim halten. Am Ende wird es zu gefährlich, aktiv zu bleiben. Eigentlich ist es sogar gefährlich, inaktiv zu sein. Grandpa musste schon vor Jahren untertauchen. Ich weiß nicht mal, wo er wohnt.«

Ich wandte mich erstaunt zu ihr. »Aber du bist seine Enkelin!«

»Wenn man eine Karriere wie seine gehabt hat«, sagte Erica, »kann man nicht vorsichtig genug sein.«

Mir wurde bewusst, dass ich zwar schrecklich viel Zeit damit verbracht hatte, über das Leben als Spion nachzudenken, ich mir aber nie Gedanken über das Leben *danach* gemacht hatte. Es kam mir auf einmal schrecklich traurig und einsam vor. In Gedanken kehrte ich kurz zu dem Gespräch mit Murray Hill zurück, als er versucht hatte, mich für SPIDER zu rekrutieren, indem er alle negativen Seiten eines Lebens im Spionagegeschäft hervorgehoben hatte. Jetzt war da noch eine. »Wie oft siehst du ihn dann?«, fragte ich.

»Ach, einmal im Monat oder so«, antwortete Erica. »Er schaut vorbei, wenn er sich sicher ist, dass die Luft rein ist. Ich vermute natürlich, dass er mich den Rest der Zeit im Auge behält, auch wenn ich ihn nie dabei erwischt habe.«

»Natürlich behält er dich im Auge«, sagte Alexander verdrossen. »Sein ganzer Stolz. Die perfekte Schülerin. Das war ich nie.«

Erica wandte sich zu ihrem Vater. »Das stimmt nicht«, widersprach sie ihm.

»Doch«, murrte Alexander. »Nichts, was ich getan habe, war je gut genug für ihn. Ich konnte einen Feind nicht in zwei Sekunden entwaffnen. Ich konnte keine Bombe aus Haushaltschemikalien bauen, ohne die Küche hochzujagen. Selbst jetzt traut er mir nicht zu, bei einer einfachen Überwachung zu helfen. Du hast ihn gehört: Ich vermassele Dinge nur.« Er drehte sich weg und setzte sich auf einen Sack Schießpulver.

Erica seufzte traurig. Trotz all der schlechten Dinge, die sie mir über ihren Vater erzählt hatte, tat er ihr offenbar auch leid.

Es trat eine unangenehme Stille ein. Ich versuchte mich abzulenken, indem ich wieder das Farmhaus beobachtete. Es hatte sich aber nicht viel getan. Meine Klassenkameraden waren immer noch da, wo ich sie das letzte Mal gesehen hatte, was nicht überraschend war, da sie an Stühle gefesselt waren. Dieselben beiden Männer standen weiterhin im Zimmer Wache. Der einzige Unterschied war, dass ich jetzt einen dritten Mann sehen konnte. Er war unten in der Küche und blickte verstohlen aus dem Fenster.

Ich fragte mich, wo Cyrus war.

Ich ließ den Blick über die Menge von Unionssoldaten schweifen, konnte ihn aber nirgends entdecken. Während ich nach ihm Ausschau hielt, beschäftigte mich ein Gedanke. Ich hatte das Gefühl, dass etwas, das wir gerade besprochen hatten, wichtig war, doch ich war mir nicht sicher, warum. Es war, als würde ich mir ein verschwommenes Bild ansehen, das nur langsam schärfer wurde.

Ich nahm mein Fernrohr herunter und wandte mich wieder an Erica. »Hat die CIA schon mal versucht, deinen Großvater zu reaktivieren?«

»Klar doch«, sagte sie. »Er sagt, sie versuchen es ständig.«

»Warum hat er dann diesmal zugestimmt?«

»Um die Chance zu bekommen, SPIDER gegenüberzutreten«, antwortete Alexander. »So eine Organisation zu bezwingen, würde seinen Ruf, der größte Spion aller Zeiten zu sein, so ziemlich zementieren.«

Während Alexander das sagte, wusste ich aber, dass das die falsche Antwort war. Ericas und mein Blick trafen sich. Es war ihr auch bewusst geworden.

»Nein«, sagte sie besorgt. »Er ist wegen *mir* in den aktiven Dienst zurückgekommen.«

»Das glaube ich auch«, stimmte ich ihr zu. »Wie dein Vater gesagt hat, du bist sein ganzer Stolz. Er wusste, dass du in die Sache verwickelt bist, und hat sich Sorgen um dich gemacht.« Das verschwommene Bild wurde jetzt klarer.

Aus dem Lager der Konföderierten auf der anderen Seite des Schlachtfelds ertönte ein Signalhorn. Kriegsgeschrei erhob sich in den Reihen der Rebellen, woraufhin die Zuschauer aufgeregt jubelten.

»Zu den Waffen!«, brüllte ein bärtiger Mann auf einem Pferd. Er trug die Uniform eines Generals und schwang einen Säbel über dem Kopf. »Die Rebellen bereiten sich zum Angriff vor! Lasst uns dieses Feld blutrot färben!«

Jetzt johlten die Unionssoldaten. Die Männer um uns herum sprangen auf die Füße und stießen ihre Waffen in die Luft. Nachdem sie ein paar Stunden lang in der heißen Sonne gestanden hatten, konnten sie es kaum erwarten, Krieg zu spielen.

Erica, Alexander und ich waren die Einzigen, die sich auf die entgegengesetzte Richtung konzentrierten. Wir beobachteten alle das Farmhaus.

Erica fragte ihren Vater: »Hat Grandpa gewusst, dass ich in diese Sache verwickelt bin, als die CIA ihn wegen der Reaktivierung kontaktiert hat?«

Alexander runzelte die Stirn. »Bestimmt.«

Ich sah Erica besorgt an. Alles fing an, einen Sinn zu ergeben. Wie zum Beispiel, warum SPIDER keinen Hehl daraus machte, was sie mit mir vorhatten.

»Hier geht's gar nicht um mich«, sagte ich. »SPIDER wollte mich nie.«

»Sie wollten Grandpa«, schloss Erica. »Sie wussten, dass du mich um Hilfe bitten würdest und dass er sich einmischen würde, wenn ich mich einmischte.«

»Nein«, widersprach Alexander. »Sie konnten uns nicht so weit voraus sein.«

»Sie sind uns immer so weit voraus«, erwiderte ich. Plötzlich fühlte ich mich innerlich ganz leer. Zum Teil lag es daran, dass SPIDER alle zum wiederholten Mal ausgetrickst hatte – mich eingeschlossen. Aber ich schämte mich auch. An mir war *nichts* besonders gewesen. Ich hatte keine unglaubliche angeborene Begabung, die mich für SPIDERS Pläne unentbehrlich machte. SPIDER hatte das komplett erfunden, um alle Beteiligten irrezuführen. Ich war ein Bauernopfer – und ein Dummkopf.

Um uns herum bildeten die Unionssoldaten schnell enge Reihen vor den Kanonen.

Eines der Walkie-Talkies in Ericas Hand erwachte plötzlich mit einem Knistern zum Leben. »Da sind weniger Agenten, als ich erwartet habe«, meldete Cyrus. »Und diese Schlacht lenkt sie ab. Ich befreie die Geiseln.«

»Nein, Grandpa!«, schrie Erica ins Funkgerät. »Tu's nicht!«

»Ich muss«, gab Cyrus zurück. »So eine gute Chance bekommen wir nicht noch mal. Ich befreie alle, bevor sie überhaupt wissen, was los ist. Halte ab jetzt Funkstille.«

»Warte!«, brüllte Erica. »Sie wissen, dass du kommst! Sie wollten dich schon die ganze Zeit in die Falle locken!«

Doch es kam keine Antwort.

»Er hat sein Funkgerät ausgeschaltet«, sagte Erica. Ich hatte sie schon oft in Gefahr gesehen, aber bis zu diesem Moment hatte ich sie noch nie ängstlich erlebt. »Ich gehe ihm nach.«

»Ich auch«, sagte Alexander. Er schien fest entschlossen, sich vor seinem Vater zu beweisen, während er gleichzeitig schreckliche Angst hatte, dem Feind entgegenzutreten.

»Ich komme auch mit«, sagte ich, da ich mich auch unbedingt beweisen wollte.

»Nein«, sagte Erica zu mir. »Du bist gerade mal Schüler im ersten Jahr, und diese Männer sind gefährlich.« Sie reichte mir ein Walkie-Talkie. »Bleib hier. Du behältst für uns das Farmhaus im Auge. Ich melde mich.«

Bevor ich protestieren konnte, rannte sie vom Schlachtfeld und bahnte sich einen Weg durch die wogenden Unionsstreitkräfte. Alexander hängte sich an sie dran.

»Hey!«, schrie der Chefkanonier sie an. »Bleibt auf euren Posten! Die Schlacht fängt gleich an!«

Erica und Alexander schauten nicht einmal zurück. Sie verschwanden in einem Meer von blauen Uniformen und ließen mich auf dem Schlachtfeld allein.

19 Schlacht

`Winchester, Virginia`
`15. Juni`
`16:00 Uhr`

Ich lehnte mich an die Kanone und kam mir nutzlos vor. Alles, was SPIDER über mich gesagt hatte, stellte sich als Lüge heraus. Ich hatte kein geheimes, unglaubliches Talent. Ich war für sie nicht wertvoller als Erica Hale. Ich war in keinerlei Hinsicht ein unglaublicher Spion. Es war alles nur eine List gewesen, um einen *echten* unglaublichen Spion aus der Reserve zu locken.

Und jetzt, da Cyrus Hale in Schwierigkeiten steckte, konnte ich nichts weiter tun, als beiseitezutreten, während seine Enkelin zu seiner Rettung eilte. Ja, Erica wollte, dass ich Augen und Ohren dieser Operation war, doch aus Spionagesicht bedeutete das im Grunde lediglich, der Handtuchjunge für das Universitätsfootballteam zu sein. Diesen Job gab man dem netten Jungen, der wirklich helfen wollte, aber keine hilfreichen Fähigkeiten besaß. Ehrlich gesagt, war ich erleichtert, dass sie mir befohlen hatte, zurückzubleiben – ich hatte keine Ahnung, was man in so einer Situation tun musste. Daher kam ich mir nicht nur nutzlos vor, sondern hatte auch noch ein schlechtes Gewissen.

Ich hob das Fernrohr an und hoffte, dass ich zumindest ein Auge auf die Situation behalten konnte, ohne es zu vermasseln. Doch was das betraf, erwies ich mich auch sehr schnell als unfähig. Ich konnte Erica nirgends entdecken. Ich ließ vergebens den Blick über die SPIDER-Farm schweifen, aber sie war zu gut, um sich sehen zu lassen.

Alexander hingegen konnte ich entdecken. Er war noch unfähiger als ich. Irgendwie hatte er die Orientierung verloren, während er sich durch die Unionstruppen gekämpft hatte, und ging jetzt in die falsche Richtung. Er fragte gerade bei einem Souvenirstand nach dem Weg und bewies, dass sein Vater recht gehabt hatte, ihn nicht mitzunehmen.

Ich konzentrierte mich wieder auf das Farmhaus. Die SPIDER-Agenten gingen weiter ihren Tätigkeiten nach. Sie schienen sich der Tatsache kein bisschen bewusst zu sein, dass Erica unterwegs war oder dass sich Cyrus bereits irgendwo auf dem Gelände befand.

Die meisten falschen Unionssoldaten waren an mir vorbeimarschiert und stellten sich auf, um den Konföderierten entgegenzutreten. Drei lange Reihen blauer Uniformen erstreckten sich von einer Seite des Schlachtfelds zur anderen, gaben Kriegsgeschrei von sich und verspotteten den Feind. Um mich herum luden Männer eiligst ihre Kanonen.

Ich hingegen lehnte bloß an meiner und starrte in die falsche Richtung.

Der Chefkanonier bemerkte das schon nach kurzer Zeit. Er war ein schlaksiger Collegejunge, der sich noch nicht mal Koteletten wachsen lassen konnte – ihm klebten falsche an den Wangen –, seine Rolle aber viel zu ernst nahm.

»Was ist hier los?«, wollte er wissen. »Die Konföderation ist kurz davor, anzugreifen, und du lungerst in der Sonne herum wie ein alter Hund! Interessierst du dich keinen Deut für dein Land?«

»Doch, natürlich. Ich interessiere mich viele Deuts für mein Land«, versicherte ich ihm und behielt das Fernrohr auf den Feind gerichtet. »Es ist nur so, dass gerade etwas sehr Wichtiges passiert.«

»Die zweite Schlacht von Winchester passiert gerade, Gefreiter!«, schrie Lausige Koteletten. »Und du verpasst sie!« Damit riss er mir das Fernrohr aus den Händen.

»Hey!«, fuhr ich ihn an. »Ich brauch das!«

»Nein, du musst jetzt diese Kanone laden. Das ist ein direkter Befehl. Solltest du den Gehorsam verweigern, habe ich keine andere Wahl, als dich des Verrats schuldig zu befinden und in den Bau zu schicken.« Lausige Koteletten zeigte auf den Rand des Schlachtfelds, wo sich ein unechtes Feldgefängnis voller Verräter, Dissidenten und ein paar Amateuren in T-Shirts mit der Aufschrift »Die Konföderation ist ätzend« befand.

Auf der anderen Seite des Felds hatten die Rebellen ihre Angriffslinien ebenfalls gebildet. Kommandanten auf Pferden preschten entlang beider Fronten und schrien Parolen, die vermutlich mitreißend gewesen wären, wenn ich Zeit gehabt hätte, sie mir anzuhören. Die Soldaten verstummten in Vorbereitung auf die Schlacht, und eine unheimliche Stille vor dem Sturm legte sich über das Feld.

»Ich hab keine Zeit, das zu erklären«, sagte ich zu Lausige Koteletten. »Hier geht etwas vor sich, das viel wichtiger ist, als diese alberne Nachstellung.«

Lausige Koteletten schnappte gekränkt nach Luft. Anscheinend hatte ich meine Worte nicht gut gewählt. »Nachstellungen sind nicht ›albern‹! Es ist eine wunderbare Art, die Helden zu ehren, die dieses Land groß gemacht haben!«

»Warum stellt dann niemand die Schlachten des Zweiten Weltkriegs nach?«, konnte ich mir nicht verkneifen zu fragen. »Man hört nie von Leuten, die sich wie GIs und Nazis verkleiden und die Landung der Alliierten in der Normandie nachspielen.«

»Wir verkleiden uns nicht!«, schrie Lausige Koteletten. »Wir verkörpern die Geister der Krieger!«

Von der anderen Seite des Schlachtfelds ertönte ein Signalhorn. Die Kanonen der Konföderierten feuerten.

Unsere Kanonen antworteten. Der Lärm war ohrenbetäubend. Eine dichte, schwefelige Rauchwolke hüllte uns plötzlich ein.

Mein Walkie-Talkie brummte. Es war Erica, doch sie sprach in Code, damit alle SPIDER-Leute dachten, sie wäre eine der Teilnehmerinnen an der Nachstellung, die bloß unangebrachte Technologie benutzt. »Commander Ripley, das ist die Vorhut. Es ist mir nicht gelungen, zu meinem Vorgesetzten vorzudringen, da er bereits in Angriffsposition ist.

Ich habe die Absicht, ihn herauszuholen – und die anderen –, aber es wird nicht leicht sein. Hier sind viel mehr Rebellen als ursprünglich angenommen. Daher müssen Sie für ein Ablenkungsmanöver sorgen.«

Ich sah seitlich zu Lausige Koteletten. »Äh, wie bald brauchen Sie es?«

»Irgendwann in den nächsten zwei Minuten wäre gut«, antwortete Erica.

»Ist das ein Walkie-Talkie?«, wollte Lausige Koteletten wissen und sah aus, als wäre er kurz davor, völlig die Beherrschung zu verlieren. »Du kannst in einer Bürgerkriegsschlacht keine Technologie des zwanzigsten Jahrhunderts benutzen!«

Das sagte ausgerechnet ein Mann, dessen Koteletten in China hergestellt worden waren.

Ich gab mir alle Mühe, ihn zu ignorieren. »An was für eine Art von Ablenkungsmanöver haben Sie gedacht?«, fragte ich Erica.

»Sie haben doch eine Kanone, oder?«, fragte sie. »Die könnte ganz nützlich sein.«

Einen Moment lang fühlte ich mich von dieser Bitte völlig überfordert. Wie sollte ich Erica helfen, meine Freunde zu retten und gleichzeitig mit Lausige Koteletten fertigwerden? Doch dann hatte ich eine Idee, die mir trotz alldem ein Lächeln aufs Gesicht zauberte. »Ich werde sehen, was ich tun kann«, sagte ich zu Erica.

Dann wirbelte ich zu Lausige Koteletten herum und salutierte. »Ihre weisen Worte haben mir die Augen geöffnet, Commander. Sie haben recht. Wir sind nicht verkleidet.

Das ist eine großartige Art, die Helden der Vergangenheit zu ehren. Ich versichere Ihnen, diese Konföderierten sind Kanonenfutter.« Damit machte ich mich an die Arbeit, die riesige Kanone für die Schlacht fertig zu machen.

Lausige Koteletten war überrascht, aber erfreut über meinen plötzlichen Sinneswandel. »Sehr gut, Soldat«, sagte er und fragte dann: »Wo ist eigentlich der Rest deiner Crew?«

»Wurde von Heckenschützen angeschossen«, meldete ich. »Die Ärzte haben sie schon abgeholt. Aber ich krieg das hier schon allein hin.«

»Unsinn!«, sagte Lausige Koteletten. »Mach hier weiter. Ich werde dir ein paar neue Rekruten besorgen, damit sie dir helfen.« Er gab mir mein Fernrohr zurück und eilte die Reihe Kanonen entlang.

Vom Schlachtfeld ertönte ein letztes Mal das Signalhorn, diesmal länger als zuvor. Es war das Signal zum Angriff. Die Luft war sofort erfüllt von dem Gebrüll von ein paar Tausend falschen Konföderierten und Unionssoldaten, die alle gleichzeitig losschrien – und dann griffen sich beide Seiten an.

Obwohl das alles in meiner Nähe passierte, konnte ich es nicht wirklich gut sehen. Auf dem Feld war es vollkommen windstill, sodass der Rauch der Kanonen nicht weggeweht worden war. Stattdessen waberte er weiter in der Luft und hüllte die gesamte Reihe von Kanonen in Smog. Ich konnte meine Umgebung nur sehr verschwommen sehen.

Aber das bedeutete auch, dass alle – von den Zuschauern zu den Teilnehmern des Kriegsspektakels bis hin zu den feindlichen Agenten im Farmhaus – *mich* auch nicht sehen konnten.

Da ich genau aufgepasst hatte, als Cyrus erklärt hatte, wie man eine Kanone lädt, wusste ich, wie man es macht. Und auf der Spionageschule hatte ich ein oder zwei Dinge darüber gelernt, wie man mit Sprengstoff improvisiert. Jetzt musste ich mich schleunigst um das Ablenkungsmanöver kümmern, das Erica brauchte, bevor Lausige Koteletten mir Verstärkung schickte.

Neben der Kanone lag ein Beutel voller Schießpulverladungen. Für sich allein würde jede Ladung einfach nur zur Freude der Zuschauer knallen und rauchen, aber alle zusammengenommen ergaben genug Schießpulver, um eine ordentliche Explosion zu verursachen. Ich warf zwei Ladungen in das Kanonenrohr und kramte dann in Cyrus' Rucksack.

Wie ich erwartet hatte, war eine Rolle Klebeband darin.

Auf dem Schlachtfeld traf die erste Welle feindlicher Linien im Dunst aufeinander. Vierhundert Pseudo-Kämpfe brachen gleichzeitig aus, in denen falsche Yankees und Rebellen so taten, als würden sie mit stumpfen Messern aufeinander losgehen und sich gegenseitig mit Spielzeugmusketen verprügeln. Eine große Anzahl Männer ging zu Boden und starb so theatralisch wie möglich. Wenn Soldaten im wahren Leben durch die Hand des Feindes sterben, tun sie eher so unheroische Dinge wie weinen oder sich in die Hose machen. In Winchester fielen so gut wie alle Soldaten, während sie mannhaft den Feind verfluchten und ihre Kameraden anflehten, ohne sie den Kampf fortzusetzen.

Die Zuschauer liebten jeden Moment des Spektakels.

Ein riesiger Ladestock hing am Ende meiner Kanone herunter. Es war ein langer Metallstab mit einem wattierten Ende, was ihn ein wenig wie ein Ohrstäbchen für Elefanten aussehen ließ. Ich rammte damit beide Schießpulverladungen ins Kanonenrohr und wickelte dann mit Klebeband schnell die restlichen Ladungen um den Stab.

Plötzlich tauchten durch den Rauch drei Männer neben mir auf. Sie waren alle wesentlich älter als ich und wie leichte Infanteriesoldaten gekleidet. »Der Chefkanonier hat gesagt, dass du den Rest deiner Crew verloren hast«, sagte einer mit einem zerzausten Bart. »Wir können jetzt übernehmen, Junge.«

Ich wusste, dass ich die Kanone nicht aufgeben konnte, weil ich dann Erica, Cyrus und alle meine Freunde hängen lassen würde. Deshalb überlegte ich mir, was Erica in dieser Situation tun würde. Das war nicht schwer: Sie würde einfach eine Autoritätsposition einnehmen.

Ich sah die Männer nicht einmal an. Ich arbeitete einfach weiter, als wäre das genau, was ich tun sollte. »Ihr seid genau im richtigen Moment gekommen. Ich könnte etwas Hilfe dabei gebrauchen, diese Kanone umzudrehen.«

Zwei der Männer stellten das nicht mal infrage. Sie machten sich sofort daran, mir zu helfen. Großbart zögerte aber.

»Die Kanone umdrehen?«, fragte er. »Warum? Sie ist auf die Schlacht gerichtet.«

»Die Konföderierten planen hinter unseren Linien einen Überraschungsangriff«, antwortete ich selbstbewusst. »Meine Crew hat sie entdeckt, kurz bevor die Schlacht angefangen hat. Aber die Südstaatler haben sie abgeknallt, bevor wir reagieren konnten.«

Großbart kaufte mir das ab. »Na ja, dann lasst uns diese Rebellen die Rache der Union spüren«, erwiderte er.

Die Räder der Kanone waren mit Hemmschuhen verkeilt, damit sie nicht rückwärts den Berg hinunterrollte, auf dem sie stand. Um die Kanone umzudrehen, mussten wir also nur den Hemmschuh hinter einem der Räder wegziehen und ein bisschen schieben. Die Kanone rollte nach hinten und drehte sich, sodass sie jetzt auf das Farmhaus gerichtet war.

Der Rauch um uns herum lichtete sich ein wenig. Ich konnte jetzt wieder das Farmhaus sehen, sodass ich mein Ziel richtig anvisieren konnte. Allerdings konnte der Feind uns jetzt auch sehen, und wir mussten uns beeilen.

Da ich eine Begabung für Zahlen hatte, konnte ich blitzschnell den richtigen Winkel ausrechnen, in dem ich die Kanone im Verhältnis zur ungefähren Distanz zum Farmhaus und unserer Position darüber ausrichten musste. (Da kein Wind wehte, den man berücksichtigen musste, war es ziemlich einfach.) Meine neue Crew und ich richteten gemeinsam das Rohr aus und machten es fest.

Leider hatte uns Lausige Koteletten mittlerweile auch bemerkt. Er stürmte zu uns herüber und stammelte vor Wut. »W-was um a-alles in der Welt hat dieser U-Ungehorsam zu bedeuten?«

»Wir antworten auf einen konföderierten Überraschungsangriff, Sir!«, sagte ich und salutierte. Die anderen drei Männer folgten meinem Beispiel.

Lausige Kotelettens Wut verebbte. Er sah jetzt verwirrt aus. »In dieser Schlacht gibt es, glaube ich, keinen Überraschungsangriff.«

»Aber natürlich«, antwortete ich. »Das steht alles in den Geschichtsbüchern. Jubal Early schickte eine Truppe von konföderierten Kommandosoldaten hinter die feindlichen Linien, um die Unionsstreitkräfte von hinten anzugreifen.« Ich zündete ein Streichholz an, entfachte eine der Ladungen in dem Beutel, der am Ladestock klebte, und ließ dann das ganze behelfsmäßige Projektil in das Kanonenrohr fallen.

Lausige Koteletten schaute mit zusammengekniffenen Augen in Richtung des Farmhauses. »Ich sehe keine Kommandosoldaten«, sagte er.

»Wenn Sie es könnten, wären sie keine guten Kommandosoldaten«, erwiderte ich. Dann wandte ich mich zu Großbart und befahl: »Zünden.«

Großbart entfachte vergnügt die Zündschnur an der Kanone. »Das sollte es diesen Verrätern zeigen«, sagte er lachend. Dann trat er einen Schritt zurück und steckte die Finger in die Ohren.

»Paket ist unterwegs«, teilte ich Erica durch das Walkie-Talkie mit. Dann hielt ich mir auch die Ohren zu.

Die Kanone knallte. Der Ladestock schoss laut heraus. Meine Berechnungen waren nahezu perfekt. Er grub sich nur sechzig Zentimeter von seinem anvisierten Ziel entfernt in die Erde: einem der SPIDER-Busse. Aber das war nahe genug.

Der an den Ladestock festgeklebte Beutel voller Ladungen explodierte eine Sekunde später. Die Detonation zerdrückte den Kleinbus und schleuderte ihn auf die Seite, woraufhin er ebenfalls explodierte.

Selbst in der Mitte des Schlachtfelds, das mit Lärm und Chaos angefüllt war, war das laut und chaotisch genug, um die Aufmerksamkeit aller auf sich zu ziehen. Hundert Touristenvideokameras wirbelten von der Schlacht zum Farmhaus herum. Nord- und Südstaatler hielten mitten in ihren Pseudo-Kämpfen inne und wandten sich der Explosion zu. Männer, die gerade eine gute Minute lang ruhmreich im Kampf gestorben waren, erwachten plötzlich wieder zum Leben und setzten sich wie Zombies auf, um zu sehen, was passiert war.

Auf der Farm wollten die SPIDER-Agenten auch wissen, was vor sich ging. Durch mein Fernrohr beobachtete ich, wie sie an die Fenster rannten und nach draußen schauten.

Und das war genau das Ablenkungsmanöver, das Erica und Cyrus brauchten. Wie sich herausstellte – und das überraschte mich kein bisschen –, waren sie schon im Haus. Erst standen die SPIDER-Agenten an den Fenstern, und im nächsten Augenblick verschwanden sie aus meinem Sichtfeld, weil sie vermutlich bewusstlos auf dem Boden lagen. Ich konnte nirgends Erica und Cyrus entdecken, nur das Ergebnis ihres Angriffs.

Neben mir drehte Lausige Koteletten völlig durch. Er war unserem Beispiel nicht gefolgt und war nicht von der Kanone weggetreten, sodass sein Gesicht von der Explosion rabenschwarz war. Eine seiner falschen Koteletten war ihm von der Wange gerissen worden und hing ihm jetzt wie ein kleines Nagetier am Ohr, aber er war zu wütend, um es zu bemerken. »Was habt ihr getan?«, schrie er uns an. »Was habt ihr getan?«

»Na ja, ist das nicht offensichtlich«, sagte ich. »Wir haben einen Kleinbus der Rebellen in die Luft gejagt.«

Im Farmhaus verschwanden die SPIDER-Agenten von den Fenstern im ersten Stock und tauchten nicht wieder auf. Dann war plötzlich Erica zu sehen. Sie zog Chip die Augenbinde ab, und er schenkte ihr ein breites, dankbares Lächeln. Erica durchschnitt seine Fesseln mit einem Armeemesser, und sobald Chip frei war, half er ihr, die anderen Geiseln zu befreien.

»Die Konföderierten fahren keine Kleinbusse!«, wütete Lausige Koteletten. »Sie reiten Pferde! Du hast das Grundstück eines unbeteiligten Zuschauers zerstört!«

»Nein«, sagte ich und behielt mein Auge am Fernrohr. »*Sie* haben das getan.«

»Ich?«, fragte Lausige Koteletten. »Wieso bin *ich* dafür verantwortlich?«

»Ich wollte diese Kanone nicht benutzen«, erwiderte ich. »Sie haben es mir *befohlen*. Ich bin nur ein Junge. Welcher Irre lässt einen Jungen eine Kanone benutzen?«

Lausige Koteletten schluckte auf einmal sehr besorgt.

Die drei Männer, die mir geholfen hatten, wichen vor ihm zurück und zeigten mit dem Finger auf ihn. Sie fielen schnell aus ihrer Rolle, weil sie auf keinen Fall die Schuld auf sich nehmen wollten. »Wir hatten nichts damit zu tun«, informierte Großbart alle in der Nähe. »Wir haben nur Befehle ausgeführt!«

In der Zwischenzeit behielt ich weiter das Farmhaus im

Auge. Im Schlafzimmer waren jetzt alle frei. Aber niemand verschwendete Zeit darauf, sich darüber zu freuen. Erica bugsierte sie alle aus der Tür. Sie wollte ihnen gerade folgen, als sie etwas bemerkte. Sie wirbelte herum, bereit anzugreifen …

Und plötzlich sah ich eine Gefühlsregung auf Ericas Gesicht, die ich dort noch nie zuvor gesehen hatte: Überraschung.

Sie riss die Augen weit auf. Ihr Gesicht wurde leichenblass.

Was auch immer sie da sah, war so erstaunlich, dass sie das Undenkbare tat. Sie wurde unachtsam.

Nur für einen kurzen Moment, doch das genügte. Wer auch immer mit ihr im Zimmer war, war ihr gegenüber im Vorteil. Etwas traf Erica am Kopf, und sie sackte bewusstlos zusammen.

Im nächsten Augenblick rannte ich auch schon aufs Haus zu.

Ich hatte nicht einmal bewusst die Entscheidung getroffen. Hätte ich mir die Zeit dazu genommen, hätte ich an alle feindlichen Agenten im Haus gedacht, die besser bewaffnet und fähiger waren als ich. Ich hätte mir Sorgen um meine eigene Sicherheit gemacht. Aber das tat ich nicht.

Ich rannte einfach, so schnell ich konnte, übers Feld, fest entschlossen, Erica zu helfen. Ich brüllte in mein Walkie-Talkie! »Cyrus! Erica liegt bewusstlos im Schlafzimmer!«, doch wie ich befürchtet hatte, kam keine Antwort.

»Hey! Komm sofort zurück!«

Ich blickte hinter mich und sah, wie Lausige Koteletten

mir hinterherrannte, während seine falsche Gesichtsbehaarung im Wind flatterte. Er hatte mein Wegrennen fälschlicherweise für ein Schuldeingeständnis gehalten.

»Verschwinde!«

»Ich lass dich nicht aus den Augen, bis wir der Sache auf den Grund gegangen sind!«, brüllte er.

Wir kamen dem Farmhaus gefährlich nah.

Ohne auch nur darüber nachzudenken, blieb ich plötzlich stehen und wirbelte herum. Lausige Koteletten war so schnell, dass er direkt in mich hineinrannte, aber ich war auf den Zusammenprall vorbereitet und benutzte seinen Schwung gegen ihn. Ich packte ihn am Arm und warf ihn über meine Schulter. Er knallte mit dem Rücken so hart aufs Gras, dass es ihm den Atem verschlug.

»Lass mich in Ruhe«, warnte ich ihn. »Das geht dich nichts an.« Ich musste Autorität nicht mehr vortäuschen. Ich hatte sie.

Lausige Koteletten spürte das. Er riss ängstlich die Augen auf, hob die Hände und ergab sich. »In Ordnung«, sagte er. »Tut mir leid.«

Ich wirbelte herum, rannte zum Farmhaus und fühlte mich nicht mehr ganz so nutzlos.

Die Geiseln strömten aus der Eingangstür und stürmten auf mich zu. Sie waren so außer sich vor Freude darüber, frei zu sein, dass keinem aufgefallen war, dass Erica nicht bei ihnen war. Ich wedelte wild mit den Armen und bedeutete ihnen, stehen zu bleiben und zurückzugehen.

Die meisten verstanden meine Geste aber falsch und winkten fröhlich zurück.

Ich erreichte den Rand des Schlachtfelds, flitzte über die Straße und sprang über den Lattenzaun.

Zoe erreichte mich als Erste. Sie schlang die Arme um mich und drückte mich fest. »Wir sind frei!«, schrie sie. »Danke! Danke!«

»Erica ist immer noch drinnen!«, sagte ich zu ihr – und allen anderen. »Sie haben sie!«

Der Gesichtsausdruck aller verwandelte sich in Sekundenschnelle von Freude zu Besorgnis. Sie wirbelten herum und rannten wieder aufs Haus zu.

Ein Motor röhrte. Ein Kleinbus, der hinter dem Haus versteckt gewesen war, fuhr mit quietschenden Reifen die Auffahrt hinunter. Ich rannte hinterher, hatte aber keine Chance. Der Wagen schlitterte auf die Straße und sauste davon. Ich konnte ihm auf keinen Fall folgen. Das einzige andere Fahrzeug in der Nähe war der Kleinbus, den ich gerade in die Luft gesprengt hatte.

In dem Fluchtauto, das davonpreschte, waren mehrere SPIDER-Agenten, doch kein einziger blickte zu uns zurück. Ich und die anderen Geiseln waren ihnen völlig egal. Sie hatten bekommen, was sie wirklich wollten.

Ein kurzer Blick ins Haus bestätigte es.

Erica und Cyrus Hale waren beiden gefangen genommen worden.

20

Nachbesprechung

Maynard Farm
Winchester, Virginia
15. Juni
16:30 Uhr

Den sechs Geiseln – Chip, Hank, Claire, Zoe, Warren und Jawa – ging es gut. Alexander Hale hingegen war ein nervliches Wrack.

Er war kurz, nachdem sich SPIDER aus dem Staub gemacht hatte, endlich beim Farmhaus angekommen und völlig außer Atem, weil er über das ganze Schlachtfeld gerannt war. Ich kam ihm auf der Veranda entgegen. »Was ist passiert?«, keuchte er. »Wo ist meine Familie?«

»SPIDER hat sie«, sagte ich. »Wir müssen ein Auto beschlagnahmen und sie verfolgen.«

Aber anstatt sofort in Aktion zu treten, verließ Alexander jeglicher Tatendrang. Er setzte sich einfach auf die Verandaschaukel und starrte ins Leere.

»Alexander?«, sagte ich und wedelte mit einer Hand vor seinem Gesicht. »Haben Sie mich gehört?«

Alexander antwortete nicht. Er blinzelte nicht einmal. Er stand unter Schock.

Und ich hatte gedacht, *ich* wäre nutzlos.

Ich ging wieder hinein. Meine Mitschüler plünderten die Küche. SPIDER hatte ihnen seit dem Frühstück nichts zu essen gegeben, und sie hatten einen Riesenkohldampf.

»Wir müssen los«, sagte ich. »Sofort.«

»Nein«, gab Hank zurück. »Zuerst musst du uns auf den neuesten Stand bringen.«

»Dafür ist keine Zeit!«, protestierte ich. »SPIDER entkommt mit Erica und Cyrus. Jede Minute, die wir verschwenden, ist ein weiterer Kilometer zwischen uns und ihnen!«

»Sie haben schon einen zu großen Vorsprung, als dass wir sie noch einholen könnten«, erwiderte Hank. »Wenn wir Erica und Cyrus retten wollen, müssen wir erst mal herausfinden, wohin sie unterwegs sind. Und das können wir nicht, wenn du uns nicht sagst, was um alles in der Welt hier vor sich geht.«

Ich war sauer auf Hank – jede Faser meines Körpers sagte mir, dass wir in diesem Moment SPIDER hinterherrasen sollten –, aber mir wurde widerwillig klar, dass er recht hatte. »Okay«, lenkte ich ein.

»Bingo!«, brüllte Chip. Er hatte in der Gefriertruhe einen Vorrat an Eiscreme gefunden. Claire schnappte sich ein paar Löffel, und während alle hungrig über das Eis herfielen, bemühte ich mich, sie auf den neuesten Stand zu bringen.

»Ich versuche immer noch, das alles zu verstehen«, erklärte ich, »aber ich glaube, dass das alles ein von SPIDER geschmiedetes Komplott war, um Cyrus Hale zu schnappen.«

»Moment mal«, wandte Zoe ein. »Ich dachte, sie wollten *dich*.«

»Nein«, sagte ich. »Das war alles eine List. Sie waren nie an mir interessiert. Ich war nur ein Köder. Deshalb haben sie alles dafür getan, alle davon zu überzeugen, sie wären hinter mir her: die Nachrichten, Murray Hill, der sich am helllichten Tag zeigt, der Vertrag. Sie hatten zwei Motive. Erstens wollten sie, dass ich die Nerven verliere. Sie wussten, dass ich Erica um Hilfe bitten würde – und dass Erica sich die Chance nicht entgehen lassen würde, sich gegen SPIDER zu beweisen.«

»Und das zweite Motiv?«, fragte Chip.

»Ich glaube, sie wollten auch, dass die CIA die Nerven verliert«, sagte ich. »Die Agency hat ihren Spitzenmann, Alexander Hale, geschickt, um mich im Auge zu behalten. Damit waren jetzt Cyrus Hales Sohn und seine Tochter Teil der Mission. Und dann hat die CIA Cyrus gebeten, in den aktiven Dienst zurückzukehren – was er getan hat, um seine Familie zu beschützen.«

»Als SPIDER unseren Bus angegriffen hat, haben sie also nicht versucht, uns gefangen zu nehmen?«, fragte Jawa. »Sie wollten sich Alexander und Erica schnappen?«

»Ja, ich glaub schon«, erwiderte ich. »Das Ziel der Aktion war, beide – oder zumindest Erica – in Gefahr zu bringen. Denn Erica ist die einzige Person, für die Cyrus aus dem

Ruhestand zurückkehren würde. Als Erica aber ihren Angriff vereitelt hat, haben sie ihre Strategie geändert. Sie haben euch alle als Geiseln genommen, weil sie wussten, dass sie Erica so zwingen konnten, einen Rettungsversuch zu unternehmen – und dass Cyrus mit von der Partie sein würde.«

Claire fragte: »Dann hat SPIDER also damit gerechnet, dass ihr jetzt angreift?«

»Ja«, antwortete ich. »Vielleicht nicht in genau diesem Moment. Erica hat sie möglicherweise wirklich überrascht, indem sie einen Tag früher aufgetaucht ist. Aber sie waren vorbereitet. Sie waren uns die ganze Zeit einen Schritt voraus. Sie wussten sogar, dass wir nach Apple Valley fahren würden, um herauszufinden, wie Murray entkommen ist …«

»Wie *ist* er entkommen?«, fragte Warren.

»Das musste er gar nicht«, antwortete ich. »Er war nie dort. SPIDER hatte Doppelagenten in der CIA. Die haben den echten Murray durch einen falschen ausgetauscht, der sich bereit erklärt hat, gegen Geld in die Haftanstalt zu gehen.«

Alle schauten ziemlich schockiert über diese Neuigkeit. Außer Claire, die verärgert dreinblickte. »Mehrere Doppelagenten?« Sie grinste hämisch. »Wow, das sind miserable interne Zustände. Beim MI-6 wäre so was nie möglich.«

Zoe wirbelte wütend zu ihr herum. »Fang bloß nicht so an, Prinzessin. Nach dem, was ich gehört habe, hat der MI-6 mehr Maulwürfe als der Rasen des Weißen Hauses. Und wie können wir uns sicher sein, dass du nicht auch einer bist?«

»Das bin ich mit Sicherheit nicht!«, schnaubte Claire.

»Ach wirklich?«, fragte Warren, der immer gleich bereit war, Zoe zur Seite zu stehen. »Der Ärger mit SPIDER hat erst angefangen, als du aufgetaucht bist.«

»Lasst sie in Ruhe«, ging Hank dazwischen. »Claire ist kein Doppelagent.«

»Woher willst du das wissen?«, fragte Chip.

»Weil ich sie selbst überprüft habe«, erwiderte Hank. »Als ich noch in London studiert habe. Vergesst es also. Wisst ihr noch, was Waldmurmeltier uns im Bus gesagt hat? Der erste Schritt in jeder Notfallsituation ist, einen Weg zu finden, zusammenzuarbeiten. Na ja, das ist eine Notfallsituation. Also werden wir zusammenarbeiten. Keinen Rivalitätsblödsinn zwischen unseren Geheimdiensten, kein Gestreite und keine kleinlichen Meinungsverschiedenheiten mehr, kapiert?«

Zoe funkelte Claire noch eine Weile böse an, sagte dann aber: »Kapiert.«

Hank sah Claire an.

»Ich auch«, stimmte sie zu, obwohl sie Zoes finsteren Blick erwiderte.

»Okay, das wäre geklärt«, sagte Jawa. »Kümmern wir uns also um die eine wichtige Frage: *Warum* will SPIDER Cyrus Hale so unbedingt?«

Keiner von uns hatte eine Antwort darauf, weshalb alle durch das Fenster zu der einen Person schauten, die es wissen müsste.

Alexander saß immer noch auf der Schaukel und starrte vor sich hin. Wenn er auch nur irgendetwas von unserem Gespräch gehört hatte, ließ er es sich nicht anmerken.

»Was ist mit Agent Hale los?«, fragte Jawa. »Was macht er da draußen?«

»Er denkt offensichtlich nach«, sagte Zoe, bevor ich mir eine Antwort einfallen lassen konnte. »Guck, wie konzentriert er schaut. Wahrscheinlich entwirft er gerade eine umfassende Strategie, um SPIDER aufzuspüren, ihre Pläne zu durchkreuzen und seine Familie zu retten.«

Anscheinend war ich nicht die einzige Person, von der Zoe immer nur das Beste dachte.

Fast alle nickten und kauften ihr das ab. Keiner von ihnen kannte Alexander so wie ich. Sie kannten nur seinen Ruf.

Die Einzige, die auch nur annährend misstrauisch wirkte, war Claire, die bis vor Kurzem nie von Alexander gehört hatte. »Er sieht nicht so aus, als würde er nachdenken«, wandte sie ein. »Es sieht mehr so aus, als wäre er mit seinen Gedanken ganz woanders.«

»Das ist ein Ausdruck extremer Konzentration auf seinem Gesicht«, fuhr Zoe sie an. »Alexander ist ein Zen-Meister. Außerdem sind gerade sein Vater und seine Tochter von Verbrechern gekidnappt worden. Unter diesen Umständen ist es völlig verständlich, wenn er mit den Gedanken ein bisschen woanders ist.«

Claire wollte protestieren, aber ein scharfer Blick von Hank hielt sie zurück. »Okay«, sagte sie und hob die Hände. »Tut mir leid.«

»Ich hoffe, Alexander lässt sich was einfallen«, meinte Chip. »Denn ich hab keine Ahnung, wie wir SPIDER aufspüren sollen.«

Alle anderen nickten. »Ja«, stimmte Jawa ihm zu. »Zum Glück ist er hier. Wir werden auf jeden Fall seine Hilfe brauchen.«

»Was ist mit dem Rest der CIA?«, fragte Warren. »Sollten wir nicht die Agency informieren?«

Chip schlug ihm mit der offenen Hand auf den Hinterkopf. »Hast du nicht zugehört? Die CIA ist voller Doppelagenten, die für SPIDER arbeiten. Wir können niemandem trauen.«

»Momentan ist der einzige Agent, dem wir trauen können, Alexander«, pflichtete Hank ihm bei.

»Ähm«, sagte ich unbehaglich. »Wisst ihr, wenn wir wirklich müssten, könnten wir bestimmt auch ohne ihn klarkommen.«

Alle sahen mich an, als hätte ich den Verstand verloren.

»Soll das ein Witz sein?«, fragte Zoe. »Das ist Alexander Hale! Der größte Agent in der Geschichte der CIA! Wir sind nur ein Haufen Jugendlicher, die noch nie mit einer Mission betraut worden sind. Wenn hier irgendjemand eine Last ist, dann sind wir das. Alexander könnte diese Mission wahrscheinlich im Alleingang durchführen.«

»Natürlich werden wir ihn so gut wie möglich unterstützen«, sagte Hank. »Aber Alexander sollte auf jeden Fall die Führung übernehmen.«

Alle waren sich darüber einig.

Chip sah zu mir. »Also, kannst du herausfinden, was er sich hat einfallen lassen?«

»Ich?«, fragte ich.

»Ja, du«, erwiderte Chip. »Du bist der Einzige, der mit

ihm zusammengearbeitet hat. Er hat nicht den geringsten Schimmer, wer wir sind.«

Ich seufzte resigniert. Sogar Chip Schacter – der sonst kaum jemanden respektierte – hatte Respekt vor Alexander Hale.

Ich wägte meine Optionen ab. Ich wollte Alexander nur ungern eine Operation leiten lassen; er hatte so ziemlich alle mir bekannten Operationen verbockt, an denen er teilgenommen hatte. Und trotzdem erwarteten alle, dass er die Führung übernahm. Ich hätte ihnen die Wahrheit über Alexander erzählen können – dass der Mann ein Hochstapler war, der unsere Anerkennung kein bisschen verdiente –, aber was würde das bringen? Alle wären daraufhin nur noch niedergeschlagener – falls sie mir überhaupt glaubten. Und sie würden immer noch nicht wissen, was sie als Nächstes tun sollten.

Das konnte ich also vergessen. Wir waren alle bloß Schüler, die von dieser Situation völlig überfordert waren. Und in diesem Moment brauchten alle jemanden, zu dem sie aufsehen konnten, ob er Angst hatte oder nicht.

»Gebt mir ein paar Minuten«, sagte ich und trat dann hinaus auf die Veranda.

Alexander hob nicht einmal den Blick.

»Alexander?«, sagte ich.

Keine Antwort.

»Alexander«, wiederholte ich. »Wir brauchen Ihre Hilfe.«

»Nein, tut ihr nicht«, antwortete Alexander traurig. »Meine Hilfe ist das Letzte, was irgendjemand momentan braucht.«

»Das stimmt nicht«, sagte ich. »Keiner von uns hat die geringste Ahnung, was SPIDER von Ihrem Vater will …«

»Na, hab ich auch nicht«, seufzte Alexander. »Siehst du? Ich bin zu nichts nütze.«

»Kommen Sie schon«, flehte ich ihn an. »Denken Sie nach. Vielleicht kennt Ihr Vater irgendwelche streng geheimen Informationen, die SPIDER haben will …«

»Mein Vater kennt *Unmengen* streng geheimer Informationen, die SPIDER wollen könnte«, gab Alexander zurück. »Die Frage ist, welche? Die geheimen Eingänge zum Weißen Haus? Die Launch-Codes für NORAD…?«

»Ihr Vater kennt die atomaren Launch-Codes?« Ich schnappte nach Luft.

»Keine Ahnung«, sagte Alexander. »Das waren nur Beispiele. Aber er *könnte* sie kennen. Es ist nicht gerade so, als würde er mir so was erzählen. Er hat mir nie irgendwas erzählt … außer, dass ich eine große Enttäuschung für ihn bin.«

»Ich bin sicher, dass das nicht stimmt«, erwiderte ich.

»Oh doch. Und er hat recht. Ich bin ein Versager. Eine Schande für die ganze Hale-Familie.«

»Dann werden Sie uns nicht helfen, ihn zu retten?«, fragte ich. »Weil er hart mit Ihnen umgegangen ist?«

»Nein, ich werde euch nicht helfen, weil ich ein schlechter Spion bin«, antwortete Alexander. »Wie soll *ich* sie denn retten können? Ich konnte meine Familie nicht mal davor bewahren, überhaupt erst gefangen genommen zu werden! Ich hätte da sein müssen, um sie zu beschützen. Stattdessen habe ich Volltrottel mich verlaufen.«

Ich stimmte dem allem voll und ganz zu, bemühte mich aber, weiter positiv zu bleiben. »Jeder macht mal einen Fehler«, sagte ich zu ihm.

»Na ja, ich mache ständig Fehler«, erwiderte Alexander. »Was anderes kann ich gar nicht. Ich bin ein Betrüger. Ein Hochstapler. Ein Scharlatan. Meine ganze Karriere ist auf Lügen aufgebaut.«

Das stimmt, dachte ich. Doch dann kam mir ein Gedanke, etwas Wichtiges, was Alexander betraf. »Nein«, sagte ich. »Das kann nicht stimmen. Das ist Erica, die da aus Ihnen spricht. Ich meine, ich weiß, dass Sie gelogen haben. Ich weiß, dass Sie mir die Anerkennung für Murray Hills Ergreifung gestohlen haben …«

Alexander wandte sich beschämt ab.

»Aber man kann keine ganze Karriere darauf aufbauen«, fuhr ich fort. »Sie könnten auf keinen Fall Ihren Ruf haben, wenn Sie *gar kein* Talent hätten.«

Alexander dachte einen Moment lang darüber nach. Ein kleines Lächeln umspielte seine Mundwinkel. »Vielleicht«, sagte er.

Ich zeigte auf das Haus. »Da sind sechs Schüler drin, die bereit sind, alles Notwendige zu tun, um Erica und Cyrus zu retten. Aber sie wissen nicht, wo sie anfangen sollen. Die brauchen jetzt etwas, an das sie glauben können, und sie glauben an *Sie*. Wenn Sie aufgeben, geben sie auch auf – und dann ist Ihre Familie so gut wie verloren. Wollen Sie jetzt also hier weiter in Selbstmitleid baden, oder kriegen Sie jetzt Ihren Hintern hoch und unternehmen etwas?«

Alexander drehte sich zu mir. In seinen Augen flackerte jetzt so etwas wie Entschlossenheit auf. »Was soll ich tun?«, fragte er.

»Seien Sie Alexander Hale«, sagte ich. »Nicht der *echte* Alexander Hale. Nur der Alexander Hale, den alle für echt *halten*. Der Mann, der zwanzig Terroristen mit sechs Kugeln umnieten und eine Bombe im Schlaf entschärfen kann. Der beste Spion der ganzen CIA.«

Alexander stand auf. Er schaute durchs Fenster ins Haus.

Alle drinnen hatten uns beobachtet, obwohl sie sich schnell umdrehten und so taten, als hätten sie es nicht getan.

Alexander klopfte mir auf die Schulter. »Alles klar«, sagte er. »Ich werde mein Bestes tun.«

Er marschierte ins Farmhaus. Ich folgte ihm.

Alle standen respektvoll auf.

Hank stand tatsächlich stramm und salutierte. »Hank Schacter, im sechsten Jahr. Das sind Chip Schacter, Claire Hutchins, Jawa O'Shea, Zoe Zibbell und Warren Reeves. Ich glaube, ich spreche für alle, wenn ich sage, dass es uns eine Ehre ist, unter Ihnen dienen zu dürfen, Agent Hale.«

Bei so vielen bewundernden Fans wurde Alexander schnell wieder ganz der Alte. Es war nahezu ein Reflex. Er richtete sich auf. Seine Augen strahlten. »Oh nein«, sagte er gnädig. »Es ist *mir* eine Ehre, mit einer so feinen Truppe von Schülern zu arbeiten.«

»Sie brauchen nicht diplomatisch sein, Sir«, sagte Zoe. »Ich habe alle Ihre Fallakten gelesen. Oder zumindest die, die nicht streng geheim sind. Sie sind der talentierteste Spion der ganzen CIA! Sie haben einmal einen atomaren

Gefechtskopf entschärft, während Sie einen Helikopter geflogen sind!«

Alexander schenkte Zoe ein Lächeln, das sie rot anlaufen ließ. »Na ja«, sagte er, »diese Geschichte ist ein wenig übertrieben weitergegeben worden …«

»Und was ist mit dem Mal, als Sie ein ganzes Terroristennest in Afghanistan mit nur einem Schweizer Armeemesser unschädlich gemacht haben?«, fragte Warren.

»Oder als Sie in allerletzter Sekunde die Ermordung des chinesischen Premierministers verhindert haben, indem Sie die Kugel mit einem Teebrett abgelenkt haben?«, warf Jawa hinterher.

Alexander kicherte. »Meine Güte, ihr kennt meine Missionen besser als ich.«

»Natürlich«, sagte ich zu ihm. »Sie sind eine Legende.« Dann senkte ich die Stimme, um hinzuzufügen: »Und Legenden, egal wie lächerlich, beruhen in der Regel auf Fakten, oder?«

Alexander begegnete meinem Blick und nickte zustimmend. »Also gut.«

Hank trat vor. »Wir könnten Ihnen bestimmt den ganzen Tag lang so weiterschmeicheln, aber jetzt ist Eile geboten. Wir sind bereit, alles Notwendige zu tun, um Ihre Familie aus den üblen Klauen von SPIDER zu befreien. Wie sieht also Ihr Plan aus?«

Alexanders Lächeln verschwand. Es war offensichtlich, dass er nach all meinen Bemühungen, ihn dazu zu bringen, aktiv zu werden, keine Ahnung hatte, was er als Nächstes tun sollte. Doch dann fiel ihm auf, dass meine Mitschüler ihn alle erwartungsvoll ansahen, und er riss sich zusammen, um das Gesicht zu wahren. »Na ja«, begann er, »das klingt vielleicht ein bisschen unorthodox, aber … Manchmal lassen sich Dinge am besten herausfinden, indem man prüft, ob nicht schon jemand anderes es vor einem herausgefunden hat.«

»Sie meinen, wie bei jemandem die Hausaufgaben abzuschreiben?«, fragte Claire misstrauisch.

»Gewissermaßen«, gab Alexander zu. »Nur im wahren Leben ist das nicht immer was Schlechtes. Warum sollten wir Zeit damit verschwenden, herauszufinden, wo SPIDER meine Familie hingebracht hat, wenn jemand bereits die Laufarbeit gemacht hat? Also, kennt einer von euch jemanden, der bereits wissen könnte, wo SPIDERs Versteck liegt?«

Ich wollte meinen Ohren nicht trauen. Nach allem, was ich getan hatte, um sein Ego wieder aufzupäppeln, fiel Alexander nichts Besseres ein, als jemanden zu suchen, der die Arbeit für ihn tat. Ich wollte gerade meinem Ärger darüber Luft machen, als mir ein erstaunlicher Gedanke kam: Alexanders bescheuerte Idee könnte tatsächlich funktionieren. »Ich glaube, es gibt da jemanden«, sagte ich.

Alle Blicke wandten sich mir zu. »Was meinst du?«, fragte Chip.

»Als ich die erste Nachricht von SPIDER bekommen habe, hat Erica ein extrem kleines Sandkorn darauf gefunden«, erklärte ich. »Sie dachte, es könnte uns verraten, wo die Nachricht geschrieben worden war, und wollte es jemandem zur Analyse geben.«

»Wem?«, fragte Hank.

»Ich weiß es nicht«, gab ich zu. »Sie hat es mir nicht gesagt.«

»Wahrscheinlich Chester Snodgrass«, sagte Alexander. »Er ist forensischer Geologe in der Abteilung für Beweisauswertung. Er ist immer ein großer Fan von Erica gewesen.«

Alle drehten sich beeindruckt zu Alexander, als hätte er tatsächlich irgendetwas herausgefunden.

»Können Sie ihn anrufen?«, fragte Zoe.

»Leider nicht«, seufzte Alexander. »Diese Woche findet die internationale Tagung für Forensische Geologie in Orlando statt. Chester verpasst sie nie – und ich habe seine Kontaktdaten zusammen mit meinem Telefon im Fluss verloren.«

Ich runzelte darüber die Stirn, aber dann sagte Hank: »Na ja, wir müssen ja nicht direkt mit Chester reden. Alle Beweisanalysen werden standardmäßig in das zentrale Computersystem der CIA eingespeist. Wir müssen die Info einfach nur abrufen.«

»Geht das auch von außerhalb?«, fragte Warren. »Im Haus ist ein Computer.«

»Das ist nicht so einfach«, erklärte Jawa. »Aus Sicherheitsgründen kann man sich nicht mit jedem Gerät in das zentrale System einloggen. Das geht nur mit Geräten, die mit dem System verbunden sind. Wie alle unsere Smartphones, aber SPIDER hat sie uns abgenommen.«

»Dann müssen wir einfach jemanden bei der CIA anrufen und ihn bitten, sich ins System einzuloggen«, meinte Warren.

Chip gab ihm einen weiteren Klaps auf den Hinterkopf. »Hast du's schon wieder vergessen? Die CIA ist von Doppelagenten unterwandert. Wir können dort niemandem trauen.«

»Das habe ich nicht vergessen«, blaffte Warren ihn an. »Aber willst du mir wirklich erzählen, dass es in der gesamten CIA keine einzige Person gibt, der wir vertrauen können?«

»Alle stehen unter Verdacht«, sagte Hank. »Wenn wir einen Handlanger von SPIDER erwischen, wird er uns eine falsche Information geben und auf eine falsche Fährte schicken.«

»Nicht alle sind verdächtig«, wandte ich ein. »Ich weiß, wem wir vertrauen können.«

Jetzt drehten sich alle Blicke wieder zu mir. »Wem?«, fragte Zoe.

»Das ist einfach«, gab ich zurück. »Wenn du herausfinden willst, wer bestimmt nicht für SPIDER arbeitet, musst du bloß nach jemandem suchen, dessen Karriere SPIDER ruiniert hat.«

Zoes Augen leuchteten auf, als ihr ein Licht aufging. »Tina Cuevo.«

»Genau«, sagte ich.

Forensische Geologie

Maynard Farm
Winchester, Virginia
15. Juni
17:00 Uhr

Ich rief von der Farmhausküche aus an. Wie ich schon sagte, vergesse ich nie eine Telefonnummer. Für ein Mathewunderkind ist das völlig normal.

Tina ging nach dem vierten Klingeln ran. »Agentin Cuevo.«

»Tina! Hier ist Ben Ripley.«

»Ben! Wie nett, dass du anrufst.«

»Wie läuft's in Vancouver?«

»Ich muss zugeben, dass du recht hattest. Es ist nicht annähernd so schlimm, wie ich dachte. Die Stadt ist wunderschön, die Agenten sind cool drauf, und mein Praktikum ist eigentlich richtig spannend. Ich bin erst seit zwei Tagen hier und hab schon bei meiner ersten Razzia mitgemacht.«

»Echt?«

»Irgendein durchgeknallter amerikanischer Rockstar hat versucht, einen Eisbären über die Grenze zu schmuggeln. Wir haben den Bären gerettet und die Schmuggler in zehn Minuten dazu gebracht, die Beweise rauszurücken. Es war fantastisch.«

»Klingt toll, Tina.«

»Das war es. Außerdem gibt es gleich um die Ecke von unserem Büro ein tolles Sushi-Restaurant. Ich glaube, mir wird es hier wirklich gefallen.«

»Das ist toll. Hör mal, ich hab mich gefragt, ob du mir einen kleinen Gefallen tun könntest …«

»Du meinst, du rufst nicht bloß an, um mir eine gute erste Woche in meinem neuen Job zu wünschen?«

»Na ja, nein. Nicht wirklich. Weißt du, es sind wegen dieser SPIDER-Geschichte, mit der ich zu dir gekommen bin, alle möglichen Dinge passiert. Ein paar Schüler sind gekidnappt worden …«

»Oh. Äh … Na ja, die Sache ist nur, so sehr ich dir auch helfen möchte, ich bin in Kanada, Ben. Wenn du ein Problem hast, solltest du wirklich mit Hank sprechen.«

»Er war einer der gekidnappten Schüler.«

»Was?«

»Keine Sorge. Wir haben ihn befreit. Ihn und alle anderen. Aber jetzt hat SPIDER Erica Hale und ihren Großvater in ihrer Gewalt.«

»Wie ist das passiert …?«

»Es ist eine lange Geschichte, und ich habe leider keine Zeit, dir alles zu erklären. Die Kurzfassung ist, dass es in der CIA nur so von Maulwürfen wimmelt, und du bist die Einzige, der ich vertrauen kann.«

»Ach, Ben. Das ist so süß von dir.«

»Erica hat vor ein paar Tagen Beweismittel zur Analyse eingereicht, die uns einen Hinweis darauf geben könnten, wo sich das Versteck von SPIDER befindet. Wir glauben, dass sie sie Chester Snodgrass in der Abteilung für Forensische Geologie gegeben hat. Kannst du dich in das zentrale System einloggen und nachsehen, ob Snodgrass seine Ergebnisse eingegeben hat?«

»Na klar. Ich sitze gerade an meinem Computer. Warte mal kurz.«

Ich hörte das ferne Geräusch von Tinas Fingern, die über die Computertastatur flogen.

Meine Spionagekollegen drängten sich im Wohnzimmer zusammen und sahen mich erwartungsvoll an. »Sie schaut gerade nach«, ließ ich sie wissen.

»Grüß sie von mir«, sagte Warren.

»Ich hab's!«, rief Tina in den Hörer.

»Was steht da?«, fragte ich.

»Gib mir einen Moment. Es ist ein langer Bericht. Wow. Wer hätte gedacht, dass man so viel von einem einzigen Sandkorn erfahren kann? Wollen wir mal sehen. Spektralanalyse, Radiokarbonuntersuchung, Grundstoffauswertung. Ah, da haben wir's. Es ist ein Stück Kohle.«

»Das ist alles?«, fragte ich. »Dass es Kohle ist, hab ich schon gewusst.«

»Immer mit der Ruhe. Da ist noch mehr.« Tina summte, während sie den Bericht auf ihrem Computer durchsah.

»Anscheinend ist jeder Kohleflöz anders. Leichte Veränderungen bei den verschiedenen Grundbausteinen und so was. Also Snodgrass hat alle diese Tests durchgeführt, um die genaue Zusammensetzung zu bestimmen. Wie es aussieht, hat er zwei Übereinstimmungen gefunden. Das Stückchen Kohle kam entweder aus einem Flöz in Wladiwostok, Russland …«

»Argh«, sagte ich.

»Oder aus dem Junction-Bergwerk in der Nähe von Shepherdstown, West Virginia.«

Ein Schauer lief mir den Rücken hinunter. »Wie weit ist das von Winchester, Virginia, weg?«

»Moment, ich seh's mir auf der Karte an. Da haben wir's. Nur etwa fünfzig Kilometer. Das Bergwerk ist wohl schon seit ein paar Jahren stillgelegt. Und noch ein interessanter Punkt: Es ist nur eineinhalb Stunden von Washington entfernt.«

»Das klingt nach dem richtigen Ort. Hast du die Koordinaten?«

Tina ratterte den genauen Längen- und Breitengrad des Bergwerks herunter, und ich prägte mir beides sofort ein.

»Danke«, sagte ich. »Du warst mir eine Riesenhilfe.«

»Sorg nur dafür, dass die hohen Tiere bei euch davon erfahren. Für den Fall, dass ich meine Meinung ändere und keine Eisbären mehr retten und zurückkommen will.«

»Mach ich.« Ich legte auf und wandte mich den anderen zu. »Klingt so, als hätte sich SPIDER in einem stillgelegten Kohlebergwerk fünfzig Kilometer von hier eingenistet.«

»Dann mal los«, sagte Alexander.

Alle jubelten aufgeregt.

Außer Warren, der mir einen eisigen Blick zuwarf. »Du hast Tina nicht von mir gegrüßt«, moserte er.

Auskundschaftung

Junction-Bergwerk
Neun Kilometer von Shepherdstown,
West Virginia, entfernt
15. Juni
23:00 Uhr

Im Rucksack, den Cyrus zurückgelassen hatte, befand sich ein ganzer Vorrat an Notfallausrüstung. Er beinhaltete Medikamente, eine Aderpresse, eine Gasfackel, ein Schweizer Messer – und eine Menge Geld. Da waren über fünftausend US-Dollar sowie dicke Bündel kanadischer Dollar, Euro, russischer Rubel, mexikanischer Pesos und sechs weiterer Währungen, die ich nicht erkannte. Anscheinend war Cyrus jederzeit darauf vorbereitet, das Land zu verlassen. Alexander nahm dreihundert Dollar und mietete einen Kleinbus.

Als Nächstes fuhren wir zum Supermarkt.

Wie sich herausstellte, kann man eine Spionagemission

komplett in einem durchschnittlichen Großmarkt ausstatten. Dinge, die James Bond in seinen früheren Filmen für unglaublich gehalten hätte, wie ein Nachtsichtgerät, waren jetzt im Handel frei erhältlich. Wir besorgten für alle Tarnausrüstung, Walkie-Talkies, Rucksäcke, Stirnlampen, Theaterschminke, ein paar Laservisierferngläser sowie ein Dutzend Rollen Klebeband. Es waren auch eine Menge Jagdgewehre im Angebot, die wir aber nicht ohne Ausweis kaufen konnten. Deshalb deckten wir uns stattdessen mit alternativen Waffen ein: Pfeil und Bogen, Jagdmesser, Pfefferspray und Tomahawks. Wir kauften auch eine Menge Wasserflaschen und Energieriegel. Hank, der schon einen Kurs in fortgeschrittenen chemischen Waffen belegt hatte, besorgte ein paar Reinigungsmittel. Und nur um auf Nummer sicher zu gehen, nahmen wir auch ein paar Paintballpistolen mit. Zumindest *sahen* sie wie echte Waffen aus. Die Kassiererin zuckte nicht einmal mit der Wimper, als wir das alles anschleppten. »Ihr werdet heute Abend bestimmt eine Menge Spaß haben«, sagte sie.

»Sie haben ja keine Ahnung, wie viel Spaß«, erwiderte Chip.

Als wir mit unserem Einkauf fertig waren, war es schon spät am Abend. Wir beluden den Kleinbus und machten uns auf die Suche nach dem Junction-Bergwerk.

Das erwies sich als ein wenig schwieriger als erwartet. Wie Tina gesagt hatte, befand sich Shepherdstown nur fünfundvierzig Minuten nördlich von Winchester, wo sich West Virginias Arm über die Spitze von Virginia legte. Das Bergwerk war deutlich auf einer Straßenkarte verzeichnet, die wir im Großmarkt gekauft hatten, aber als wir die entsprechende Gegend erreichten, konnten wir es nirgends finden. Wir fuhren die nächstgelegene Straße dreimal auf und ab, doch da war nichts, was auch nur annähernd einer Abzweigung ähnelte.

»Bist du sicher, dass du dir die richtigen Koordinaten gemerkt hast?«, fragte Claire spitz.

»Ja«, erwiderte ich, obwohl ich mir, ehrlich gesagt, dieselbe Frage stellte.

»Sieht nicht so aus«, meinte Claire.

»Aber, aber«, warf Alexander vom Fahrersitz ein. »Seien wir nicht zu streng mit dem jungen Agenten Ripley. Die Tatsache, dass wir das Bergwerk nicht finden können, ist eigentlich ein gutes Zeichen.«

»Warum?«, wollte Claire wissen.

»Es bedeutet, dass jemand versucht hat, es zu verbergen«, antwortete Alexander. »Und das bedeutet, dass wir vermutlich auf dem richtigen Weg sind.«

Alle sahen Alexander beeindruckt an. Er lächelte breit, stolz auf seine Folgerung. Mit einem Kleinbus voller Jünger, die ihm an den Lippen hingen, war Alexanders Selbstvertrauen und Großtuerei in vollem Maße zurückgekehrt – und er hatte wiederum bewiesen, was ich ihm auf der Veranda gesagt hatte: Er besaß zumindest ein bisschen den Grips eines Spions.

Er war nicht der Einzige, der sich der Situation gewachsen zeigte. Die anderen glänzten alle auf ihre eigene Art. Chip motzte die Waffen auf und lud sie. Zoe füllte die Rucksäcke mit den entsprechenden Vorräten. Sogar Warren war hilfreich: Als der Tarnspezialist unserer Klasse schminkte er unsere Gesichter.

Alexander riss das Auto herum und fuhr jetzt langsam dasselbe Stück Straße entlang, das wir schon abgefahren waren. »Achtet alle genau auf den Straßenrand«, befahl er. »Erwartet nicht, irgendwelche offiziellen Schilder zu sehen. SPIDER hat sie bestimmt entfernt. Achtet stattdessen darauf, ob man versucht hat, jegliche Spuren einer Straße zu verwischen, zum Beispiel durch ungewöhnlich dichtes Laub an einer Stelle.«

Wir drückten uns alle an die Fenster und blickten in die Dunkelheit. Nach ein paar Minuten schrie Jawa triumphierend auf. »Da! Da stimmt irgendwas nicht.«

Alexander hielt am Straßenrand an der Stelle an, auf die Jawa zeigte, und richtete die Scheinwerfer auf die Bäume. Zuerst kam es uns so vor, als betrachteten wir einen völlig normalen Streifen Wald, aber dann fiel mir auch auf, was Jawas Aufmerksamkeit erregt hatte. Mit den Ästen schien etwas nicht zu stimmen. Sie hingen zu tief auf den Boden herunter und waren zu nah aneinandergedrückt. Man hatte sie abgesägt und dann fachmännisch arrangiert, um ein Tor zu verbergen.

Sobald ich wusste, dass da ein Tor war, konnte ich den Feldweg erkennen, der dahinter in den Wald führte. Er war in der Nacht fast unmöglich zu erkennen, ein etwas dunklerer Tunnel, der sich gegen die allgemeine Finsternis des Waldes abhob, aber er war da.

»Das muss der Ort sein«, sagte Zoe. »Gehen wir.«

»Nein«, warnte Claire. »Wenn SPIDER so schlau ist, wie

ihr sagt, dann überwachen sie bestimmt die Straße. Wir sollten uns ihrer Basis lieber zu Fuß durch den Wald nähern. Im Schutz der Bäume können wir das sicher unbemerkt tun.«

Sogar Zoe musste zugeben, dass Claire recht hatte.

Alexander fuhr bis zu einer geeigneten Stelle achthundert Meter die Straße hinunter, wo wir eine Lücke im Wald fanden, die groß genug war, um einen Kleinbus darin zu verstecken. Zoe teilte Rucksäcke aus, Chip Waffen, und Warren gab unserer Tarnung den letzten Schliff. Dann schlüpften wir in den Wald und bewegten uns so schnell und leise wie möglich.

Wir befanden uns wieder in einer Berglandschaft. Wir hatten in großer Höhe nicht weit von einem Gebirgspass geparkt, sodass wir jetzt bergab marschierten, doch das Gefälle war nicht allzu stark und sogar in der Dunkelheit einfach zu bewältigen. Nach zwanzig Minuten erblickten wir zum ersten Mal das Bergwerk. Es befand sich immer noch ein ganzes Stück unter uns hinter den Bäumen. Wir nahmen das Gelände durch unsere Nachtsichtgeräte in Augenschein.

SPIDER war da.

Da ich zu viele Spionagefilme gesehen hatte, hatte ich ein paar hirnverbrannte Vorstellungen davon, wie das geheime Versteck einer verbrecherischen Organisation aussehen würde. Ich dachte nicht unbedingt, dass es eine mehrere Millionen teure, unterirdische Anlage sein würde mit Tausenden namenlosen Lakaien in abgestimmten Uniformen und einem praktischen Selbstzerstörungsknopf – aber ich hatte zumindest mit etwas Beeindruckendem gerechnet. Mit wenigstens einer *kleinen* Armee von Lakaien. Oder einer Hightech-Kommandozentrale. Stattdessen sah SPIDERs Kommandozentrale wie eine heruntergekommene Wohnwagensiedlung aus.

Die bösen Pläne der geheimsten feindlichen Organisation der Welt wurden in zwei Wohnwagen und einem großen Wohnmobil ausgeführt. Sie standen alle drei in einem Dreieck auf einer weiten, flachen Fläche in der Nähe des Eingangs zum Bergwerk. Es war schwer zu sagen, welcher der drei Wagen das Hauptquartier war, da keiner auch nur annähernd beeindruckend aussah. Die Wohnwagen waren uralt, die Farbe blätterte ab, und ihre Fenster waren gesprungen. Und auch das Wohnmobil war mindestens zehn Jahre alt.

Ich war nicht der Einzige, der enttäuscht zu sein schien. »Das war's?«, murrte Warren. »Sieht nicht gerade nach viel aus.«

»Sei nicht so ein Fleming«, fuhr Chip ihn an. »Das ist ein vorübergehendes Versteck, nicht ihr internationales Hauptquartier.«

»Außerdem befindet sich die *richtige* Kommandozentrale wahrscheinlich im Bergwerk«, sagte Jawa. »Schaut.« Er zeigte auf einen großen tragbaren Generator, der vor sich hin tuckerte. Stromkabel schlängelten sich von ihm bis zum Eingang des Bergwerks.

»Nicht so laut, Jungs«, zischte Zoe. »Da unten sind feindliche Agenten auf Patrouille.«

Und tatsächlich waren da welche. Auch wenn es nur drei

waren – so viel konnte ich zumindest erkennen. Sie hatten jeweils ein Gewehr quer über den Rücken geschlungen und mindestens eine Pistole in einem Holster. Wie die Männer, die uns in Apple Valley gejagt hatten, waren sie lässig in kurzen Hosen, T-Shirts und Baseballkappen angezogen. Ich war mir sogar ziemlich sicher, dass ich zwei von ihnen in Apple Valley gesehen hatte. Beide hatten ein Veilchen und gebrochene Nasen: Cyrus Hales Werk.

Was das Bergwerk selbst betraf, handelte es sich nicht um eine moderne Anlage, bei der man Kohle im Tagebau abbaute. Es war vielmehr so altmodisch, dass es nahezu malerisch war: ein Tunnel, den man in den Berghang gegraben hatte und der mit Holzbalken abgestützt wurde. Rostige Eisenschienen verliefen hindurch, auf denen einmal Kohlewagen gefahren waren. Bis vor Kurzem hatte ein Tor aus Maschendraht den Eingang versperrt, aber SPIDER hatte das Schloss durchschnitten, und das Tor stand jetzt sperrangelweit offen.

»Irgendeine Spur von Erica oder Cyrus?«, fragte ich.

»Nicht im ersten Wohnwagen«, meldete Chip.

»Negativ für das Wohnmobil«, sagte Warren.

»Im zweiten Wohnwagen ist auch niemand«, berichtete Hank.

»Und von Murray Hill?«, fragte ich.

»Nein«, sagte Chip.

»Negativ«, bestätigte Warren.

»Könntest du diesen ›Negativ‹-Mist lassen?«, verlangte Hank. »Du klingst wie ein Vollpfosten. Sag einfach Nein wie ein normaler Mensch.«

»’tschuldigung«, sagte Warren.

»Ich kann Murray auch nicht sehen«, meinte Hank. »Jawa hat recht. Sie sind bestimmt alle im Bergwerk.«

»Das sehe ich auch so«, sagte Alexander. »Wir sollten die Wachen unschädlich machen.«

Es gab kurz eine Meinungsverschiedenheit darüber, wie wir vorgehen sollten. Hank dachte, wir könnten die Wachen aus der Distanz unschädlich machen. Claire war sechs Jahre hintereinander die englische Meisterin im Bogenschießen in ihrer Altersgruppe gewesen und behauptete, dass sie über ein Fußballfeld hinweg den Stiel von einem Apfel abschießen konnte. Doch Alexander war der Meinung, dass wir alle Wachen gleichzeitig aus dem Verkehr ziehen sollten. Erwischte man nur einen, würden die anderen es bemerken und Alarm schlagen. Das bedeutete einen koordinierten Angriff Mann gegen Mann.

Nahkampf war nicht gerade meine Stärke. Eigentlich war er meine absolute Schwäche: Ich hatte darin eine Vier bekommen. Zum Glück besaßen meine Mitschüler einige Fachkenntnisse auf diesem Gebiet. Hank, Chip und Jawa gehörten zu den besseren Kämpfern an der Schule. Und Hank hatte auch noch ein paar Tricks auf Lager.

Er mischte schnell einen Cocktail aus Reinigungsmitteln zusammen, zerriss dann ein billiges Handtuch aus dem Supermarkt und tauchte die Fetzen in das Gemisch. »Schleicht euch von hinten an eure Zielperson heran und haltet ihr das über Nase und Mund«, wies er uns an.

»Was ist das?«, fragte Warren. Er schnupperte versuchsweise daran – und wurde auf der Stelle ohnmächtig.

»K.-o.-Tropfen«, seufzte Hank. »Und wie ihr alle sehen könnt, wirken sie schnell. Seid also vorsichtig mit dem Zeug.« Er, Chip und Jawa glichen ihre Uhren ab und machten sich auf den Weg zu den Wachen hinunter.

Die nächsten paar Minuten vergingen langsam, während wir darauf warteten, dass sie ihren Job machten. Um mir die Zeit zu vertreiben, hielt ich weiter das Nachtsichtgerät an die Augen und ließ den Blick über die Anlage schweifen auf der Suche nach weiteren Feinden. Außer den Wachen konnte ich niemanden sehen – doch ich bemerkte etwas Merkwürdiges, das hinter dem Wohnmobil verstaut war: eine große Metallkiste mit einer russischen Aufschrift auf der Seite.

»Kann einer von euch Russisch lesen?«, fragte ich.

Alle hoben die Hand.

»Wo?«, fragte Zoe.

»Die Metallkiste direkt neben dem Wohnmobil«, sagte ich.

»Ich seh sie«, sagte Alexander. »Da steht: ÄUSSERER AFFENÜBERWACHUNGSORGANISMUS.«

»Nein«, korrigierte ihn Claire. »Da steht: BODENRAKETENKONTROLLSYSTEM.«

»Oh«, sagte Alexander und versuchte, sich rauszureden. »Ich habe wohl den falschen Dialekt benutzt.«

»SPIDER hat eine Rakete?« Zoe schnappte nach Luft. »Das kann nicht gut sein.«

Ich zuckte zusammen, weil ich sauer auf mich selbst war. »Das hätten wir uns denken können, dass sie noch mehr haben.«

»Noch mehr?«, fragte Claire. »Was meinst du mit ›noch mehr‹?«

»Sie haben schon eine auf uns abgefeuert«, erwiderte ich. »Vor zwei Tagen.«

»Und du hast es nicht für nötig befunden, uns das mitzuteilen?«, wollte Claire wissen.

»Es sind eine Menge anderer Sachen passiert …«, setzte ich an, hielt aber mittendrin inne, weil mir ein Gedanke gekommen war. Plötzlich hatte ich eine Idee, was SPIDER möglicherweise gerade ausheckte. »Alexander, Ihr Vater hat heute irgendwann gesagt, dass das GPS-System nicht so genau ist, wie alle glauben. Was hat er damit gemeint?«

Auf Alexanders Gesicht breitete sich auf einmal Sorge aus. »Meine Güte«, sagte er. »*Das* wollen sie also von ihm.«

»Was?«, fragte Zoe. »Was ist hier los?«

»Das Globale Positionsbestimmungssystem wurde in den Siebzigern vom Verteidigungsministerium entwickelt«, erklärte Alexander. »Mein Vater war der Ansprechpartner der CIA für das Projekt. Der ursprüngliche Zweck des GPS hatte nichts damit zu, dass man im Auto den Weg von A nach B findet. Es war fürs Militär gedacht.«

»Raketensteuerungssysteme«, sagte Claire.

»Unter anderem«, erwiderte Alexander. »Mein Vater wusste von Anfang an, dass das Militär GPS nie fest unter Verschluss würde halten können. Am Ende würde die Öffentlichkeit es auch benutzen können. Was bedeutet, dass es *jeder* würde benutzen können.«

»Wie zum Beispiel Verbrecher«, sagte Zoe.

»Genau«, bestätigte Alexander. »Mein Vater war der Meinung, dass es ein Sicherheitsrisiko darstellen würde, und überzeugte deshalb das Verteidigungsministerium, absichtlich Fehler in das System einzubauen, um bestimmte Orte zu schützen, die von Terroristen ins Visier genommen werden könnten. So gibt das GPS die falschen Koordinaten für das Weiße Haus an. Sie liegen nah dran, sind aber nicht genau. Wenn also irgendein Bösewicht versucht, aus der Ferne eine Rakete darauf abzufeuern, jagt sie einen Starbucks am anderen Ende der Straße in die Luft. Nicht den Präsidenten.«

»Aber Ihr Vater kennt die richtigen Koordinaten?«, fragte ich.

»Ja«, erwiderte Alexander. »Er war der Meinung, dass es zu gefährlich wäre, sie irgendwo schriftlich festzuhalten. Deshalb hat er sie sich eingeprägt.«

»Aber jetzt kann SPIDER ihn zwingen, sie rauszurücken«, sagte ich.

»Das befürchte ich«, gab Alexander zu. »Wenn sie nur meinen Vater gefangen genommen hätten, hätte er die Information nie rausgerückt. Er hätte sich vorher umgebracht. Er hat für genau solche Fälle eine Zyanidkapsel in einem seiner Zähne. Aber SPIDER muss das gewusst haben, weil sie Erica auch gefangen genommen haben. Sie ist die einzige Schwäche meines Vaters. Er würde alles tun, um sie zu beschützen.«

Ich schüttelte den Kopf, überrascht von SPIDERs Plänen. Sie waren also nicht nur hinter Cyrus Hale her gewesen. Sie hatten auch Erica gewollt. Und sie hatten mich benutzt, um an beide ranzukommen.

»Da ist nur eine Sache, die ich nicht verstehe«, sagte Zoe. »Das scheint mir alles sehr aufwendig zu sein. Wenn SPIDER wirklich den Präsidenten treffen wollte, könnten sie dann nicht einfach die Rakete in Sichtweite des Ziels aufstellen und sie direkt abfeuern?«

»Nein.« Alexander schüttelte den Kopf. »Erstens operieren alle Raketensysteme über dasselbe Globale Positionsbestimmungskoordinatensystem, egal wie nah sie dran sind …«

»Aber das könnte man doch außer Kraft setzen, oder?«, fragte Zoe.

»Vielleicht, wenn man eine kleine Rakete benutzen würde«, sagte Claire und betrachtete durch ihr Nachtsichtgerät noch einmal die Kiste mit dem Kontrollsystem. »Aber wie es aussieht, haben sie eine russische Boden-Boden-Rakete der Omsk-Klasse. Das ist nicht gerade eine Spielzeugrakete. Niemand könnte etwas so Großes in einen Umkreis von sechzehn Kilometern in die Nähe des Präsidenten bringen. Das wäre, als würde man versuchen, ein Gebäude in die Innenstadt von Washington zu schmuggeln.«

Ich machte mir ernsthaft Sorgen, aber jetzt kam mir ein noch besorgniserregender Gedanke. »Wie groß ist die Sprengladung einer solchen Rakete?«

»Aus dem Stegreif weiß ich das nicht«, sagte Claire. »Aber sie ist beträchtlich. Sie würde ausreichen, das ganze Weiße Hause dem Erdboden gleichzumachen.«

»Dann haben SPIDER damit wahrscheinlich nicht nur ein Attentat vor«, erwiderte ich. »Sie versuchen, eine Menge Leute auf einmal umzubringen.«

Alle begegneten meinem Blick und schauten jetzt ebenso besorgt wie ich.

»Der Kongress?«, schlug Zoe vor. »Könnten sie das ganze Kapitol mit einem Schuss zerstören?«

»Vielleicht«, sagte Alexander. »Aber mein Vater kennt auch die richtigen Koordinaten für den Obersten Gerichtshof und das Pentagon.«

»Kann sein«, meinte Claire. »Aber SPIDER könnte diese Orte nicht anvisieren. Die Omsk ist eine alte Rakete. Wir reden hier vom Anfang des Kalten Krieges. Trotz der großen Sprengladung ist ihre Reichweite beschränkt. Sie liegt unter fünfzig Kilometern, glaube ich. Washington, D.C., ist zu weit weg von hier.«

»Was bringt es dann, dieses Bergwerk zu übernehmen?«, fragte Zoe. »Was könnte hier draußen in der Pampa schon von nationalem Interesse sein?«

»Camp David«, sagte ich.

Claire schnappte nach Luft. »Der Landsitz des Präsidenten der Vereinigten Staaten? Der ist hier in der Nähe?«

»Ich wette mit dir, dass er weniger als fünfzig Kilometer von hier entfernt ist«, erwiderte ich.

»Weiß irgendjemand, ob der Präsident gerade dort ist?«, fragte Zoe.

»Ist er«, sagte Claire ernst. »Er hat den britischen Premierminister und ein paar andere europäische Staatsoberhäupter zu Gast.«

»Das perfekte Ziel für eine kriminelle Organisation mit einer gestohlenen Rakete«, schloss Alexander.

Wir nickten alle ernst.

»Dann sind wir wohl gerade rechtzeitig hier eingetroffen«, sagte ich.

»Gesetzt den Fall, dass wir sie wirklich aufhalten können«, meinte Claire.

»Ja«, erwiderte ich. »Es wäre nicht schlecht, wenn wir das könnten.«

Eindringen

Junction-Bergwerk
15. Juni
23:45 Uhr

Nach meiner Uhr war es bald Zeit für Chip, Hank und Jawa, zuzuschlagen. Ich schaute durch mein Nachtsichtgerät.

Dort unten standen weiterhin die drei SPIDER-Wachen.

Und dann nicht mehr.

Die Jungs griffen sie so schnell an, dass ich es fast nicht mitbekam. Alle drei packten ihre Zielpersonen von hinten und betäubten sie absolut gleichzeitig. Die Wachen hatten keine Chance, Alarm zu schlagen.

Dann gab uns Hank das Okay-Zeichen.

»Schritt eins war erfolgreich«, meldete ich.

»Na super«, sagte Claire säuerlich. »Dann müssen wir uns ja jetzt nur noch in ein stillgelegtes Bergwerk schleichen, die Gefangenen finden, sie retten – und, oh ja, verhindern, dass eine Rakete hochgeht.«

»Alles zu seiner Zeit«, erwiderte Alexander. Er klang überraschend selbstsicher und beruhigend, doch als ich ihn genauer betrachtete, konnte ich sehen, dass auch er ziemlich besorgt war.

Da Warren immer noch bewusstlos war, ließen wir ihn mit einer Paintballpistole in der Hand an einen Baum gelehnt zurück und eilten den bewaldeten Hang zur Anlage hinunter. Als wir ankamen, hatten Hank, Chip und Jawa die SPIDER-Agenten bereits mit Klebeband gefesselt.

»Gute Arbeit«, lobte Alexander sie. Die Jungs strahlten wie Honigkuchenpferde über das Kompliment von dem großen Alexander Hale.

Zoe, Claire und ich überprüften schnell die Wohnwagen und das Wohnmobil, während Alexander die anderen über SPIDERs Plan auf den neuesten Stand brachte. Wie sich herausstellte, dienten die Wohnwagen lediglich als Schlafbaracken, während der andere Wagen als mobile Küche benutzt wurde. Alles Wichtige war offenbar im Bergwerk. Die einzigen interessanten Dinge, die ich fand, waren die Zündschlüssel des Wohnmobils, die über der Sonnenblende des Fahrers versteckt waren. Ich steckte sie ein, um sicherzugehen, dass kein Bösewicht davonfahren konnte.

Als wir alle wieder zusammenkamen, wussten Chip, Hank und Jawa über die Rakete Bescheid, und zusammen heckten wir einen Plan aus. »Das hier scheint der einzige Eingang zum Bergwerk zu sein«, sagte Alexander. »Und wir haben sowieso keine Zeit, nach einem anderen zu suchen. Diese Rakete könnte jederzeit hochgehen. Deshalb gehen wir alle durch diesen Eingang rein. So, wer ist hier am qualifiziertesten, ein Raketenkontrollsystem neu zu programmieren?«

»Äh, ich glaube, das sind *Sie*«, sagte Zoe.

»Ich?«, fragte Alexander besorgt.

»Ja«, antwortete Zoe. »Laut Ihrer Akte haben Sie schon mal das Kontrollsystem einer Rakete neu programmiert. Zweimal sogar. Einmal mit nur dreiundzwanzig Sekunden bis zum Abschuss.«

»Ah. Stimmt genau.« Alexander lächelte schwach. »Kennt sich sonst jemand damit aus? Als eine Art Ersatzlösung für den Fall, dass mir etwas zustößt?«

Alle schüttelten den Kopf. »Neuprogrammierung von Raketen ist ein sehr fortgeschrittener Kurs«, sagte Hank. »Nur ranghohe Agenten dürfen ihn belegen. Sie werden sich also allein darum kümmern müssen, Agent Hale. Nehmen Sie Ben mit. Er ist das Mathegenie und kann Ihnen bei allen nötigen Berechnungen helfen. Wir anderen befreien Cyrus und Erica. Legen wir los!«

Ich hatte keine Zeit, zu protestieren. Wie Alexander gesagt hatte, war Eile geboten. Wir setzten unsere Stirnlampen auf, nahmen den bewusstlosen Wachen die Waffen ab und machten uns auf den Weg ins Bergwerk.

Einen stillgelegten Bergwerksschacht zu betreten, wäre wahrscheinlich schon an einem netten, sonnigen Sommernachmittag ein wenig unheimlich gewesen. Einen in einer dunklen, mondlosen Nacht zu betreten, in dem es von feindlichen Agenten wimmelte, die die Ermordung von einem Dutzend internationaler Staatsoberhäupter planten, war ausgesprochen nervenaufreibend. Sogar in Begleitung meiner angehenden Spionagekollegen. Denn Tatsache war, dass, egal wie begabt alle waren, wir immer noch Spione *in der Ausbildung* waren. Niemand hier war je auf einer *echten* Mission gewesen, außer Alexander – und seine Spionagefähigkeiten waren bestenfalls fragwürdig.

Der Grubenschacht war unglaublich dunkel und so eng, dass man Platzangst bekommen könnte. Wenn ich die Arme ausstreckte, konnte ich beide Seiten berühren. Außerdem war er feucht und kalt. Stellenweise tropfte Wasser von der Decke und lief an anderen Stellen auf dem Boden zusammen. Kakerlaken und Tausendfüßler von erstaunlicher Größe huschten die Wände entlang, während Fledermäuse über unsere Köpfe sausten. Das dicke schwarze Stromkabel des Generators schlängelte sich über den Tunnelboden; im schwachen Licht unserer Stirnlampen verwechselte ich es immer wieder mit einer sehr großen Schlange.

Alexander befand sich vorne an der Spitze unserer Angriffsformation. Er hatte sich diese Position nicht wirklich ausgesucht. Ich hatte keinen Zweifel, dass sich Alexander, wenn er unter ähnlichen Umständen in Begleitung echter CIA-Agenten gewesen wäre, weiter nach hinten zurückgezogen hätte, wo es sicherer war. Aber meine Mitschüler hatten ihm die Position an der Spitze abgetreten, und Alexander hatte sie eingenommen, um nicht das Gesicht zu verlieren.

Ich schloss mich ihm widerwillig vorne an der Spitze an, weil ich mit ihm sprechen musste.

»Haben Sie wirklich schon mal das Kontrollsystem einer Rakete neu programmiert?«, flüsterte ich.

»Äh … Nein«, sagte er und warf einen Blick nach hinten, um sich zu vergewissern, dass die anderen ihn nicht hören konnten. »In dem einen Fall hat sich ein Kollege namens Ken Parker um die Neuprogrammierung gekümmert, aber dann hat er sich während der Flucht den Kopf angestoßen und leidet seitdem unter Gedächtnisschwund. Deshalb habe ich dafür die Lorbeeren geerntet.«

»Und das andere Mal?«, fragte ich.

»Die Rakete ist auf der Abschussrampe einfach von selbst explodiert«, erzählte mir Alexander. »Wahrscheinlich ein Konstruktionsfehler. Es war eine nordkoreanische Rakete, und die sind in der Regel von schlechter Qualität. Aber in meinem Bericht habe ich geschrieben, dass ich für die Explosion gesorgt habe.«

»Dann haben Sie also keine Ahnung, wie Sie den Abschuss der Rakete verhindern können?«

»Nein«, gab Alexander zu. »Aber ich weiß auch nicht, wie ich meinen Vater und meine Tochter retten soll. Von daher bin ich ganz erleichtert, dass sich jemand anders darum kümmert.«

»Sie müssen den anderen die Wahrheit sagen«, drängte ich ihn. »Das ist kein Spiel. Das Leben aller Staatsoberhäupter der freien Welt steht hier auf dem Spiel.«

»Das halte ich für unnötig«, sagte Alexander. »Ich bin sicher, dass wir zwei das schon hinkriegen.«

»Ich nicht!«, protestierte ich. »Die einzige Rakete, die ich jemals *gesehen* habe, war die, die uns fast in die Luft gejagt hätte. Und soweit es Sie betrifft …«

»Schhh!«, zischte Hank. »Feinde auf zwölf Uhr. Licht aus.«

Ich verstummte und schaltete meine Stirnlampe aus. Alle anderen auch.

Es wurde sofort stockfinster, von einem schwachen Lichtschimmer in der Ferne abgesehen, der um die Ecke herum schien. Ich konnte das entfernte Geräusch von Stimmen und Schritten hören, die aus derselben Richtung zu uns drangen.

Wir waren nicht mehr weit weg. Wir schlichen alle weiter und näherten uns SPIDER immer mehr. Ich wollte die anderen aufhalten und ihnen erklären, dass es ein Riesenfehler war, sich auf Alexander zu verlassen, aber das konnte ich nicht, ohne Lärm zu machen – und es war so dunkel, dass ich niemandem ein Handzeichen geben konnte. Ich hatte keine andere Wahl, als weiterzugehen und zu hoffen, dass Alexander recht hatte und er und ich irgendwie herausfinden würden, wie wir die Rakete unschädlich machen konnten – vorausgesetzt wir würden überhaupt die Chance dazu bekommen.

Unser Team bewegte sich so leise wie möglich durch den Tunnel. Das schummrige Licht wurde heller, je näher wir kamen – und der Lärm ebenfalls. Schließlich waren wir nahe genug, damit wir um die Ecke gucken konnten.

Direkt vor uns erweiterte sich der Schacht zu einer großen Höhle. Sie schien ein Hauptknotenpunkt zu sein, wo sechs verschiedene Tunnel zusammenkamen. In der Mitte des Höhlendachs ragte ein vertikaler Schacht in die Höhe und schien zum Berggipfel zu führen. Direkt darunter hatte man eine behelfsmäßige Abschussrampe gebaut. Darauf befand sich eine startklare Rakete, die jederzeit durch den Schacht abgefeuert werden konnte.

Obwohl Claire schon gesagt hatte, dass die Rakete groß sein würde, war ich trotzdem von ihren bloßen Ausmaßen überrascht. Sie war so hoch wie ein dreistöckiges Haus und hatte einen Durchmesser von zweieinhalb Metern. Allein das Hilfstriebwerk war drei Meter lang. Es roch nach Raketentreibstoff und ragte bedrohlich in die Höhe.

SPIDERs Standortwahl war ausgezeichnet. In dem Grubenschacht konnten sie ein ganzes Raketenabschusssystem weniger als zwei Stunden von Washington, D.C., entfernt errichten, doch weil es unterirdisch war, würde es auf keinem Satellitenfoto zu sehen sein.

Da waren noch drei weitere Raketen, die man in drei der anderen Tunnel auf die Seite gelegt hatte. Entweder waren sie als Reserve gedacht, für den Fall, dass etwas schiefließ, oder SPIDER hatte nach Camp David noch zusätzliche Angriffsziele geplant.

Bis zum Abschuss schien nicht mehr viel Zeit zu bleiben. Die Rakete sah startklar aus. Cyrus hatte die Koordinaten wohl rausgerückt.

Da war keine Spur von irgendwelchen SPIDER-Agenten.

Das schockierte mich zuerst. In den Spionagefilmen rannten im Versteck des Bösewichts immer Hunderte von feindlichen Agenten herum. Aber wenn ich es mir recht überlegte, war es völlig logisch, dass da nirgends Personal zu sehen war. Vermutlich brauchte man nicht viele Leute, um eine Rakete abzuschießen – und sich in der Nähe der Abschussrampe zu befinden, war gefährlich. Am besten hielt man sich so weit wie möglich von einer Rakete entfernt, wenn sie zündete, weshalb jeder mit ein bisschen

Menschenverstand wahrscheinlich einen gebührenden Abstand wahrte.

Wir hatten jedoch keine andere Wahl.

Wir rannten in die Höhle. Eine Reihe von Kabeln und eine weitere breite Stromleitung führten von der Abschussrampe einen der Tunnel entlang, höchstwahrscheinlich zur Steuerung. Hank kam zu demselben Schluss, denn er zeigte auf Alexander und mich und dann auf den Tunnel.

Das war meine letzte Chance, jemanden um Hilfe zu bitten, der sich wirklich mit Raketen auskannte, aber bevor ich den Mund aufmachen konnte, erklang die Stimme von Cyrus Hale aus einem anderen Tunnel. »Das ist Wahnsinn!«, brüllte er. »Überlegt doch mal, was ihr da tut!«

Wir hörten ein lautes *Paff*, gefolgt von einem Stöhnen, das von Cyrus kam.

Hank, Chip, Jawa, Claire und Zoe rannten auf das Geräusch zu und eilten zu seiner Rettung.

Ich sah Alexander an. Sein Gesicht war voller Sorge. »Es tut mir leid«, flüsterte er mir zu. »Er ist mein Vater. Ich kann seine Rettung nicht einem Haufen Kinder überlassen.« Und dann rannte er ebenfalls in den Tunnel.

So blieb nur noch ich übrig, um die Rakete unschädlich zu machen.

Mein Magen, der schon die ganze Nacht nervös rumort hatte, drehte jetzt richtig auf. Ich wollte den anderen hinterherschreien, damit mir jemand half, doch das konnte ich nicht tun, ohne SPIDER auf unsere Anwesenheit aufmerksam zu machen. Ich konnte nur machtlos zusehen, wie die anderen in der Dunkelheit verschwanden.

Ich hatte keine Ahnung, was ich tun sollte. Hunderte verschiedene Gefühle rauschten mir durch den Kopf. Ich war sauer auf Alexander, weil er mich einfach hatte hängen lassen. Ich war wütend auf SPIDER, weil sie mich in diese Situation gebracht hatten. Angst. Sorge. Panik.

Ich übergab mich fast.

Ich musste mich einen Moment lang an die Wand lehnen, um Luft zu holen. Meine Hände zitterten. Ich wollte am liebsten weglaufen.

Aber ich konnte nicht. SPIDER war kurz davor, eine Rakete abzuschießen, und außer mir war da niemand, um sie aufzuhalten. Obwohl ich nicht wusste, wie ich das bewerkstelligen sollte, musste ich es trotzdem versuchen. Wenn ich wegrannte, würde ich wahrscheinlich überleben – aber ich würde nicht mehr mit mir selbst leben können. So verängstigt ich auch war, tapfer zu sterben kam mir besser vor, als siebzig Jahre mit nagenden Gewissensbissen weiterzuleben.

Außerdem würde Erica Hale mich keines Blickes mehr würdigen, wenn ich davonlief.

Mein Magen entspannte sich. Meine Hände wurden ruhiger. Ich konnte wieder frei atmen und ging weiter.

Ich folgte den Kabeln, die zur Abschussrampe führten. Sie schlängelten sich über die alten Kohlewagenschienen und durch ein paar Pfützen, bevor sie sich um eine Ecke krümmten.

Als ich sie umrundete, stand ich schließlich vor dem Raketenkontrollsystem.

Es war kein bisschen beeindruckend: nur ein paar alte russische Bauteile – der Inhalt der Metallkiste, die wir draußen gesehen hatten –, die auf einem popeligen alten Tisch aufgebaut waren, der wahrscheinlich vom Flohmarkt stammte. Die Teile waren alle in das elektrische Kabel gestöpselt, zusammen mit einer Lampe und einem großen Computerbildschirm. Eine Menge Daten liefen über den Bildschirm, doch am wichtigsten schien die Zeitschaltuhr zu sein, die sechs Minuten und neunundzwanzig Sekunden bis zum Abschuss anzeigte. Ein SPIDER-Agent saß auf einem wackligen Klappstuhl und beobachtete, wie der Countdown herunterzählte.

Murray Hill.

Meine Ankunft überraschte ihn völlig. Bei meinem Anblick riss er die Augen weit auf, und zur Abwechslung hatte er mal keinen schlauen Spruch parat. Er starrte mich nur fassungslos an, als könnte er nicht glauben, dass ich da war. Ihm kam nicht mal der Gedanke, nach der Waffe auf dem Tisch zu greifen, bis es zu spät war.

Ich hielt meine schon auf ihn gerichtet. »Hände hoch«, befahl ich. »Steh auf und tritt vom Tisch weg.«

Murray hob die Hände, tat aber sonst nichts von dem, was ich sagte. Er gewann schnell sein Selbstbewusstsein zurück. Er grinste mich an und sagte: »Oh Mann. Du hast uns gefunden. Ich *wusste*, dass du gut bist.«

»Stell die Rakete ab, Murray.«

»Das würde ich gerne, Ben. Ehrlich. Aber ich kann nicht.«

»Lüg mich nicht an. Ich schieße, wenn ich muss.«

»Na ja, dann wäre ich einfach tot und keine große Hilfe mehr.«

»Ich meinte nicht, dass ich dir in den Kopf schieße. Ich meinte in den Arm. Oder den Fuß. Irgendwohin, wo's wehtut.«

Murrays Lächeln wirkte ein kleines bisschen verunsichert. »Das würdest du nicht tun.«

»Bei den meisten Menschen nicht. Aber bei dir mache ich eine Ausnahme.« Ich nahm Murrays Waffe vom Tisch und ließ meine auf ihn gerichtet.

»Hör mal, ich sag dir die Wahrheit«, sagte Murray. »Ich kann dieses Ding nicht abschalten. Dafür gibt es zwei Gründe. Erstens: Ich weiß nicht, wie. Ich hab es nicht gebaut und passe gerade nur drauf auf.«

»Und zweitens?«, fragte ich.

»Mein Boss steht hinter dir und hält *dir* eine Waffe an den Kopf.«

Ich zuckte nicht mal. Ich hatte damit gerechnet, dass Murray so etwas probieren würde. »Das wird nicht funktionieren«, erwiderte ich. »Ich bin nicht so dumm, auch nur ein Wort aus deinem Mund zu glauben.«

»Normalerweise wäre das eine gute Strategie«, sagte eine Stimme hinter mir, während sich der kalte Lauf einer Waffe in meine Schädelbasis drückte. »Nur diesmal sagt er tatsächlich die Wahrheit.«

Auch wenn ich diese Stimme noch nie gehört hatte, hatte ich eine ziemlich gute Vorstellung davon, wem sie gehörte. »Joshua Hallal, nehme ich an?«

Zum zweiten Mal zeigte sich Murray aufrichtig überrascht. »Wow, Ripley«, entfuhr es ihm. »Dahinter bist du auch gekommen?«

Explosion

Junction-Bergwerk
16. Juni
00:15 Uhr

»Lass deine Waffen fallen«, befahl mir Joshua.

Ich tat es. Mit einem Mann, der einem eine Pistole an den Kopf hält, lässt es sich nur schwer streiten. Ich ließ beide Waffen fallen, also die, die ich mitgebracht hatte, und die von Murray.

»Alle deine Waffen«, sagte Joshua.

Ich steckte die Hände in meine Taschen und holte das Schweizer Messer heraus, das ich darin versteckt hatte. Und die Tomahawks. Und das Pfefferspray.

Als alle Waffen auf dem Boden lagen, trat Joshua um mich herum, damit ich ihn sehen konnte. Er ging zu Murrays Tisch hinüber und hielt seine Waffe die ganze Zeit auf mich gerichtet.

Ich erkannte sofort, warum er einmal als der Beste der

Besten an der Spionageschule gegolten hatte. Er sah durch und durch wie ein junger Spion aus. Obwohl er erst achtzehn war, wirkte er viel reifer. Er sah gut aus, war sportlich und cool. Er hatte Stil, Selbstsicherheit und einen kühlen, bedrohlichen Blick, der besagte, dass er mir mit bloßen Händen das Genick brechen könnte, wenn er musste.

Er schüchterte mich völlig ein, aber mir fiel wieder Ericas Rat ein, als wir den Bären gegenübergestanden hatten. Sie sind wie Menschen, hatte sie gesagt. *Wenn du Angst zeigst, gewinnen sie an Selbstbewusstsein. Aber wenn du dich selbstbewusst verhältst, bekommen sie Angst.* Also bemühte ich mich, Selbstbewusstsein an den Tag zu legen. Ich richtete mich auf, hielt die Hände still und erwiderte Joshuas kühlen Blick.

Der Bildschirm zeigte an, dass nur noch vier Minuten und dreißig Sekunden bis zum Abschuss blieben.

»Wie hast du *gewusst*, dass ich es bin?«, fragte Joshua.

Mir kam der Gedanke, dass seine Neugierde, mehr über mich zu erfahren, der einzige Grund war, warum ich noch am Leben war. Daher versuchte ich, ihn damit abzulenken. Doch während ich das tat, lief mein Gehirn auf Hochtouren, um einen Weg zu finden, wie ich sowohl meine Feinde außer Gefecht setzen als auch die Flugbahn der Rakete in viereinhalb Minuten neu programmieren könnte. »In der ganzen Zeit, in der wir nun schon mit euch zu tun haben«, sagte ich, »überrascht es uns immer wieder, wie viel SPIDER über die Spionageschule weiß. Alle sind davon ausgegangen, dass SPIDER einen zweiten Maulwurf wie Murray in die Schule geschleust haben muss. Aber wer auch immer es war, wusste viel mehr, als Murray je getan hatte. Zum Beispiel, wie man auf und vom Schulgelände – oder dem Spionagecamp – kommt, ohne von einer einzigen Sicherheitskamera gesehen zu werden. Ich glaube, nicht mal die Professoren könnten das. Die einzige Person, die beide Gelände so gut kennt, ist Erica – und sie hat ihr Wissen zum Großteil von dir.«

Joshua lächelte wehmütig. Ich hatte das Gefühl, dass es daran lag, weil ich Erica erwähnt hatte.

»Und dann kam mir der Gedanke«, fuhr ich fort, »dass niemand deine Leiche gesehen hatte. Angeblich wurdest du in die Luft gesprengt. Das Einzige, was gefunden wurde, waren Überreste, von denen das kriminaltechnische Labor *behauptet* hat, dass sie von dir wären. Aber wenn SPIDER jemanden, der nicht Murray war, in Apple Valley abliefern konnte, ohne dass es irgendjemandem aufgefallen ist, wie schwierig konnte es da sein, einen falschen Laborbericht in das Computersystem einzuspeisen? Also dachte ich mir, dass du vielleicht gar nicht tot bist, sondern lediglich deinen Tod vorgetäuscht hast, um dein Überlaufen zur dunklen Seite zu verschleiern.«

Joshua nickte anerkennend und versuchte, nicht zu viel preiszugeben.

Murray war da viel überschwänglicher. »Siehst du?«, sagte er. »Ich hab dir doch gesagt, dass Ben nicht auf den Kopf gefallen ist. Alle hier haben mich aufgezogen, weil ich zugelassen habe, dass er Operation Scorpio vereitelt hat, als wäre es meine Schuld, dass er alles durchschaut hat. Und jetzt ist er auch hinter deinen genialen Plan gekommen.«

Joshua runzelte die Stirn. Er war nicht annähernd so glücklich darüber wie Murray.

»Komm schon«, sagte Murray. »Gib's zu, er ist gut. Wenn er bloß aufhören würde, diese Moralschiene zu fahren, würde er hier super reinpassen.« Er sah zu mir. »Was meinst du, Ben? Unterschreibst du jetzt diesen Vertrag, oder nicht?«

Ich konnte meine Überraschung nicht verbergen. »Das war nicht nur eine List, um Cyrus Hale aus dem Ruhestand zu locken?«

»Nein!« Murray lachte. »Na ja, nicht ganz. Ich meine, es sollte beides erreichen: dein Interesse wecken und die ganze Hale-Familie in die Sache mit reinziehen.«

Ich drehte mich zu Joshua, unsicher, ob ich das glauben sollte oder nicht. »Stimmt das?«

»Ja«, gab Joshua zu. »Obwohl Operation Scorpio wegen dir gescheitert ist, glauben meine Vorgesetzten immer noch, dass du Potenzial hast. Allerdings ist das jetzt das allerletzte Mal, dass wir dir dieses Angebot machen können.« Joshua hob seine Waffe an. »Du bist entweder für oder gegen uns.«

Dieser Moment hätte furchterregend sein müssen. Schließlich stand mein Leben auf dem Spiel. Aber ich fühlte mich seltsam euphorisch. Das Jobangebot war nicht völlig zum Schein gewesen. SPIDER fand weiterhin, dass ich Potenzial hatte. Und das bedeutete, dass ich überhaupt nicht nutzlos war. SPIDER wollte nicht, dass ich gegen sie arbeitete, weil sie Angst vor meinen Fähigkeiten hatten.

Ich warf einen Blick zurück auf die Zeitschaltuhr. Es blieben jetzt nur noch neunzig Sekunden bis zum Abschuss.

Selbst wenn es mir wie durch ein Wunder gelang, meine Feinde zu entwaffnen und zu überwältigen, würde ich das System auf keinen Fall noch rechtzeitig umprogrammieren können.

Doch vielleicht musste ich das auch gar nicht.

Mein neu gewonnenes Selbstbewusstsein hatte mir Auftrieb gegeben, und ich hatte eine plötzliche Eingebung. Ich hatte die Sache aus dem falschen Blickwinkel betrachtet. Eine Rakete neu zu programmieren, damit sie ihr Ziel nicht traf, war ausgesprochen schwierig. Aber den Abschuss einer Rakete zu verhindern vielleicht nicht so sehr.

Ich musste einfach nur die Aufmerksamkeit aller ein wenig länger ablenken.

»Ich hab euch noch nicht zu Ende erzählt, woher ich wusste, dass Joshua noch am Leben ist«, sagte ich. »Ich hatte noch einen Hinweis. Und der war es eigentlich, der mich überzeugt hat, dass ich mit meiner Theorie richtiglag.«

»Wirklich?«, fragte Joshua, unfähig seine Neugierde zu verbergen. »Und was war das?«

»Ich habe Erica beobachtet, als du sie erwischt hast«, erklärte ich weiter. »Ich hab dich zwar nicht gesehen, aber ihr Gesicht. Ich habe sie noch nie so überrascht gesehen. Ich weiß nicht mal, ob ich schon mal *irgendjemanden* so überrascht gesehen habe. Mein erster Gedanke war, dass sie jemanden gesehen hatte, der von den Toten auferstanden war, aber jetzt ist mir klar, dass es noch was anderes war.«

»Und das wäre?«, fragte Joshua.

»Verrat.« Ich trat einen Schritt zurück und setzte den Fuß in eine Kabelrolle. »Du warst vielleicht der einzige andere

Schüler, den Erica wirklich bewundert hat. Ich glaube sogar, dass sie ein bisschen in dich verknallt war.«

Einen Moment lang wurden Joshuas kühle Gesichtszüge ein bisschen weicher, und er blickte traurig. Er nickte leicht.

»Nie im Leben!«, kreischte Murray vor Freude. »Die Eiskönigin hatte 'ne Schwäche für dich? Kein Wunder, dass sie so am Boden zerstört ist!«

»Das ist nicht lustig«, gab Joshua scharf zurück, und in dem Moment wurde mir bewusst, dass er vielleicht auch etwas für Erica empfunden hatte.

Es blieben noch fünfundvierzig Sekunden.

»Nein, ist es nicht«, stimmte ich zu. »Sie hat an dich geglaubt, Joshua. Sie dachte, dir wären dieselben Dinge wichtig wie ihr. Und jetzt hast du vor, den Präsidenten und ein Dutzend Staatsoberhäupter gleichzeitig umzubringen.«

Joshua zog die Augenbrauen hoch. »Dahinter bist du auch gekommen?«

»Dabei hatte ich Hilfe«, gab ich zu. »Und das Schlimmste daran ist, dass du es nur wegen des Geldes tust, so wie ich SPIDER kenne. Irgendein reicher Depp hat ein Hühnchen zu rupfen, und du hast kein Problem damit, für diesen Typen alle moralischen Prinzipien, die du je hattest, über Bord zu werfen.«

»Das stimmt nicht!«, knurrte Joshua. »Alle diese Staatsoberhäupter haben ihre Länder verraten!«

»Das bedeutet nicht, dass sie es verdient haben, zu sterben«, gab ich zurück. »Wenn dir wirklich irgendetwas wichtig wäre, würdest du deine Macht nutzen und versuchen, Dinge zu verändern. Aber Mord? Das ist rückgratlos. Es ist einfach, den Abzug zu tätigen oder einen Startknopf zu drücken. Jeder Vollidiot kann das.«

Es blieben noch fünfzehn Sekunden bis zum Start. Unten im Tunnel, unterhalb des Grubenschachts, fuhren die Systeme der Rakete hoch.

»SPIDER wirbt keine Vollidioten an«, sagte Joshua. »Glaubst du wirklich, ein Vollidiot hätte sich diesen Plan ausdenken können? Oder der CIA seinen Willen aufzwingen können? Oder das hier alles besorgen und installieren können?« Er wandte seine Waffe den Bruchteil einer Sekunde von mir ab und richtete sie auf die Rakete im Tunnel.

Mehr Zeit brauchte ich nicht. Ich trat nach hinten durch das zusammengerollte Stromkabel, spannte es an und riss den Stecker aus dem Kontrollsystem.

Die Maschinen schalteten sich sofort ab. Auf dem Bildschirm blinkte auf, dass es Zeit für den Start war … Und dann wurde er schwarz.

Das Hilfstriebwerk feuerte und füllte die Tunnel mit Licht, als die Rakete anfing, sich von der Rampe zu heben.

Einen Moment lang dachte ich, ich wäre zu spät gewesen.

Doch dann schaltete sich das Hilfstriebwerk ab.

Joshua wirbelte zu mir herum. »Was hast du getan?«

»Ich glaube, ich habe gerade eure Pläne durchkreuzt«, sagte ich.

Genau, wie ich es mir gedacht hatte, war das Steuerungssystem jeder Rakete so programmiert, dass es sich sofort abschaltete, wenn es feststellte, dass irgendwas nicht stimmte. Und es war wirklich nicht schwer, dafür zu sorgen, dass etwas nicht stimmte. Das war der Grund, warum sich Weltraummissionen immer verzögerten. Wenn ich das Steuerungssystem ausstöpselte, würde die Raketenlenkung sofort annehmen, dass etwas fehlerhaft war, und den Start abbrechen.

Murray tippte hektisch auf der Tastatur des Steuerungssystems herum, da ihm nicht bewusst war, dass ich einfach die Stromversorgung unterbrochen hatte. »Unglaublich!«, sagte er. »Ben, du musst *mit* uns statt gegen uns arbeiten.«

Joshua richtete seine Waffe auf mich und kniff vor Wut die Augen zusammen. »Nein«, stieß er hervor. »Der Vertrag ist annulliert. Du bist zu sehr wie Erica. Wir könnten uns nie darauf verlassen, dass du das Falsche tust.«

Doch bevor er auf mich schießen konnte, krachte die Rakete wieder auf die Startrampe runter. Und dann explodierte der Treibstofftank.

Die Schockwelle schoss durch den Tunnel und riss uns alle von den Füßen. Wir wurden durch die Luft geworfen und knallten in die Felswand.

Ich war ein paar Sekunden lang bewusstlos. Als ich wieder zu mir kam, bebte der ganze Berg. Kohlestaub regnete von der Decke herunter.

Ich rappelte mich auf, mit schmerzenden Gliedern aber zum Glück immer noch am Leben. Durch den Staubschleier entdeckte ich Joshua und Murray, die sich von den Explosionsflammen abhoben. Keiner der beiden interessierte sich noch für mich. Sie rannten um ihr Leben.

Unter den Umständen schien das eine ziemlich gute Idee zu sein, und ich folgte ihnen.

Sie erreichten den ehemaligen Standort der Startrampe

lange bevor mir. Bruchteile der Rakete lagen überall verteilt, und gezackte Fetzen steckten in den Wänden und dem Höhlendach. An mehreren Stellen brannte es, doch das größte Feuer loderte in dem Tunnel, in dem die drei Ersatzraketen lagerten. Der Gefechtskopf der zerstörten Rakete lag von Flammen umgeben daneben.

Wenn der Gefechtskopf hochging, dachte ich, würde das wahrscheinlich die drei Raketen zum Explodieren bringen. Es schien daher eine gute Idee zu sein, sich so weit wie möglich von ihr zu entfernen, bevor es passierte.

Joshua Hallal und Murray Hill dachten das mit Sicherheit auch. Sie legten noch einen Zahn zu und stürmten zum Ausgang.

Doch ich hörte auf, zu rennen. Meine Freunde waren immer noch im Bergwerk. Durch das Feuer und die Rauchschwaden schaute ich zum Tunnel, den sie alle hinuntergegangen waren.

Zu meiner Erleichterung sah ich, wie sie auf mich zukamen. Hank und Chip stützten Cyrus Hale. Alexander Hale und Claire stützten Erica. Jawa und Zoe rannten ihnen voraus. »Es geht ihnen gut!«, brüllte Jawa, als er mich sah. »Schnapp dir die bösen Jungs!«

»Die Raketen gehen gleich hoch!«, brüllte ich zurück. »Alle sofort raus aus dem Bergwerk!«

Dann nahm ich wieder die Verfolgung von Murray und Joshua auf. Durch mein kurzes Zögern waren sie mir jetzt weit voraus, aber Murray war nie ein toller Sportler gewesen – und seit er nicht mehr auf der Spionageschule war, hatte er sich gehen lassen. Selbst jetzt, da er um sein Leben rannte, war er furchtbar langsam, japste nach Luft und hielt sich die Seite.

Joshua Hallal war hingegen in Topform. Obwohl Murray ihm »Joshua! Lass mich nicht alleine!« hinterherrief, wartete Joshua nicht auf ihn und sprintete wie ein olympischer Kurzstreckenläufer durch den Tunnel. Er verschwand weit vor uns aus dem Bergwerk.

Ich holte Murray in der Nähe des Eingangs ein. Er sah über die Schulter und versuchte, mich mit einem schwachen Lächeln zu beschwichtigen. »Letzte Chance, Ben«, sagte er. »Ich kann dir immer noch einen lukrativen Job bei SPIDER besorgen. Lass mich gehen, und ich sorge dafür, dass es sich für dich lohnt.«

»Vergiss es«, erwiderte ich. Und dann überwältigte ich ihn.

Wir stürzten aus dem Bergwerk hinaus ins Freie …

Und gerieten sofort unter Beschuss. Da ich auf Murray lag, bekam ich das meiste ab – vier Kugeln, die über meine Brust fegten.

Ich schnappte nach Luft und schaute hinunter auf die roten Blüten, die sich auf meinem Oberkörper bildeten. Ich war wie vor den Kopf gestoßen, dass ich so weit gekommen war, um dann erschossen zu werden.

Und dann roch ich Latex.

»Warren!«, brüllte ich wütend.

»’tschuldigung!« Ein nahe liegender Busch erhob sich. Es war Warren, der mit einer Paintballpistole bewaffnet war. Seine Tarnung war wie üblich ausgezeichnet. »Ich dachte, du wärst einer der bösen Jungs.«

»Mann, Warren, die bösen Jungs überwältigen in der Regel nicht andere böse Jungs«, gab ich zurück. »Das machen die Guten.«

»Ich war wohl ein bisschen übereifrig.«

»Wo ist der erste Typ hin?«

Warren zeigte auf das Wohnmobil. »Ich hab auch auf ihn geschossen«, erklärte er. »Hab ihn aber verfehlt.«

Und tatsächlich, das Wohnmobil war mit roten Farbflecken überzogen. Da flog auf einmal die Fahrertür auf. Joshua Hallal kletterte wieder heraus, weil er festgestellt hatte, dass ich die Schlüssel hatte. Er wirkte nicht mehr cool und unerschütterlich. Vielmehr sah er jetzt verzweifelt und ängstlich aus. Er warf mir einen kurzen Blick zu und rannte dann in den Wald.

Ich lag immer noch auf Murray, der nicht einmal versuchte, sich zu wehren. Er war von seinem Sprint zu sehr außer Atem.

Jawa und Zoe tauchten aus dem Bergwerk auf. »Zoe!«, rief ich. »Kannst du dich für mich um Murray kümmern?«

»Aber gern doch«, antwortete Zoe. Sie sprang unverzüglich auf Murray und rammte ihm einen Ellbogen in den Magen. »Das ist dafür, dass du deine Freunde verraten hast!«, knurrte sie.

Ich warf ihr die Schlüssel des Wohnmobils zu. »Bring alle von hier weg, bevor das Bergwerk hochgeht!«, sagte ich.

»Was ist mit dir?«, fragte Zoe.

»Mir wird schon nichts passieren«, antwortete ich in der Hoffnung, dass das die Wahrheit war. Ich rannte Joshua in den Wald hinterher.

Jawa tauchte neben mir auf. »Wen verfolgen wir?«, fragte er.

»Joshua Hallal«, erwiderte ich. »Wie sich herausgestellt hat, ist er nicht tot.«

Jawa riss überrascht die Augen auf. »Oh Mann!«, entfuhr es ihm.

Ich hatte gehört, dass Joshua einer der besten Schüler im Nahkampf gewesen war, den die Spionageschule je hervorgebracht hatte, ein Meister in Karate, Jiu-Jitsu und litauischem Messerkampf. Daher war er nicht gerade die Sorte Typ, die man unbedingt in der Dunkelheit durch einen Wald verfolgen wollte. Und dennoch rannte ich ihm hinterher. Ich konnte nicht genau erklären, warum. Ich hatte einfach irgendwie das Gefühl, dass ich es Erica schuldete für das, was er ihr angetan hatte.

Zum Glück versuchte Joshua offenbar bloß davonzulaufen und lauerte nicht irgendwo, um uns aus dem Hinterhalt anzugreifen. Wir konnten ihn durch den Wald rennen hören und folgten dem Geräusch.

»Wie geht's Erica?«, fragte ich und keuchte vor Anstrengung. Ich hätte mir wahrscheinlich den Atem sparen sollen, aber ich musste es wissen.

»Sie kommt wieder auf die Beine«, antwortete Jawa. Obwohl wir rannten, was das Zeug hielt, schien er kein bisschen außer Puste zu sein. »Aber sie haben sie ganz schön in die Mangel genommen, um Cyrus zu zwingen, die Informationen rauszurücken. Anscheinend hat sie ihm gesagt, dass er es nicht tun soll, dass sie alles aushalten könnte …«

»Danke, dass du sie gerettet hast«, sagte ich.

»Bedank dich bei Alexander«, erwiderte Jawa. »Wir sind alle direkt in die Falle getappt. Zum Glück hat uns Alexander gerettet.«

»Alexander!« Ich schnappte nach Luft. »Echt?«

»Warum klingst du so überrascht? Wir reden hier von Alexander Hale. Er war unglaublich. Er hat ganz allein sechs SPIDER-Agenten außer Gefecht gesetzt.«

Ich schüttelte verwundert den Kopf. Offenbar hatte ich recht gehabt: Alexander *hatte* ein paar echte Fähigkeiten. Er musste nur sehen, dass sein Vater und seine Tochter in Gefahr waren, damit sie zum Vorschein kamen.

Ich fragte mich, wie groß Alexanders Ego jetzt werden würde, da er tatsächlich bei einer echten Rettungsmission erfolgreich gewesen war – und das auch noch vor einem Haufen bewundernder Schüler.

Aus dem Wald vor uns drang ein schrilles, metallisches Quietschen, das Geräusch von rostigem Metall, das zum Leben erwachte. Wir stürmten darauf zu, brachen durch eine Baumgruppe … und fielen fast über eine Felskante. Der Boden fiel so abrupt ab, dass wir es in der Dunkelheit beinahe nicht gesehen hätten.

Jawa bemerkte es später als ich. Er schlitterte an die Kante und schwankte am Abgrund, doch ich zog ihn zurück, bevor er in die Tiefe stürzte.

Die Schienen vom Bergwerk endeten ebenfalls an der Felskante. Von dort verlief ein langer dicker Draht zu einem See weiter unten, ähnlich wie die Seilrutsche, die Erica mir im Spionagecamp gezeigt hatte. Die Bergarbeiter hatten hier wohl früher große Metalleimer, die an Seilrollen hingen, mit Kohle beladen und diese über den Draht nach unten geschickt.

Allerdings war nur noch einer dieser Eimer betriebsbereit – und Joshua Hallal sauste gerade in ihm vor uns davon. Seine rostige alte Seilrolle quietschte und sprühte Funken, während er an dem Draht entlangsauste. In der Dunkelheit konnte ich nur mit Mühe Joshuas höhnisches Grinsen ausmachen. Und den Schein der Waffe in seiner Hand.

»Geh in Deckung!«, schrie ich.

Jawa war schon dabei. Wir sprangen hinter Bäume, als die Schüsse ertönten.

Joshua feuerte, bis seine Waffe klickte, weil er das Magazin leer geschossen hatte.

»Da sind keine anderen Eimer«, seufzte Jawa. »Er wird uns entkommen.«

»Vielleicht nicht«, sagte ich. »Wir müssen ihn nicht gefangen nehmen. Wir müssen einfach nur den Draht durchschneiden.«

Jawa sah mich überrascht an und dann den Draht. »Womit denn?« fragte er. »Der ist über zweieinhalb Zentimeter dick.«

Darauf hatte ich keine Antwort. Ich sah mich um, in der Hoffnung, dass jemand praktischerweise einen riesigen Drahtschneider in der Nähe hatte liegen lassen.

Da war aber keiner. Außer Stöcken und Bäumen war da gar nichts. Wir konnten nichts anderes tun, als traurig dabei zuzusehen, wie Joshua davonpreschte, in dem Wissen, dass er entkommen würde.

Und dann explodierte der Berg.

Die Explosion war viel heftiger, als ich erwartet hatte. Das Feuer im Bergwerk hatte wohl einen der Raketensprengköpfe zum Detonieren gebracht, was in rascher Folge die anderen in die Luft gehen ließ. Der Dominoeffekt war so gewaltig, dass er ein Loch so groß wie ein Fußballfeld aus dem Berghang sprengte. Ein riesiger Feuerball schoss daraus hervor, so hell, dass er die Nacht zum Tag machte. Fliegende Felsstücke köpften mehrere Bäume um uns herum. Der Boden bebte, als wäre er aus Wackelpudding.

Zu unseren Füßen rissen die erdbebenhaften Erschütterungen den Felsen auseinander. Jawa und ich sprangen nach hinten, als ein Felsbrocken sich ablöste und in die Tiefe stürzte.

Der Pfosten, an dem der Draht für die Kohleeimer befestigt war, fiel mit. Im Feuerschein sah ich Joshua Hallals Gesicht, als er merkte, dass ihm gerade seine eigene Rakete den Tod brachte. Er riss vor Angst die Augen auf – und dann fiel der Eimer in die Tiefe, als das Seil an Spannung verlor. Joshua schrie, aber sein Schrei wurde von dem Tosen des Feuers und der Flammen um uns herum übertönt. Er stürzte in die Dunkelheit des Waldes tief unter uns und verschwand.

»Diesmal täuscht er seinen Tod offensichtlich nicht vor«, sagte jemand hinter uns.

Wir wirbelten herum und entdeckten Erica, die zwischen den Bäumen hervortrat. Sie hatte viel durchgemacht, seit ich sie das letzte Mal gesehen hatte. Sie hatte zwei blaue Augen. Ihre Lippen waren geschwollen. Auf ihrem T-Shirt klebte getrocknetes Blut – das nicht unbedingt ihres war, so wie ich Erica kannte. Ihre Arme und Beine waren mit blauen Flecken übersät. Und doch, vielleicht bloß aus dem einfachen Grund, dass sie noch am Leben war, war sie schöner als je zuvor.

Sie schaute in die Dunkelheit hinunter, in der Joshua Hallal verschwunden war, und war sich offenbar unsicher, ob sie sich über Joshuas Tod freuen oder darüber traurig sein sollte. Dann unterdrückte sie ihre Gefühle und wurde wieder ganz die Alte, kühl und reserviert. »Gute Arbeit«, sagte sie zu mir.

Ich wollte gerade die Sache richtigstellen und ihr sagen, dass ich nicht wirklich irgendetwas getan hatte, um Joshua unschädlich zu machen, dass wir einfach Glück gehabt hatten. Aber dann hielt ich mich zurück. Ich hatte tatsächlich etwas von Alexander Hale gelernt: Wenn eine wunderschöne Agentin denkt, dass man etwas Beeindruckendes getan hat, sollte man nicht versuchen, ihre Meinung zu ändern.

»Danke«, sagte ich. »Solltest du dich nicht eigentlich erst mal erholen?«

»Wahrscheinlich«, antwortete Erica. »Aber ich konnte nicht einfach tatenlos rumsitzen, während Joshua frei herumläuft. Nicht nach dem, was er mir angetan hat.«

Die anderen tauchten hinter uns aus dem Wald auf. Zuerst Chip und Zoe, die meinen Befehl, alle zu evakuieren, missachtet hatten. »Mach dir keine Sorgen«, sagte Zoe zu mir. »Murray ist ordentlich gefesselt.«

»Nicht mal Warren kann ihn entkommen lassen«, fügte Chip hinzu.

Dann kamen Hank und Claire. Sie hielten Händchen. »Wo ist der Schuft?«, fragte Hank.

Erica zeigte auf den Fuß des Felsens hinunter. »Irgendwo da unten.«

Claire pfiff anerkennend. »Ihr Amis haltet nichts davon, jemanden auf die einfache Art umzulegen, was?«, sagte sie. »Warum jemanden erschießen, wenn man ihn einen Felsen hinunterwerfen kann.«

»Seid ihr zwei zusammen?«, fragte ich.

»Das sind sie schon seit London«, sagte Chip.

Hank drehte sich überrascht zu seinem Bruder. »Woher hast *du* das gewusst? Wir haben versucht, es geheim zu halten.«

»Es war gar nicht schwer«, meinte Chip. »Jedes Mal, wenn sich jemand über Claire aufgeregt hat, hast du sie verteidigt. Ihr steht ganz offensichtlich aufeinander.«

Hank lachte und klopfte seinem Bruder auf den Rücken. Offenbar respektierte er Chip nach diesen schweren Strapazen viel mehr.

Alexander und Cyrus traten als Letzte aus dem Wald. Sie hatten Cyrus noch schlimmer in die Mangel genommen als Erica, aber der Mann war hart wie Stahl. Alexander musste ihm trotzdem helfen und ihn stützen, während er durch den Wald humpelte. »Was ist passiert?«, fragte Cyrus. »Sagt bloß nicht, wir haben die Show verpasst.«

»Tut mir leid, Grandpa«, sagte Erica. »Der Feind ist weg. Ben und Jawa haben ihn erwischt.«

Cyrus musterte uns von Kopf bis Fuß und lächelte schließlich. »Ihr alle habt der Welt heute Abend einen großen Dienst erwiesen«, sagte er. Dann sah er zu Alexander. »Und ich meine *alle*. So, wie diese Dinge laufen, werden leider nur wenige Leute je erfahren, was tatsächlich heute Abend passiert ist, geschweige denn, welche Rolle ihr dabei gespielt habt. Aber was mich betrifft, war es mir eine Ehre, mit euch zusammengearbeitet zu haben.«

Alle strahlten bei diesen Worten und freuten sich wie die Schneekönige über dieses Lob.

Cyrus ließ uns ganze drei Sekunden in unserem Erfolg schwelgen. Dann sagte er: »Okay, genug mit der Lobhudelei. Dieser Joshua Hallal kann unmöglich der schlaue Kopf von SPIDER gewesen sein. Der Junge war viel zu jung. Und das bedeutet, dass wer auch immer das Sagen hat, weiterhin auf freiem Fuß ist – und so lange sie da draußen sind, werden sie Ärger bedeuten. Deshalb los jetzt, Kinder. Wir haben noch eine ganze Menge zu tun.«

Mit Alexanders Hilfe stapfte er zurück in den Wald. Alle folgten ihm gehorsam.

Außer mir. Ich drehte mich zurück zur Felskante und schaute in den Wald darunter, in dem Joshua Hallal verschwunden war.

Erica war auch noch geblieben. Sie stand neben mir und starrte ebenfalls in die Tiefe. »Ich schulde dir mein Leben, Ripley«, sagte sie.

»Nein«, erwiderte ich. »Du schuldest es deinem Vater.«

»Der uns nie gefunden hätte, wenn du nicht gewesen wärst. Und er wäre bestimmt auch nicht daraufgekommen, wie er diese Raketen aufhalten soll. Wie hast du es angestellt?«

Ich überlegte, noch einmal die Alexander-Hale-Methode anzuwenden, also eine Geschichte zu erfinden, die mich tapfer, klug und unter Druck cool und gelassen erscheinen ließ. Stattdessen benutzte ich die Benjamin-Ripley-Methode und sagte die Wahrheit. »Ich hab einfach das System ausgestöpselt.«

Erica betrachtete mich einen Moment lang. Und dann lachte sie. Ich hatte sie noch nie lachen gehört. Es war überraschend kindlich, ein süßes kleines Kichern, das das Mädchen hinter ihrem knallharten Äußeren zum Vorschein kommen ließ. »Ripley«, sagte sie. »Du bist einzigartig.«

In diesem Augenblick war es mir egal, ob der Präsident oder sonst jemand je erfuhr, dass ich SPIDERs Pläne durchkreuzt hatte. Es war mir egal, ob mir Alexander Hale wieder die Anerkennung dafür stahl. Erica wusste, was ich getan hatte, und das allein zählte. Ihr Lachen war die größte Belohnung, die ich mir hätte wünschen können.

»Übrigens«, sagte Erica. »Alles Gute zum Geburtstag.«

Ich sah auf meine Uhr und war überrascht, dass es schon weit nach Mitternacht war. Bei all der Aufregung hatte ich völlig die Zeit vergessen. Ich war mir nicht sicher, was ich erstaunlicher fand: die Tatsache, dass ich meinen eigenen Geburtstag vergessen hatte – oder dass Erica sich daran erinnert hatte.

»Danke«, sagte ich.

»Wegen der Entführung und der ganzen Sache hier bin ich nicht zum Einkaufen gekommen, daher habe ich dir das hier besorgt.« Erica drückte mir etwas in die Hand.

Zu meiner Überraschung war es ein menschlicher Zahn.

Da war ein kleines bisschen Blut dran, so als wäre er mit Gewalt aus dem Mund von jemandem entfernt worden.

»Ist das Murrays?«, fragte ich.

Erica lächelte. »Ich hab ihm gesagt, dass er, wenn SPIDER dir je wieder Ärger macht, noch viel mehr als das verliert.«

Es war mit Sicherheit das ekligste Geschenk, das ich je bekommen hatte. Und doch war ich davon gerührt. »Danke«, sagte ich.

»Könntest du mir auf dem Rückweg ein bisschen helfen?«, fragte Erica.

»Natürlich.« Dann legte ich einen Arm um ihre Taille, um sie zu stützen, und wir machten uns zusammen auf den Weg durch den Wald.

Von:
[redacted]
Büro der Geheimdienstkoordination
Das Weiße Haus
Washington, D.C.

An:
[redacted]
Büro für interne Ermittlungen
CIA-Hauptquartier
Langley, Virginia

Anliegend Geheimunterlagen
Sicherheitsstufe AA2
Streng vertraulich

Nach Lektüre der anliegenden Abschrift besteht für uns kein Zweifel, dass wir etwas gegen [redacted] unternehmen müssen. Es dürfen keine Kosten gescheut werden, um alle Agenten in der CIA aufzuspüren, die heimlich für SPIDER arbeiten. Zu diesem Zweck empfehle ich [redacted] und [redacted].

Darüber hinaus müssen wir unsere Bemühungen verstärken, die Führung von SPIDER zu identifizieren, bevor besagte Organisation noch mehr Schaden anrichten kann. Diesbezüglich bin ich der Meinung, dass Benjamin Ripley [redacted] sollte, worüber er jedoch erst informiert zu werden braucht, wenn es notwendig werden sollte. Agent [redacted] ist der Meinung, dass der junge Mr Ripley sogar noch von weiterem Nutzen im Kampf gegen SPIDER sein könnte, vielleicht bei Operation Tödliches Wiesel.

Als letzter Punkt ist da noch die Sache mit Erica Hale. Der Tadel in ihrer Akte war offensichtlich ein Fehler. Er sollte gelöscht werden, und in Anbetracht ihrer beeindruckenden Fähigkeiten sollte Ms Hale gegen SPIDER [redacted].

Diese Maßnahmen müssen sofort umgesetzt werden. SPIDER stellt eine große Bedrohung für unsere nationale Sicherheit dar, die sich, wenn sie nicht unter Kontrolle gebracht wird, ein für allemal als das Ende unserer Geheimdienste - wenn nicht sogar unserer ganzen Nation - erweisen könnte.

Ich hoffe, Sie dieses Wochenende beim Grillabend im Weißen Haus zu sehen.

[redacted]
Direktor der Geheimdienstkoordination